DAUGHTER
OF THE DEEP

深海奇旅

[美] 雷克·莱尔顿(Rick Riordan) 著　袁秋婷 译

中信出版集团 | 北京

图书在版编目（CIP）数据

深海奇旅 / (美) 雷克·莱尔顿著；袁秋婷译 . --
北京：中信出版社，2023.7
书名原文：Daughter of the Deep
ISBN 978-7-5217-5650-0

Ⅰ . ①深… Ⅱ . ①雷… ②袁… Ⅲ . ①儿童小说—幻
想小说—美国—现代 Ⅳ . ① I712.84

中国国家版本馆 CIP 数据核字 (2023) 第 084974 号

深海奇旅

著　者：[美] 雷克·莱尔顿
译　者：袁秋婷
出版发行：中信出版集团股份有限公司
　　　　　（北京市朝阳区东三环北路27号嘉铭中心　邮编　100020）
承 印 者：北京中科印刷有限公司

开　本：880mm×1230mm　1/32　印　张：12　字　数：252千字
版　次：2023年7月第1版　印　次：2023年7月第1次印刷
京权图字：01-2023-2115
书　号：ISBN 978-7-5217-5650-0
定　价：39.80元

序言

2008 年，在意大利的内陆城市博洛尼亚，我开始了我的深海奇旅。当时，我正在那里参加一个书展。我的新作《波西·杰克逊与迷宫之战》和《39 条线索：骨头迷宫》即将首发。在一家餐厅的地下室里，我正和迪士尼出版公司的十四名高管共进晚餐。突然，总裁先生转过头来，问我："雷克，迪士尼现有版权的作品里，你有什么想写的吗？"我毫不犹豫地回答道："《海底两万里》。"又过了十二年，我才做好写这个故事的准备。不过，现在我已完成了我的故事。它此刻就在你手中。

尼摩船长是谁？（对，他不是动画片里的那只卡通鱼尼莫。）

假如你对原著里的尼摩船长不熟悉，让我告诉你，他是十九世纪法国作家儒勒·凡尔纳笔下创造的人物。凡尔纳在《海底两万里》（1870 年）和《神秘岛》（1875 年）两本书中写到过他。书中的尼摩船长指挥着世界上最先进的潜艇——鹦鹉螺号。

尼摩船长聪敏过人，受过良好教育，风度翩翩，而且非常富有。与此同时，他又是个愤世嫉俗、充满仇恨的危险人物。想象一下蝙蝠侠布鲁斯·韦恩、钢铁侠托尼·史塔克和超人的死敌莱克斯·卢瑟的结合体。尼摩船长原本是达卡王子，他曾经反抗过英国殖民政府在印度的统治。英国人报复他，杀害了他的妻子和孩子。这就是超级反派或者说超级英雄达卡王子的起源故事。他化名为尼摩（Nemo），在拉丁语中是"子虚乌有"的意思。（希腊神话迷们：告诉你们一个关于奥德修斯的彩蛋，奥德修斯也曾告诉独眼巨人波吕斐摩斯，他的名字叫"乌有人"。）尼摩船长一生致力于在公海上恐吓欧洲殖民列强，撞沉他们的船只，令他们对势不可当的"海怪"，也就是鹦鹉螺号闻风丧胆。

谁不想拥有这般威力？小时候的我每每跳进湖水里或游泳池中，都会假装自己是尼摩船长。我可以随心所欲地击沉敌人的舰船，神不知鬼不觉地环游全世界，探索无人到访的深海，发现古老文明的废墟，挖掘无尽的宝藏。我可以潜入自己的秘密领地，再也不返回地表世界（反正它也挺糟糕的）。所以，你可以想象，在提笔创作关于波塞冬之子波西·杰克逊的小说时，我之所以将波西写成海里的半神，一大原因便是我对尼摩船长和鹦鹉螺号怀揣的旧梦。

说实话，我小时候觉得凡尔纳的小说节奏太慢。不过，我很喜欢叔叔那本经典插图版《海底两万里》，也超爱看迪士尼翻拍的电影，甚至包括其中柯克·道格拉斯唱歌跳舞，以及巨型橡胶章鱼攻击潜艇等俗气的片段。长大之后，我才意识到原著故事是多么丰富、复杂。尼摩船长的经历比我想象中的更加有趣。而且渐渐地，我发现凡尔纳叙述中的一些缺口为续集的创作留下了空间……

尼摩船长为何依然重要？

凡尔纳是科幻小说的鼻祖之一。站在二十一世纪回望，我们或许难以理解他的思想多么具有革命性，但凡尔纳对科技的想象领先于时代几百年。一艘自动化潜艇可以不断地环绕地球航行，从不需要靠岸补给？不可能！在1870年，潜艇仍是新奇发明——就像一个充满危险的铁罐，随时有可能爆炸，让船上的人统统丧命，更别提乘坐它环游世界了。凡尔纳还写过《八十天环游地球》，而在当时，速度如此之快的旅程是不可想象的。他的另一部作品《地心游记》更是描写了一项远远领先于人类科技的壮举。不过，有朝一日，幻想也可能成真，谁知道呢？

最优秀的科幻小说，能够塑造人类看待未来的方式。在这方面，儒勒·凡尔纳做得比任何人都好。早在十九世纪，他就预言了未来的种种可能。人类迎接了他发出的挑战。时至今日，当人们谈起一架飞机或一艘船航行速度有多么快，可以在多么短的时间内绕地球一圈时，他们仍会以"八十天环游地球"为基准。对于环球旅行来说，八十天曾一度是短到令人难以置信的时间。然而今天，我们乘飞机只需不到八十小时，乘船也只需不到四十天，便能环游地球一周。

凡尔纳的《地心游记》激励了一代又一代洞穴探勘家和地质工程师，去探索地球的洞穴系统和地质结构。

另一方面，尼摩船长也让人们意识到海洋对地球未来的重要性。我们都知道，地球的表面大部分被海洋覆盖。约百分之八十的海洋仍未经探测。在全球气候变化的背景下，思考如何利用海洋资源，如何与海洋共生，可能是人类存亡的关键。凡尔纳在他的书中预见了这一切。

尼摩船长和他的海员们不用与陆地接触，就能自给自足地生活。海洋提供了他们所需的一切。在《海底两万里》中，尼摩船长告诉阿龙纳斯教授，鹦鹉螺号全靠电力驱动，而电力则提取自海洋。在《神秘岛》中，赛勒斯·哈丁推测，当煤炭耗尽时，人类将学会从海洋丰富的氢中获取能源。直至今日，这依然是人类试图达成的一大目标，也正因如此，我才笃信尼摩船长一定解开了冷聚变的秘密。

在《海底两万里》中，尼摩的船员们使用的是电气莱顿枪。它们比常规武器更有效，也更美观。他们打捞了沉船上的无数宝藏，因此几乎拥有无限的财富。他们发现了水下种植的秘密，所以食物对他们而言不成问题。更重要的是，他们拥有"自由"。他们不受制于任何国家的法律，来去自由。除了尼摩船长以外，他们不用对任何人负责。这到底是好事还是坏事呢……我想，这取决于你对尼摩船长的看法！

海洋的重要性，以及想象科技进步的重要性，这些都是我们今天仍需阅读凡尔纳的原因。但还有一件值得关注的重要事情。凡尔纳将尼摩船长设定为一位印度王子，其子民饱受欧洲殖民者的踩躏。他笔下的人物揭示了在当今时代和在维多利亚时代同等重要的一些主题。当社会剥夺了你的权利时，你如何找到自己的声音和力量？你如何对抗不公？谁来书写历史，并决定谁是"好人"和"坏人"？尼摩船长拥有多重身份：不法之徒，反叛分子，天才，科学家，探险家，海盗，绅士，复仇天使。他是一个复杂的人，因而他的故事读起来饶有趣味。令我深深着迷的一个想法是：将时间快进到二十一世纪，看看时隔多年之后，他的后代将如何面对他的遗产。

假如拥有鹦鹉螺号的指挥权，你最想做什么？我希望这本《深海奇旅》能够带给你灵感，去想象一场属于你自己的冒险。准备好下潜啦，我们将去深海畅游一番！

雷克·莱尔顿

大自然的创造力远远超过人类天生的破坏力。

——儒勒·凡尔纳

哈丁-潘克洛夫学校
（简称：HP）

海豚学院——通信、探测、密码学、反间谍
鲨鱼学院——指挥、作战、武备系统、组织工作
头足学院——工程学、应用机械学、创造发明、防御系统
虎鲸学院——医学、心理学、教育、海洋生物学、集体记忆

哈丁-潘克洛夫学校新生名单

海豚学院
安娜·达卡（级长）
李安·贝斯特
维吉尔·埃斯帕萨
哈利玛·纳塞尔
杰克·吴

头足学院
蒂娅·罗梅罗（级长）
罗比·巴尔
内林哈·达·席尔瓦
梅多·纽曼
凯·拉姆塞

鲨鱼学院
杰米尼·吐温（级长）
德鲁·卡德纳斯
库珀·邓恩
吉雅·詹森
埃洛伊丝·麦克马纳斯

虎鲸学院
富兰克林·库奇（级长）
埃斯特·哈丁
黄林齐
里斯·莫罗
布丽吉德·萨尔特

第一章

那些让生活支离破碎的日子，历来如此。

在一天开始的时候，它们与平日别无二致。你根本不会意识到自己的世界将突然间爆炸，被炸成一百万个糟糕透顶的冒烟碎片，直到为时已晚。

一年级的最后一个礼拜五，我和往常一样，凌晨五点在宿舍的床上醒来。我不想吵到室友们，于是轻手轻脚地起床，换上比基尼，就向海边出发了。

我喜欢清晨的校园。建筑的白色水泥墙面在晨曦中变成了粉红和宝石绿色。四方操场的大草坪上空空荡荡的，只有几只海鸥和松鼠，在争夺学生们留下的零食残渣。空气中弥漫着海盐、桉树和学校餐厅里新鲜出炉的肉桂卷的香气。南加州凉爽的晨风吹得我胳膊和腿上起了一层鸡皮疙瘩。在这样的时刻，我常常不敢相信，自己竟如此幸运，能够在哈丁－潘克洛夫学校就读。

当然，我也会想到周末即将举行的测试。我很有可能会灰溜溜地被淘汰，或不幸罹难，被某处水下障碍的破网缠住，葬身海底……尽管如此，这也胜过在学期结束时参加全州统考，做一大堆选择题。

我沿着砾石小路来到海边。

在海战大楼再往前一百米的地方，有绝壁悬崖峭立于太平洋之上。悬崖之下，幽蓝的海面上泛着条条白浪。海浪一波接一波冲刷着弧形海湾，发出隆隆的回响，如同一个巨人的阵阵鼾声。

我的哥哥德夫正站在悬崖上等我。"你迟到了，小娜娜。"

他知道我讨厌他这么叫我。

"再叫我就把你推下去。"我警告他。

"来啊，你试试。"德夫咧开嘴笑了。接着，他做了一个眯眼斜视的动作。其他女生告诉我，她们觉得这个动作可爱极了。我可不这么认为。他前额的黑色头发根根竖立着，像海胆似的。他声称这是他的"发型"。我想这不过是因为他睡觉时喜欢用枕头盖住脸，头发被压了而已。

和往常一样，他穿着学校统一发放的黑色潜水服，胸前印有银色鲨鱼标志，代表他的学院。德夫认为我穿比基尼潜水太疯狂了。虽然大部分时候，他都是个硬汉，但他却像婴儿一样怕冷。

我们一起做潜水前的拉伸热身动作。

这是我们兄妹俩特别的独处时刻，安静，祥和。虽然德夫作为他们学院的学生会长，身负重任，但他在繁忙之中，从不会缺席我们俩每天早上的仪式。我爱他这一点。

"今天你给苏格拉底带什么来了？"我问。

德夫指了指近处。两条死去的鱿鱼湿淋淋地躺在草丛里。作为高年级学生，德夫有渠道搞到学校水族馆的饲料。也就是说，他可以时不时地为我们生活在海湾里的朋友偷偷加个餐。这些鱿鱼从尾巴到触手有一英尺[①]长，黏糊糊的，银棕色的，像生锈的铝一样；名为加州市场鱿鱼，拉丁学名为 *Loligo opalescens*，寿命为六至九个月。

我没法关掉脑海中的数据流。我们的海洋生物学教授法雷兹博士把我们训练得太好了。我们必须记住所有的细节，因为它们几乎全部都会出现在她的考题中。

在苏格拉底那儿，这些鱿鱼有另一个名字。它把它们叫作"早餐"。

"真不错。"我捡起地上的鱿鱼。它们刚从冰箱里拿出来，还很冷。我递了一条给德夫。"你准备好了吗？"

"嘿，在我们下水之前……"他的表情瞬间变得严肃起来，"我有一样东西想给你……"

我不知道他说的是不是实话，不过他总能成功让我分心。我一走神，他便立马转头，抢先跳下悬崖。

我骂道："哦，你个小——"

因为先入水的人有更大的概率先找到苏格拉底。

我深吸一口气，随他跃入海中。

绝壁潜水是一项无比刺激的运动[②]。我从十层楼高的地方自由坠落，肾上腺素飙升，耳畔疾风呼啸而过，紧接着身体穿透冰冷刺骨的水面。

---

① 英尺，英美制长度单位，1 英尺约合 0.3 米。——译者注
② 也是一项非常危险的运动，需要经过专业的训练并在专业人士指导下进行。——译者注

入水那一刻的刺激感，令我久久回味：突然的寒冷，咸咸的海水，蜇得浑身上下的伤口刺痛（作为哈丁－潘克洛夫学校的一名学生，假如你没有一身的划伤和擦伤，那就说明你没有好好上格斗课）。

我径直穿过一群铜石斑鱼——这些凶猛的橘白色大鱼浑身褶皱，像极了朋克摇滚范儿的锦鲤。但它们凶狠的只是外表，因为我的到来，它们顿时吓得四处溃逃。我在身下三十英尺的地方，发现了德夫吐出的成串气泡，在闪闪发亮，于是也跟着向下潜去。

我静态屏气的最高纪录是五分钟。很显然，我无法在运动的同时，也保持那么久都不出气。但这是我不得不面对的客观环境。在水上，德夫有他的力量和速度优势。然而到了水下，我的耐力和敏捷度更胜一筹。至少，我自己是这么认为的。

哥哥浮在沙质海床上，他双腿盘起，好像几个小时以来一直在那里冥思打坐似的。他把鱿鱼藏在身后。苏格拉底已经来了，它用鼻子蹭着德夫的胸口，仿佛在说：来吧，我知道你给我带什么来了。

苏格拉底是一只漂亮的海豚。我这么说，绝不仅仅是因为我来自海豚学院。它是一只年轻的雄性宽吻海豚，身长九英尺，皮肤呈灰蓝色，背鳍上有一条显眼的黑条纹。我知道，它其实并没有在微笑，只是它的嘴形酷似在笑。不过，我还是觉得它可爱极了。

德夫掏出鱿鱼。苏格拉底猛地咬住，囫囵吞下。德夫冲我咧嘴一笑，唇边泛出一个气泡。他的表情似乎在说：哈哈，这只海豚最爱我了。

我把我的鱿鱼也给了苏格拉底。能吃上第二口美味，它开心极了。它允许我拍拍它的脑袋。它的脑袋和水球一样光滑、紧致。

接着，它做了一件我意想不到的事情。它突然弓起背，用嘴巴拱拱我的手，那姿势仿佛在说：快走！快点！接着，它便掉头游走了，尾巴激起的水流拍打着我的脸。

我眼看它消失在黑暗中。我等着它返身游回来，可它再也没有出现。

我想不明白。

通常它不会吃完就跑。它喜欢玩耍。它会跟随我们来到海面，跃过我们的头顶，和我们玩捉迷藏，或者在我们身边"吱吱""嗒嗒"地叫，仿佛在向我们发问。这就是我们叫它"苏格拉底"的原因——它从不回答，只问问题。

可是今天它好像很焦虑，甚至有些烦躁不安。

在我的视线边缘，学校安全网的蓝色灯光遍布海湾的入口。过去两年，我已经习惯了它们发出的钻石般的光亮。我看着看着，发现灯光正在忽明忽暗地变幻。这番景象，我倒从来没有见过。

我匆匆瞥了一眼德夫。他似乎还没有注意到安全网的变化。他指着上方，仿佛在说：来，看谁游得快。

他一蹬腿，往海面游去，把我留在腾起的沙尘里。

我还想继续待在水下，想看看安全网的灯光是否还会变暗，想看看苏格拉底是否还会游回来。但我的肺快憋炸了。无奈之下，我只好跟着德夫往上游去。

浮上水面，换气之后，我问德夫是否看见了安全网的灯在闪烁。

他斜眼看着我。"你确定不是你自己快晕倒了眼花？"

我泼了他一脸水。"我是认真的。我们应该把这件事告诉别人。"

德夫擦掉眼周的水。他还是一脸不相信的样子。

说实话，我不太懂学校为什么要在海湾的入口处设置最先进的电子水下屏障。我知道这是为了保护海洋生物的安全，隔绝外来的偷猎者、潜水者，防备我们的竞争对手兰德学院搞的各种鬼伎俩。但对于一个培养了世界上顶尖的海洋科学家和海军学员的学校，这似乎有点过了。我虽不清楚安全网具体是怎么运作的，但我知道，它不应该忽明忽暗地闪烁。

德夫一定看出来我是真的很担心。

"好了，"他说，"我会向上面汇报的。"

"另外，苏格拉底的行为也很反常。"

"一只海豚行为反常。好的，这一条我也会汇报的。"

"我也可以去汇报，但是，就像你经常说的，我只是一个地位低微的一年级新生。你是德高望重的鲨鱼学院学生会长，所以……"

他也往我身上泼了一把水。"如果你不再这么疑神疑鬼，我倒是有一样东西想送给你。"他从潜水腰带的口袋里掏出一条闪闪发光的项链，"提前祝你生日快乐，安娜。"

他把项链递给我：金质吊坠上镶嵌着一颗黑珍珠。我过了一秒钟才反应过来他给我的是什么。我的胸口一紧。

"是妈妈的？"我几乎说不出那个词。

德夫笑了笑，眼神中却闪过一丝熟悉的忧郁。"我重嵌了珍珠。下礼拜你就十四岁了。她一定希望你戴上它。"

这是他为我做过的最贴心的一件事。我差点儿要感动哭了。"不过……为什么不等到下礼拜再给我？"

"你今天就要出发，去参加新生测试了。我希望这条珍珠项链能给你带来好运——万一，你懂的，你败得很惨或是……"

他可真会破坏气氛。

"哦，闭上你的臭嘴。"

他哈哈笑了。"当然，我是在开玩笑啦。你肯定没问题的。你一直都很棒的，安娜。只是要小心一点，好吗？"

我感到自己脸红了。他突然变得这么体贴温柔，我一下子不知道该怎么办了。"嗯……项链真的很漂亮。谢谢。"

"那是自然。"他看向远方的地平线，深棕色眼眸里闪过一丝忧虑。也许，他是在想安全网的事情。也许，他是真的为我的周末测试担心。又或许，他是在回忆两年前发生的事情，我们的父母飞过那地平线，便再也没有回来。

"走吧。"他挤出一个令人安心的笑容。这些年来，他经常为了我这么做。"我们吃早饭要迟到了。"

这就是我的哥哥，总是饥肠辘辘，总在不停运动——真是名副其实的"鲨鱼"会长。

他向岸边游去。

我看着妈妈最心爱的黑珍珠项链。她的幸运护身符，却没能给她带来一丝幸运。我的目光扫过地平线，心想苏格拉底到底去哪儿了，它刚才究竟想对我讲什么。

接着，我也跟在哥哥身后游走了，因为突然间，我不想再一个人孤零零地待在水里。

第二章

在学校餐厅里，我狼吞虎咽地吃下了一整盘紫菜炒豆腐——它和平时一样美味，接着，便急匆匆地赶回宿舍去取我的随行包。

我们这些高一新生住在沙克尔顿大厅的二楼。楼下住的是八年级预科班的学生。我们的房间不及库斯托大厅里高二和高三学生们的房间宽敞，当然更没有郑和大厦里毕业班学生们的套间舒适漂亮，但却比我们八年级时在这里读预科那年住的狭小营房不知好了多少倍。

我想我应该在此说明一下。哈丁-潘克洛夫（Harding-Pencroft）学校是一所五年制高中。根据入学时的能力测试，我们被分成四个学院。HP 是我们学校的简称。没错，关于哈利·波特（Harry Potter）的笑话我们已经听够了，谢谢。

回到宿舍，我的室友们已经忙疯了。

内林哈正往她的包里狂塞各种工具、换洗衣物、化妆品。埃斯特正在疯狂地整理索引卡。她有大概十二叠卡片，都编好了码、贴上了标签、用不同色彩做了标记。托普在一旁上蹿下跳，狂吠着，活像一只毛茸茸的弹簧娃娃。

对于眼前这乱哄哄的场景，我早已习以为常，可我还是忍不住笑了。我爱我的室友们。很庆幸，学校宿舍不是按照学院划分的，否则我得成天紧绷着弦，永远无法放松下来，和闺蜜们一起嬉戏打闹。

"宝贝儿，别装太多了。"内林哈一边往自己的包里塞进更多套筒扳手和睫毛膏，一边对埃斯特说。（内林哈用"宝贝儿"称呼每一个人。这是她的习惯。）

"我需要带上我的索引卡，"埃斯特说，"还有托普的零食。"

汪汪！托普叫了一声，表示赞同。它正努力地用自己的鼻子去够天花板。

内林哈朝我耸耸肩，似乎在说：你能怎么办呢？

她今天的打扮酷似铆工露丝。一头浓密的棕色秀发用一块绿色手帕绾在脑后。短袖牛仔衬衫的衣摆打成一个结，露出里面的深色露脐装。她的七分卡其裤上永远沾着机油。不过，她的妆容还是一如既往的精致。我敢肯定，就算钻进水族馆的水泵装置，或修理完一艘船的引擎，她依然能够保持妆容时尚、光彩照人。

看见我颈间的黑珍珠项链，她睁大眼睛，说："哇，好漂亮！哪里来的？"

"德夫提前给我的生日礼物。"我说，"它，呃……之前是我妈妈的。"

她的嘴唇张成了一个 O 形。我的室友们听说了不少关于我家的悲惨故事。内林哈、埃斯特和我，我们仨的宿舍，是世界上最大的悲剧发生地之一。

"哦，"她说，"我刚好有条裙子和一件衬衫，和这条项链绝配。"

内林哈善于和人分享穿衣打扮的心经。我俩衣服的尺码差不多，肤色也相近——她是巴西人，我祖上是印度本德尔汗德人——所以参加学校的舞会时，或者周六等节假日去镇上逛街时，她总能把我打扮得漂漂亮亮的。但今天不是那种日子。

"内林哈，我们周末是要在船上度过的。"我提醒她。

"我知道，我知道。"她说，她是那种为了上船之前的短途旅行也要好好打扮一番的姑娘，"那就等我们回来之后。或者为了年末的派对！"

埃斯特往自己的行李包里塞进最后一袋狗狗饼干。

"好了，大功告成。"她宣布道。接着，她转了一圈，巡视着房间，检查自己还有什么遗漏。她在连体泳衣外，穿着虎鲸学院的蓝色 T 恤和一条花短裤。她的脸蛋红扑扑的，毛糙的金色头发往三个不同方向翘着。我见过她婴儿时期的照片：胖嘟嘟的小脸蛋，大大的蓝眼睛，一副受惊的表情，仿佛在说"我来这世上干什么？"。这么多年过去了，她其实并没有太大变化。

"我准备好了！"她大声说道。

"小点儿声，亲爱的。"内林哈说。

"抱歉。"埃斯特说，"我们出发吧！要赶不上校车了！"

埃斯特讨厌迟到。这是她的一大焦虑，托普正在帮助她克服。托普怎么做到帮助人们缓解焦虑的，我一直想不明白，不过它确实是你见过的最可爱的小动物。它是杰克罗素㹴和约克夏混血犬，跑起来像一团龙卷风。

它嗅了嗅我的手，跟着埃斯特走出房间。或许是我的指甲缝里还残留着鱿鱼身上的黏液。

我抓起昨天晚上收拾好的背包。我带的东西不多。只有几件换洗衣服、泳衣、潜水刀、潜水表。没有人知道周末的测试内容是什么。只知道会在水下进行，除此之外，高年级学长们不肯向我们透露一个字。甚至连德夫也如此。他们都非常严格地遵守保密誓言。真是太讨厌了。

我赶紧追上我的朋友们。

在抵达学校的四方操场之前，我们得先走下楼梯，穿过八年级学生的配楼。长久以来，我一直以为这是一处恼人的室内设计缺陷。后来，我才发现宿舍之所以这么安排，一定是有意的。因为这意味着那些小屁孩们每天都得为我们让路数次，站在一旁，带着敬畏的表情看向我们。至于我们这些高一新生，每次经过，都可以这么想：我们虽地位低微，但至少比这些小可怜们强。他们看上去都那么弱小、稚嫩、害怕。我想知道去年的自己是不是也这副模样。或许，在高年级学生眼里，我们还是这么狼狈。我想象着德夫在哈哈大笑。

在室外，朗日高照，气温正节节攀升。匆匆穿过校园时，我想起了所有因为周末测试要错过的课程。

体育馆：这里有六面攀登练习墙，两张绳网，冷热瑜伽室，篮球、壁球、排球、橡皮球（我的最爱）场地。但周五是武术课，一上午时间都得在比武时被人反复扔到墙上中度过。这种课即使错过了，我也并不感到遗憾。

水族馆：我听说，它是世界上最大的私人海洋生物研究机构，比蒙特雷湾、长隆和亚特兰大拥有更多种类的海洋生物。我们在这里学习对棱皮龟、水獭、海狮（它们都是我心爱的宝贝）进行救援和康复训练。但我今天的任务是洗刷鳗鱼缸。所以，再见吧！

游泳馆：内有三座游泳池，包括又深又宽的蓝洞，可以在里面模拟潜艇运行。世界上只有美国国家航空和航天局（NASA）的泳池比它更大。不过，虽然我喜欢室内潜水课，但我还是更情愿在开阔的海洋里畅游。

最后，我们走过凡尔纳大厅，学校的金牌科研楼。对于这里发生的事情，我一无所知。我们要到高年级，才有资格走进这里。这栋楼的外墙镀了一层金，像一颗镶金的牙，在校园里一众白色建筑中格外显眼。它的深色玻璃门似乎在挑逗我：如果你和你哥哥一样棒，你就能进来了，哈哈哈哈。

你可能以为四十名高年级学生里，总有一两位愿意对外界透露一星半点关于金牌楼的八卦。不，你错了。就像我说过的，他们每个人都十分讨厌地严格保守着秘密。说实话，我不知道等自己升入高年级，是否也能做到这么守口如瓶。不过，这是几年以后才需要操心的事情。

操场正中央，毕业班的学生们正懒洋洋地躺在草坪上。等着他们的只剩期末考试和毕业典礼了，幸运的家伙们。接下来，他们就可以各奔前程了，或去顶级高等学府深造，或踏入职场成就一番事业。我没看到德夫，但他的女友，我们学院的学生会长艾米莉亚·莱西，正从草坪的另一边朝我挥手。她比画着手势：祝你好运。

我也比画着：谢谢。

我心想：我确实需要好运。

我其实不用太担心。我们班已经只剩下二十人了——允许晋级的最大数。预科那一年，已经淘汰了十名学生。今年又走了四个。理论上，我们所有人都能留下来。再说，我们家族已经有好几代人毕业于HP。而且我是海豚学院的新生级长。我得彻彻底底搞砸了，才会被踢出局……

我和埃斯特、内林哈是最早赶到车站的人。当然，杰米尼·吐温到得比我们还要早。他已经站在车门口，手拿写字板，准备好记录名字，维持秩序。

这位鲨鱼学院的新生级长是个瘦高个儿，皮肤黝黑。大家都在背地里叫他"蜘蛛侠"，因为他长得像《蜘蛛侠：平行宇宙》里的迈尔斯·莫拉莱斯。不过，他没有迈尔斯那么酷。我们去年吵了一架，虽然之后和好了，但我一直不喜欢他。

"内林哈·达·席尔瓦，"他从名单上勾掉她的名字，却不正眼看她，"埃斯特·哈丁，安娜·达卡。欢迎加入我们的战队。"

他说得好像我们乘坐的是一艘战舰似的。

我给他鞠了一躬。"谢谢你，级长。"

他眼角抽搐了一下。我无论做什么似乎都会冒犯到他。不过，我无所谓。因为读预科那年，这家伙曾经把内林哈惹哭了。为此，我永远原谅不了他。

今天，我们的司机是伯尼。他是一位慈爱的老爷爷，一名退休的老海军。他一头银发，笑起来露出一口满是咖啡渍的黄牙，双手像老树根一样骨节嶙峋。休伊特教授正坐在他身旁，浏览一天的日程安排。休伊特和往常一样，脸色苍白、汗流满面、衣衫不整，身上散发着樟脑丸的气味。他教授我最不喜欢的一门课——海洋科学理论，简称 TMS。我们都戏称它为"太多料"（too much stuff）。有时则用另一个 s 开头的单词。

休伊特向来很严格，所以我不禁为眼下的测试捏了一把汗。我和我的朋友们坐到车后排的座位上，尽可能地离他远些。

二十名新生全部到齐后，车缓缓开动了。

到了大门口，全副武装的卫兵们向我们挥手，冲我们微笑，似乎在说："祝你们一天愉快，孩子们！别考砸了哈！"我猜大部分高中都不可能有我们学校这个级别的安保，也不会有一架架小型无人机在校园上空不停盘桓。不过，我们很快就对此习以为常了，想想也真是奇怪。

当车驶上一号公路时，我回头看了一眼我们的校园——那一排排方糖块似的建筑，矗立在海湾边的悬崖上，在阳光下如此耀眼。

熟悉的感觉又一次席卷而来：我真不敢相信自己有幸在这里上学。然后，我突然记起，我在这里上学，其实是因为没有别的选择。父母出事之后，这里就是我和德夫在世上唯一的家了。

我好奇在餐厅吃早饭时怎么没见到德夫。他向学校安保部门汇报安全网的异常情况后，他们是如何回复的？或许真的并无大碍，和他想的一样。

不过，我还是把颈间的黑珍珠紧紧攥在了手心。

我回想起妈妈对我说的最后一句话：一眨眼我们就回来了。然后，她和爸爸却永远消失了。

第三章

"新生们。"休伊特教授说这个词时，语气充满鄙视。

他站在车厢过道里，一只手扶在椅背上，支撑自己的身体。他喘着气，对着麦克风说道："这个周末的测试将完全超出你们的预期。"

这句话引起了大家的注意。所有人都把目光转向休伊特。

这位教授身形像一只潜水钟，肩窄腰粗，皱巴巴的衬衫胡乱塞进肥大的裤子里。他灰发凌乱，水汪汪的眼睛充满忧伤，肖似挑灯计算了一整夜却以失败告终的爱因斯坦。

此时，坐在我身边的埃斯特正在翻阅她的索引卡。托普把头枕在她的大腿上。它的尾巴轻轻地扫过我的小腿。

"再过三十分钟，"休伊特继续道，"我们即将到达圣亚历杭德罗。"

他等窃窃私语的我们安静下来。在我们看来，圣亚历杭德罗是购物、看电影、周六晚上唱歌的地方，怎么会和期末测试扯上关系？但我想我们从圣亚历杭德罗出发也在情理之中。学校的船就经常停泊在那儿的港口。

"我们会直接去码头，"休伊特接着说，"不许绕路，不许擅自离队去买东西。手机得保持关机。"

有几个孩子低声抱怨起来。HP通过学校内网严格控制学生的所有通信。整个校园里都没有网络。你想查询水母的繁殖习性？没有问题。但你想上网看视频？祝你好运。

老师们说这是为了帮助我们专心学习。我却怀疑这是另一重安保措施，就像水下的安全网、荷枪实弹的卫兵、校园上空的侦察无人机一样。我虽不太懂，但这已经成为我们生活中的一部分。

平日里，我们一来到镇上，就像一群干渴已久的牲口来到饮水处，竞相涌进第一个有免费 Wi-Fi 的地方，贪婪地上起网来。

"到海上之后，我会做进一步指示。"休伊特讲道，"可以这么说，今天你们将会了解到学校真正的办学宗旨。学校也将了解到你们是不是合格的人选。"

我希望休伊特只是在吓唬我们。问题是，他从不瞎吓唬人。如果他说周末会有额外的作业，我们就会有额外的作业。假如他预言下一轮测试会有百分之九十的学生过不了关，那大概率也会成真。

海洋科学理论本应是一门有趣的课程。我们把课上的大部分时间用来畅想一两百年以后，海洋技术将如何突飞猛进。或者，假设科学沿着另一条道路发展，未来将是什么样子？假如1490年达·芬奇通过一根管子发现声呐的雏形时对它做了更多的开发会怎么样？假如1620年德雷尔发明的"潜水船"没有失传，假如 1867 年蒙图里奥尔的厌氧蒸汽动力潜艇没有因为缺乏经费而报废，我们今天的技术会不会更加先进？

这些事情想想都觉得超酷的，但与此同时，也有点儿……不太现实？休伊特却似乎认为他给出的问题都有固定的正确答案。都是一种理论。可是你怎么能够仅仅因为别人的猜想与你的不同就给别人的论文打上 B- 呢？

不管怎样，我多么希望这趟旅程中陪同我们的是阿佩什上校——我们的军事战术教授。或者坎德博士——我们的体育健身课老师。休伊特没走几步路就会上气不接下气。我实在难以想象，他怎么能够胜任高强度的水下测试的评分工作。

他把麦克风递给杰米尼·吐温。杰米尼已经给大家分好了组。我们将四人一组，分成五组。每组的四人来自四个不同的学院。不过首先，他还有一些规则要和我们讲。

这是自然。他是一名典型的"鲨鱼"。如果让他担任少儿足球队的教练，他也能生出莫大的自豪感，并在一个星期内，把这群小屁孩儿调教得服服帖帖，让他们踏着方步，去向其他足球队宣战。

他吧啦吧啦地和我们扯了一大堆他最爱的规章制度。我听不下去了，看向窗外。

公路呈一个个"之"字形，在峭壁悬崖间迂回蜿蜒。上一秒，你只看得见茂密的树木。下一秒，整个海岸线就跃入眼帘。再远处，就是我们的校园。当学校的全景出现在眼前时，我发现海湾里有个奇怪的东西：一条细细的白浪往悬崖的底部伸去，就快接近今早我和德夫跳水的地方了。我看不清是什么掀起的海浪。附近一只船也没有。而且这浪又笔直，速度又快，不像是海里的动物制造的。一定是水下有什么东西，在快速往前推进着。

我感到一阵反胃，仿佛又从悬崖上坠落了一样。

那浪转眼间分成了三股，看上去像一支三叉戟，直戳向我们校园正下方的海岸。

"喂，"我叫我的朋友们，"喂，你们快看！"

埃斯特和内林哈赶到窗边时，那浪已被树木和悬崖遮住了。

"看什么呢？"内林哈问。

接着，一股巨大的冲击波袭来。整个车体都颤动了。巨石纷纷落下，倒在路面上。

"地震了！"杰米尼扔掉麦克风，紧紧抓住离自己最近的椅背，稳住身子。休伊特教授则重重地撞上了窗玻璃。

柏油路面上瞬间布满了裂缝。我们的车一路滑行着，冲向护栏。我们二十个人，二十个训练有素的高一新生，像一群幼儿园的孩子般尖叫起来。

奇迹般地，伯尼仍稳稳地掌控着方向盘。

他缓缓减速，准备找一块地方，把车停下来。我们绕过一道弯，视线变得开阔起来，可以看到我们的学校，只不过……

埃斯特尖叫起来，她怀里的托普也开始狂吠不止。内林哈双手紧贴在窗玻璃上："不会吧。不可能。不会的。"

我大喊："伯尼，停车！快停车！"

伯尼在一处泊车点停了车——这里是一处风景优美的俯瞰点，游客们可以从此处拍摄太平洋的照片。从这里可以一览无余地看见我们的学校。只不过现在，眼前的景色实在称不上优美。

孩子们哭声四起。他们的脸紧贴着窗户。我的五脏六腑都拧在了一块儿。实在难以相信眼前的景象。

第二轮冲击波袭来。我们惊恐地目睹又一大块地表塌陷，没入海湾。校园里最后一片漂亮的方糖块似的建筑转眼间消失不见了。

我推搡着挤过过道，奋力捶打车门，直到伯尼把门打开。我狂奔到悬崖边，紧紧抓住冰冷的铁护栏。

我发现自己在绝望地祷告："三眼的神，湿婆神，滋养苍生万物的神，愿他保佑我们不死……"

但在死亡面前我们无处可逃。

我的哥哥就在那座坍塌的校园里。还有其他一百五十人，以及水族馆里的众多海洋生物。近一平方英里①的加州海岸已被大海吞噬。

哈丁－潘克洛夫学校已化为乌有。

---

① 英里，英美制长度单位。1 英里约合 1.6 公里。——译者注

第四章

我的同学们，有的站在护栏边哭泣，有的紧紧抱在一起，有的则拼命地搜寻着手机信号，想给朋友们发短信或打电话求助。埃洛伊丝·麦克马纳斯大吼着，向海里投掷石块。库珀·邓恩则像一头被困的狮子，狠狠踢踹着车的前后轮胎。

内林哈妆都哭花了，睫毛膏像脏污的雨水般顺着她的脸颊滑落。她站在埃斯特身旁，似在守护埃斯特。埃斯特盘腿坐在碎石路面上，把头埋在托普的棕白色毛发里哭泣着。

杰米尼·吐温重复说着我们都想说的话："这不可能。"

他挥着手臂，指向我们的学校过去所在的地方："不可能！"

我魂不守舍。灵魂似乎飘浮在身体上空。我可以感觉到胸腔内自己的心脏在跳动，但心跳声却沉闷、遥远，就像楼下宿舍里立体声播放的音乐。我的情绪也像蒙在了一层纱里。视线也开始变得模糊。

我意识到自己又开始处于游离状态了。我咨询过学校的心理医生弗朗西斯博士。这种情况以前也发生过，就在得知父母出事的消息之后。现在德夫也不在了。弗朗西斯博士也不在了。

还有我们学院的学生会长艾米莉亚。法雷兹博士，阿佩什上校，坎德博士。水族馆里的水獭宝宝们，我昨天刚去喂过它们。学校餐厅里那位名叫艾玲的阿姨，她很和善，每次都冲我微笑，午饭时总会帮我多打一些香脆海苔。HP 的每一个人……这一切一定不是真的。

我试着控制呼吸，稳住身体，但依然感觉到自己会在下一秒飘走，然后彻底消失。

休伊特教授一边蹒跚着下了车，一边用手绢擦着脸。伯尼跟在他身后，拖了一只巨大的黑色行李箱。两人压低声音交谈着。

我读出了休伊特的唇语。我忍不住这么做。没办法，我是一名"海豚"。我接受的训练就是通信、信息搜集、密码破译。我辨出了两个词"兰德"和"袭击"。

伯尼回应道："有内奸。"

我一定是误读了。休伊特指的不可能是兰德学院吧。我们两所学校虽长久以来一直是竞争对手，但这可不是他们朝我们游艇上扔鸡蛋或我们偷走他们的大白鲨之类的恶作剧。这简直是一场歼灭战。而伯尼所说的"有内奸"又是什么意思呢？

我深吸一口气，把身体内的恐惧压缩进隔膜，就像每次自由潜水前所做的那样。

"我看见了袭击的过程。"我说。

大家注意力都在别处，没听见我的话。

我又提高音量，重复了一遍："我看见了袭击的过程。"

大家顿时鸦雀无声。休伊特教授注视着我。

杰米尼停止了来回踱步。我不喜欢他瞪着眼看我的样子。他握紧拳头。"你说的袭击是什么意思？"

"是某种鱼雷。"我说，"至少我是这么认为的。"

我描述了自己看到的那条白浪，它是如何快速地逼近悬崖，然后在冲击发生之前一分为三的。

"不可能，"另一名鲨鱼学院的学生吉雅·詹森说，"有安全网呢。任何穿过安全网的武器，杀伤力都会大打折扣。"

我的双腿不禁颤抖起来。"今天早上，我和德夫……"

悲伤涌上我的喉咙，我差点儿窒息。

哦，天哪，德夫。他在冲我微笑时眯眼斜视的小动作，他那双痞痞的棕色眼睛，他被枕头压出的搞笑发型。每天见到他，我还能依稀记起父亲的模样，还能告诉自己，我们的父母没有完全离开。可是现在……

所有人都目不转睛地看向我。他们在等待，渴望理解眼前的状况。我逼自己讲下去。我描述了自己亲眼所见的安全网的异常闪烁。

"德夫正准备向学校汇报。"我说，"袭击发生时，他大概正在保安室里……"

我指指北边，实在不忍心再多看一眼。但我能感受到那片风景中残缺的部分——哈丁-潘克洛夫学校曾经的所在地，如同一颗牙齿被拔除后，留下一个巨大的空洞，在隐隐作痛。

"一颗鱼雷？"头足学院的级长蒂娅·罗梅罗摇摇头说，"即便载满了弹头，仅凭一颗导弹也不可能造成那种程度的破坏，造成那种规模的山崩……"

她看向她头足学院的同学们。他们开始在私底下热烈讨论起来。头足学院的学生们都是解决问题的行动派。这是他们的专长，就像我擅于读取唇语一样。扔一盒乐高积木在他们面前，告诉他们用这些碎片造出一台能够工作的超级计算机，他们也一定会不眠不休地开动脑筋，直到想出一个办法来。只有内林哈默默不语地站在一边，守护着埃斯特。

"袭击是怎么发生的不重要，"杰米尼斩钉截铁地说，"当务之急是回去搜救幸存者。"

"我同意。"我说。

换作平时，这肯定会成为头条新闻。众所周知，我和杰米尼打从两年前进入 HP 之日起就彼此看不对眼，从未在任何一件事情上达成过一致。

他严肃地点点头。"各位，请回到——"

"不。"休伊特教授摇摇晃晃地走上前来，一只手抱着平板电脑。他的衬衫已经被汗浸湿了好几大块，脸色更难看了，像冻奶油般。

在他身后，伯尼蹲下来，打开了大行李箱。里面有十二只蜂鸟大小的银色无人机，嵌套在泡沫盒子里。

休伊特点了点平板电脑的屏幕。无人机嗡嗡地启动了。它们从泡沫盒子里起飞，在上空汇集成一片蓝色的光点，接着一字排开，沿海岸线，往学校方向飞去。

"这些无人机将会替我们探测。"休伊特的声音发颤，因愤怒，或悲伤，或二者兼有，"不过，我提醒你们别抱太大希望。兰德学院先发制人的攻击，意在将我们毁灭殆尽。从两年前，我就开始担心会发生今天这样的事。"

我摸了摸脖子上的黑珍珠。

为什么休伊特讲起兰德学院和 HP，就好像它们是两个主权国家似的？兰德学院不可能就这么摧毁了一大块加州海岸线，并杀死了成百上千人。

托普的尾巴蹭着我的小腿。它把脑袋埋在埃斯特的大腿间，求关注、求爱抚，以帮助她走出黑暗。

"教授……"富兰克林·库奇说，这位虎鲸学院的级长，正摩拳擦掌，跃跃欲试，"那里还有我们受伤的朋友。埋在废墟中的人们。他们可能还活着。我们有义务——"

"别打岔！"休伊特怒吼道。

突然间，我仿佛回到了第一堂 TMS 课上，丹尼尔·列考夫斯基——他在那年快结束时被淘汰了——竟敢当着全班的面，质问休伊特究竟什么才算好的海洋科学理论。我记得休伊特生气时的样子有多么可怕。

伯尼站在教授身边。他虽一言不发，但有他在场，休伊特的怒火明显平息了不少。

"我们继续赶往圣亚历杭德罗。"休伊特语气平和地说，"你们所有人，都认真听我说。你们可能是哈丁－潘克洛夫学校最后的幸存者了。我们一定不能输。考试取消了。取而代之，你们将学习一些实战中的必备技能。因为此时此刻，我们已处于战争状态。"

二十名新生齐刷刷地目瞪口呆地看向他。他们的表情，和我的心情一样，充满恐惧。我们接受过军事战术训练，没错。

许多 HP 的毕业生将被世界上顶级的海军院校录取：安纳波利斯、库兹涅佐夫、大连、艾喜玛拉的海军学院。但我们现在还不是海军陆战队员，也不是海豹突击队员。我们连毕业生都还不是。我们只是一群孩子。

"我们会按原计划赶往码头。"休伊特说，"平安到达海上之后，我会给你们进一步指示。与此同时，杰米尼·吐温？"

"到，长官。"杰米尼迈步向前。他随时待命，时刻准备着统领我们所有人。"鲨鱼"们接受的训练就是军事指挥。

"车上的货舱里有常规作战武器吗？"休伊特问。

"有的，长官。"

"带好武器，"休伊特说，"准备就绪，等待进一步通知。"

杰米尼打了一个响指，其他四名"鲨鱼"便一路小跑着，去取枪了。

眼前的场景瞬间把我拉回现实。待"鲨鱼"们武装完毕，我突然明白，这次我们有大麻烦了。

"吐温级长，"休伊特继续道，"你有一条新的作战命令。"

杰米尼眼睛一亮："明白，长官。"

"不，"休伊特说，"你不一定明白。眼下，你得优先保护一个人。你要对她寸步不离。只要一息尚存，你就得拼命保护她。不论发生了什么，你都得保证她活下来。"

杰米尼一脸茫然："我……长官？"

休伊特指向我："安娜·达卡必须活着。"

第五章

这真不是我需要的。

我的学校已经被毁了。哥哥也被认为已经死亡。现在我们又回到了车上，继续往圣亚历杭德罗赶去，就仿佛什么事都没发生。最糟糕的是，杰米尼·吐温现在成了我的贴身保镖。

为什么是我？

我又不像埃斯特，是学校创始人的后裔。我家并不富裕，也不是名门望族，有权有势。没错，达卡家族是有好几代人毕业于HP。但这也没什么特别的，HP还有许多这样的家族。我也不是班上唯一一个在这次袭击中痛失手足的人。布丽吉德·萨尔特有个在读三年级的哥哥。凯·拉姆塞有个比我们大一岁的姐姐。这会儿，布丽吉德和凯看起来都像一阵微风就能把他们吹倒似的。他俩不也没有保镖吗？

休伊特教授坐在前排，全程盯着手中的平板电脑。他衬衫上的小块汗斑，已经扩大成了五大洲地图。

我只能寄希望于他派出的无人机能够找到HP的幸存者。

我给德夫发过短信，但没有回音。这并不令我感到惊讶。

学校整个区域仍然是互联网上的一个黑洞，但我还是得试一试。现在，休伊特没收了我们的手机，把它们锁进了保险箱，这让我感觉自己仿佛被挟持了。

休伊特向我们保证，他的无人机会通知当地的紧急救援部门。所以一路上，我一直在侧耳聆听救护车、警车、消防车的声音，期待看到它们呼啸着向我们驶来，再驶往 HP。毕竟，这条公路是开往学校的必经之途。但到目前为止，我还没有听见任何动静。我们学校的位置实在太偏僻了，除非休伊特打电话给当局，否则好几个小时过去，也不会有人注意到乡下的一大块地已经沉入海底。

"从两年前，我就开始担心会发生今天这样的事。"

那他为什么不警告我们呢？

或许，两年前我的父母在哈丁－潘克洛夫学校组织的一次科考途中丧生，并非巧合。校方告诉我们，这是一场意外的悲剧。每当我向他们询问细节——为什么塔隆·达卡和西塔·达卡会参与那次科考，他们当时在寻找什么——HP 的老师们似乎都集体失忆了。我还以为他们是怕伤害我的感情，于是选择沉默不语，只让我去找弗朗西斯博士治愈悲伤的心情。

现在我却没那么肯定了。

我脑海中突然闪过艾米莉亚·莱西的身影。她是我们学院的学生会长，也是德夫的女朋友。我回忆起她今早懒洋洋地躺在布满阳光的草坪上的样子。她冲我微微一笑，祝我好运。

艾米莉亚对于毕业十分兴奋。她对未来有宏伟的规划：加入美国海军陆战队，然后被二十九棕榈村的通信军官学校破格录取。在 HP 读书的五年时间里，她学会了十二门语言。她可以轻而易举地破解难倒我们教授的语言代码。她的目标是成为海军陆战队历史上最年轻的情报指挥官，然而现在她却不在了。

我努力呼气、吸气，让氧气灌满肺部，却发现很难做到。

我哭了起来，浑身愤怒地战栗着。为何想到德夫的死，我尚能自持，然而一想起他的女友不在了，我却瞬间崩溃了？我到底怎么了？

"好了，宝贝儿……"内林哈把一只手放在我的肩上。她似乎不知道该说些什么，只是默默递给我一包纸巾。

是的……一张纸巾是远远不够的。今天伤心难过的远不止我一人。

在窗边，埃斯特哭得双眼红肿，仍不住地抽着鼻子。她正奋笔疾书，在一张新卡片上写下这一切糟心的经历，借此整理情绪。托普立马察觉出了谁最需要它，一摇一晃地走过来，用它的小鼻子碰碰我的膝盖，仿佛在说：嗨，瞧我多可爱，快来摸摸我吧。

杰米尼盘腿坐在过道上，嘴巴紧闭着。他腰带上别着两把西格绍尔 P226 手枪，像一名来自西部的狂野枪手。这两把枪就是他的"双胞胎"，这也是他绰号的由来[1]。他的膝盖上还躺着一支 M4A1 冲锋枪。

这是我们学校的另一大奇怪之处：HP 允许学生在训练中使用军用武器。平时我没怎么想过这件事，但此刻看来，这真

---

[1] 杰米尼的英文 Gemini 意为双子座。——译者注

是我们的一大幸运。因为我们现在显然正在和另一所学校激烈交战。

车上出奇地安静，所有人似乎都迷失在了自己的思绪中。

终于，杰米尼问我："你清楚到底发生了什么吗？"

他的棕色眼睛映出窗外疾驰而过的景色。我从未见过他如此紧张。一滴汗顺着他的脸颊流下来。

他想知道答案，我不怪他。我很感激他没有听起来在怨恨或生我的气。我心里明白，他根本不愿待在我身边，当我的保镖，就像我也不想跟他待在一起一样。

我摇摇头："老实说，我毫无头绪。"

我说的是实话，却感觉自己在撒谎。我能听到自己声音里的愧疚。我讨厌这种感觉。

杰米尼用拇指敲了敲冲锋枪的枪柄。"我需要你们的帮助。你们所有人。"他点点头，表示埃斯特和内林哈也包括在内。"我明白，咱们之前处得不算好——"

内林哈轻蔑地哼了一声。

"但是你们心里清楚，我说的都是事实。"杰米尼抬头扫了一眼过道，然后压低声音说道，"我们四个是班上成绩最好的。不是瞧不起蒂娅和富兰克林。他们都各有所长。但如果要打仗的话，你们几个是我的最佳人选，虽然你们中有的人并不是级长。"

"真是受宠若惊。"内林哈嘟囔道。

"我只是想说——"

"坏话。"内林哈调侃道。

"他说得没错。"埃斯特仍专注于她的卡片,现在,卡片上已经写满了密密麻麻的小字,"玛丽亚是我们中间理论成绩最好的,但内林哈的应用机械学和战斗工程学分数更高。富兰克林虽然医疗救治水平比我高,但……"她耸耸肩。

杰米尼冷冷地笑了笑。"但你毕竟是埃斯特·哈丁。"

"我是想说,我在其他各个方面都不逊色。"埃斯特说,"不过那样说会显得太过无礼。那样说是不是很无礼呀?"

我们几个都懒得作答。埃斯特就是埃斯特。我们都知道她讨厌当级长,也知道她是一名典型的"虎鲸"。她的记事卡,和托普一样,其实只是一种情感支持工具。因为她的脑海里储存的关于哈丁-潘克洛夫学校、自然历史和海洋生态系统的知识,远比学校刚刚被毁的那座图书室里的藏书丰富。她虽然不喜欢与人相处,但在和其他物种的非语言沟通上,她绝对是个天才。她能够读懂动物,有时甚至是人类的心思和情感。她能够准确地预测他们的行为……只要她没被自己敏感的神经压垮。

杰米尼继续说道:"我们几个得联起手来,搞清楚到底发生了什么,以及接下来该怎么办。你们也知道,休伊特没有把真相全部告诉我们。"

"他什么也没告诉我们。"内林哈说。

"但如果我要保护安娜——"

"我又没让你这么做。"我说。

杰米尼看上去似乎要发飙了。向来一本正经的他从没说过脏话,但我看得出来他现在超想爆粗口。

"没有人愿意这样,"他尽力保持平和的语气,"我们得想出应对之策。但首先，我们得知道自己面对的到底是什么。兰德学院怎么就能够毁掉我们整个学校？"

埃斯特打了个冷战。托普立马抛弃了我，跳进了她怀里，让她抱紧它。幸亏埃斯特，和我们所有人，还有这个毛茸茸的小旋风戏精陪伴。我从未如此感恩托普的存在。

"用地震雷管。"内林哈从理论角度分析道，"带三个弹头的鱼雷。悬崖底部的断裂点同时受到撞击——"

"等等，"杰米尼说，"你说的是 TMS。纯理论的东西。只存在于科幻世界。现实中，这项技术根本不存在。"

"六个弹头，"埃斯特说，"你需要六个弹头。安娜可能没看见其他三个，因为它们藏得太深了。这次袭击要想成功，他们得先黑掉学校的安防系统。不仅仅是安全网。他们还得骗过无人机、远程声呐、拦截导弹——"

"我们有拦截导弹？"内林哈追问道。

埃斯特的脸颊上顿时飞起了一抹红晕。"这件事我不该说的。"

我心里默默记下，待会儿要找埃斯特问清楚这件事。我很好奇，身为哈丁家族的后人，她还知道多少不该说的秘密。不过眼下，我们有更紧迫的问题要解决。

"HP 的安防系统都是封闭的，"我说，"都装有防火墙。黑客要想黑进来，不可能不被发现。"

"除非……"内林哈说。

我的嘴巴开始变干。"是的。我们从车上下来时，我偷听到了伯尼和休伊特的对话。"

"偷听？"杰米尼用手在空中比画着双引号。

"好吧，是我读出了他们的唇语。"

杰米尼眯起眼睛。海豚学院的具体教学内容，并未对外界公开。我估计他这会儿正在飞速地回忆这两年里，还有什么话可能被我"偷听"过。"他们说了些什么？"

我瞥了一眼休伊特教授。他仍在摆弄他的平板电脑。显然，他并不喜欢屏幕上显示的信息。

"伯尼提过一个词'内奸'。"我说，"这就意味着——"

"学校里有人出卖了我们。"杰米尼说。我看得出来，他正在努力憋回已到嘴边的脏话。"如果那个人不想在袭击中丧生的话——"

"那么这会儿他应该正在这辆车上。"我虽讨厌这句话背后的逻辑，但还是忍不住说出口，"我们车上有个叛徒。"

第六章

半小时后，我们到达了码头。我们的实习船伐楼那号停泊在港口里。

趁其他学生从货舱卸行李时，我把班上的"海豚"们——李安、维吉尔、杰克和哈利玛拉到一边的停车场。

"Tá fealltóir againn." 我告诉他们。

这句话直译过来就是"我们中间有叛徒"。这听起来很合适。

从本学年伊始，我们就一直在使用爱尔兰语，作为我们内部交流的暗语。爱尔兰语很小众，旁人大概率连我们说的一个词也听不懂。海豚学院的每一届学生，都会选择一门语言，作为交流语。艾米莉亚那届选的是科普特语。高三学生们选的是马耳他语。高二那帮人选了拉丁语，实在太没想象力了。如果没有语言天赋的话，你在海豚学院很快就会混不下去。

我把心中的猜疑统统告诉了"海豚"们。蓄意破坏，背叛，冷血的谋杀。

信息量太大了。

向他们透露这些其实是有风险的。因为我不知道到底谁背叛了学校。每一个人都有可能是凶手。但我做不到怀疑所有人，我需要他们的帮助。

海豚学院的训练重点在通信和探测领域，但我们也学习过情报刺探，所以我希望我的同学们都高度警惕起来。

哈利玛看起来愤怒极了。我可以想象头巾之下她气得快要冒泡了。"怎么找到那名叛徒？需要我们怎么做？"

"暂时按兵不动，"我说，"暗中观察，多看多听。"

这句话用爱尔兰语讲是"Bígí ag faire agus ag éisteacht"。时刻观察和聆听。总结得非常到位。

李安的脸气得和砖块一样红。她是我们中间最擅长反间谍侦察的。这个消息在她听来，大概是对她本人的一种侮辱。她扫视着班上每一位同学的脸，无疑是在评估每个人的作案可能性。"我在其他年级还有朋友。"

"我们在其他年级都有朋友。"杰克·吴说，他对着休伊特教授的方向挑起一边的眉毛，问，"安娜，你清楚教授为什么会指派一名'鲨鱼'跟着你吗？"

此刻，那名"鲨鱼"，杰米尼·吐温，就站在不远处。他正在观察码头周边的情况，看是否存在任何威胁。我真心希望他不要对这份保镖工作太认真了。

码头上人不多，可杰米尼还是收到了不少异样的眼光。当地渔民们都奇怪地打量着他。我猜他们应该不常见到一个十四岁的小孩手里端着一架军用级别的冲锋枪，腰间还别着两把手枪，在站岗放哨。杰米尼对他们只是礼貌地点点头，并道一声"早上好"。他们则远远地躲开了他。

"我也一头雾水，"我说，"希望我们到海上后能找到一点线索吧。"

维吉尔·埃斯帕萨一直埋着头，怔怔地看着碎壳路面。这会儿，他突然开口道："你们知道吗？他以前在兰德学院教过书。"

我肩膀一紧。"谁？"

他朝休伊特的方向点点头。

我一时震惊得连"你在开玩笑吧？"用爱尔兰语怎么说都忘了。

"新生们！"休伊特喊道，"集合！"

我用手语（四个指尖敲敲太阳穴）给"海豚"们下达了最后一条指令：保持警惕。

我们各就各位。来自海豚学院、头足学院、虎鲸学院的十五个人面向休伊特，围成一个半圈。"鲨鱼"们则手持武器，站在外围。杰米尼·吐温挪了几步，站在休伊特教授身边，这样他既可以盯住我，也可以彰显自己新生老大的地位。

埃斯特挠了挠托普的耳朵。它耐心地陪在她身边，棕色的大眼睛专注地看向休伊特，仿佛在说：瞧，我也可以很乖的。

令我惊讶的是，内林哈竟然趁刚才洗了脸，还重新化了妆。她怎么做到的，这么神速？她冲我眨眨眼，表示对我的支持。

我的心痛了一下。我太爱我的朋友们了。我爱我们班上的所有人，即便是那些我平时不怎么喜欢的同学。我恨极了那个毁掉了我们的世界的坏蛋。

三名 HP 卫兵从长堤上走了过来。休伊特刚与他们结束交谈。他们一直待在伐楼那号上，替我们照看着船，直到我们前来。他们个个面露惊恐的神色。休伊特肯定已经把袭击的事告诉了他们。

有那么一会儿，我松了一口气。至少，船上有成年人保护我们。

接着，休伊特向他们下达了指令。我读出了唇语：为我们争取时间。

几名卫兵郑重地点点头，快步跑向我们来时乘坐的校车。伯尼坐在方向盘后边，发动机空转着。卫兵们上车之后，伯尼立即关闭了车门。他朝我无力地挥挥手，脸上的表情半是关心，半是抱歉。接着，他便驾着车离开了，车轮碾轧着路面上的贝壳，嘎吱作响。

休伊特为什么要遣走三名身强体壮的卫兵？为什么他把伯尼也调走了，连同我们来时的车？

学校已经不在了，他们还能回哪儿去？"为我们争取时间"为何听起来如此不祥，像是对敢死队下达的命令。

这一切似乎不太对劲。我可不想船上只有休伊特一个成年监护人。我记起维吉尔的话：他以前在兰德学院教过书。

更别提他糟糕的身体状况。这位教授的脸色几乎和他那乱糟糟的头发一样苍白。我试着猜测他的年纪。六十？七十？很难判断。

我很好奇，他是何时在兰德学院教书的，最后又是怎么来到我们这里的。对于我们的对手学校，我了解不多。他们的基本课程设置和HP差不多——海洋科学、海上作战。或许，兰德学院的教学更侧重于实战，而 HP 更侧重于理论，但两校的毕业生最后经常成为同僚和战友，在世界上最强的海军和海事研究所里并肩作战。听高年级学生谈起兰德学院，你会以为那儿的学生都是反社会分子，那儿的老师都是长着恶魔之角和尖尖尾巴的怪物。我一直以为高年级学生们是在夸大其词。然而今早过后，我终于理解了他们。

休伊特一脸无奈地看了看他的平板电脑。接着又看了一眼我们，仿佛眼前的我们更令他失望。"新生们，你们要明白，这趟出海已经不再是一次周末测试了。这将是一项无人可以预测的军事任务。不只是安娜·达卡，你们所有人都身陷危险。"

所有人都看向我。真尴尬。

"好的，好的。"休伊特说，他看见了大家的表情，"待我们到了射程之外，我就会向你们解释的。"

至于在什么的射程之外，他没有说明。

我看向他身后。学校 120 英尺高的实习船，正在六号码头的尽头等待我们。伐楼那号是目前停泊在港湾里的船舶中体形最庞大的一艘。我喜欢它，因为它是以印度海神的名字命名的。往日，每当我看见它闪闪发亮的白色船体，便万分激动，一种骄傲和自豪感油然而生。船首印着 HP 的校徽：鲨鱼、海豚、头足和虎鲸四个学院的标志，印在一只老式航海轮的四个象限内，下面是"哈丁－潘克洛夫学校"几个大字。然而今天，看见它的瞬间，我的眼眶便盈满了泪水。如今，这艘船成了我们学校的仅存之物。

休伊特接着说："我知道你们有很多疑问……"

"是的。"里斯·莫罗,一名胆大的"虎鲸",插话道,"老师,我们的家人会以为我们已经不在人世。我们得联络他们——"

"不行。"休伊特厉声打断道,"莫罗小姐,我知道这句话不中听。但至少现在,如果全世界都以为你已经死了,你的家人反而更安全,你自身也会更安全。我们希望兰德学院尚未意识到有个班级在袭击中逃过了一劫。假如我们能够赶在他们反应过来之前消失……"

他瞥了一眼平板电脑,脸上瞬间失去了血色。在他就要倒地的一瞬,杰米尼扶住了他。

杰米尼看见了屏幕,眉头紧锁地低声问道:"长官,那是什么?"

休伊特似乎全身都失去了力气,只余眼睛还能活动。他的眼神里充满了恐惧。

"船上的所有人,"他喘息着说,"我们得马上离开。"

第七章

事情可没有那么简单。

一艘 120 英尺的大船，怎么可能发动引擎说走就走。还有物资得装载，系统得检查，缆绳得解开。过去两年，我们在拉克希米号上工作过六次。我们熟悉这艘船，也熟悉自己的分工。不过，准备仍然需要时间。

一些新情况严重不利于我们的准备工作。比如，我们突然发现自己脚边堆满了之前从未在船上见过的装备。甲板上，几台洗衣机那么大的金属板条箱，已用绳子系好扎牢，并盖上了防水布。甲板下边，走廊里摆满了像保险柜一样的小箱子——每个都配有生物特征识别锁，并贴上了"黄金级机密"的标签。

在学校我见过这些箱子，不过只是远远地看过几眼。它们被搬进搬出凡尔纳大厅时，通常由保镖武装押运。箱子里的东西是最高机密，只有教授和高年级学生才有资格接触到。

可是突然间，我们简直被它们包围了。这就好比在过去两年里，我们一直被禁止接触艺术品，现在忽然之间，我们又快被堆得到处都是的毕加索作品绊倒了。休伊特竟然赶在 HP 从地图上被抹去之前，往拉克希米号上转移了这么多宝贵的学校财产，想想都令人不安……

如果知道箱子里装的是什么，可能更容易猜出休伊特的心思。但德夫从未给过我一点儿暗示。每次我缠着问他，他总是说，你很快就知道了。

别去想德夫了，我责备自己。

可我根本做不到。光是熬过这一天，就如同游过水下雷区般艰难。明天、后天也会继续如此。你或许以为痛失双亲的经历让我能够更加从容地应对此类悲剧。但事实上，并没有。它只让锥心的痛更加强烈。

我试着把这些感情锁进心匣，我还有很多事情要做。我检查了通信系统的电池、碟形卫星天线、VHF甚高频天线和3D声呐换能器。杰米尼寸步不离地守在我身边，一边向他的"鲨鱼"们下达命令，一边确保我不被忍者海狮们骚扰。

我们的船还未驶离码头，就听见扩音器中传来休伊特的声音："级长们，请速来指挥舱报到。"

我和杰米尼赶到时，富兰克林和蒂娅已经在那儿了。

蒂娅正在掌舵。富兰克林则焦急地围在休伊特教授身边打转。这位教授正瘫坐在船长椅上，大口喘着气，仿佛刚刚跑完十公里赛。

"老师，"富兰克林说，"至少让我为你测一下血压吧。"

这位教授到底怎么了？我很好奇。这看上去可不像单纯的压力过大……

"我没事。"休伊特挥挥手，示意他站到一边去。接着，这位教授挣扎着站起身来，蹒跚地来到海图桌边。"你们四个，都过来。"

蒂娅·罗梅罗看起来很不安，因为她是值班驾驶员。她再次检查了一遍自动舵和电子海图系统，才放心地来到桌边。我希望她继续掌舵，把航速调到最大，这样我们就可以远离休伊特平板电脑上显示的不知什么东西。不清楚我们究竟在逃避什么，真让人抓狂。

海图桌的叠层台面上摆放着一只金色保险箱。此刻，杰米尼·吐温正紧贴在我背后，我甚至能感觉到他的呼吸。我心想，如果他继续这么下去，我一定会把他的身体对折打包，塞进眼前这只箱子里。

"正常情况下，"休伊特教授说，"我会一点一点地，把接下来的信息逐步透露给你们。本来，这个周末的测试将是你们第一次接触到哈丁－潘克洛夫学校真正的使命。"

"真正的使命？"富兰克林把一缕蓝色的头发捋到耳后说。在我眼中，他一直是个规规矩矩的人，不过我很欣赏他那刻意违反学校着装规定的打扮。"难道学校的使命不是把我们培养成航海事业的接班人吗？"

"不完全是。"休伊特说，"我校毕业生们进入重要部门工作，确实在许多方面对我们有利。可我们对你们的期待远远不止于此。"他皱起眉头，特别看了我一眼，"你们将成为哈丁－潘克洛夫学校秘密的守护者和伟大事业的继承者。你们将肩负重任，但不是每个学生都能成功。"

这番关于秘密和伟大事业的谈话，听得我汗毛竖立。我不明白他是什么意思，但我有一种不祥的预感，他所谓的"成功"，应该是指"存活下来"。我真想知道德夫对这项"伟大事业"是怎么看的。

我瞄了一眼其他几位级长，他们看起来都和我一样迷茫。

休伊特就像平时把批改过的作文发还给我们时那样叹了口气。"现在，你们需要上一节速成课。达卡，你把箱子打开。"

我背上的肌肉顿时僵住了。这两年来，我一直被警告：低年级学生若擅自打开"黄金级机密"箱子，就会被开除。当然，被开除还算是幸运的，因为你很有可能在开箱的瞬间就没命了。我想休伊特应该不至于下达命令让杰米尼拼死保护我，只为了最终用这种手段取我性命吧。话虽如此……

我把手贴近生物特征识别锁。盖子瞬间打开，仿佛它一直在等待此刻。

箱子里嵌套于黑色泡沫塑料内的是四支枪。说实话，我从未见过外形如此奇特的枪。

"哇。"杰米尼感叹道。这是我认识他以来，听他说过的语气最强烈的一句话了。他的眼睛闪闪发光，就像一个小孩子见到了圣诞树。他看看休伊特教授，说："我可以……吗？"

休伊特点点头。

杰米尼小心翼翼地取出一支枪。这到底是什么武器呢？说它是一把手枪吧，太大了；说它是一支猎枪吧，又太小了。难道是某种微型榴弹发射器？或某种大号的信号枪？不论是什么，它确实做工精良。皮制手柄做了一个波纹设计，方便抓握。金色的枪管上镀了一层某种铜合金。电线像藤蔓般包覆于枪管外。

弹匣很短，却又很厚。我实在想不出究竟什么样的弹药适合这种弹匣。弹匣也镀上了一层铜合金，并特意刻上了 HP 的标志。

这些肯定不是真枪。它们太花哨了，就像十九世纪军官的佩剑和决斗手枪那样——只是装点门面的艺术品而已。它们真的太漂亮了！我从未对任何枪炮火器做出过如此评价。

"这是一把莱顿枪啊。"杰米尼赞叹道。

我对这个名字没有丝毫印象。我看向虎鲸学院的级长富兰克林。"虎鲸"们知道各种鲜为人知的历史事件和奇奇怪怪的冷知识。他们若参加《危险边缘》，稳赢。当然，他们还有其他专长，不过私下里，我们都喜欢戏称他们学院为"百科学院"。

富兰克林点点头："儒勒·凡尔纳。"

休伊特噘起嘴唇，似乎这位作者的名字是个讨厌却必要的事实。"是的，没错。令人震惊的是，有几件事情，他居然说对了。"

我记起来了。读预科前的那个暑假，我们的作业是阅读凡尔纳的《海底两万里》和《神秘岛》，史上最早的两部关于海洋科技的科幻小说。我以为这个作业的意义是"让我们在趣味阅读中拓展对海洋的认识"。说实话，"趣味"二字应该打上引号。因为我觉得这些书又枯燥，又难懂。叙事节奏太慢，语言也很陈旧。人物是一帮说话带鼻音的维多利亚时代的老先生。对于他们，我可提不起一丝兴趣。

《神秘岛》的两名主人公是哈丁和潘克洛夫，两个和我们学校的创始人有着相同姓氏的男人。当时我想，好吧，这是有点奇怪。后来，读到书中那位疯狂的科幻潜艇指挥官尼摩船长，声称自己的真名是达卡王子时，我承认我直感到后背发凉。但这两本书只是小说而已。鉴于 HP 最主要的建筑是凡尔纳大厅，我推断学校的创始人肯定是儒勒·凡尔纳的铁杆粉丝。或许，几十年前，他们是抱着开玩笑的心态，把我的先人招进学校的，只因为他们喜欢我们的姓氏。

除此之外，读凡尔纳确实在两点上刷新了我的认知。首先，标题"海底两万里"的意思其实和我理解的不太一样。老尼摩船长并没有下潜到 20000 里格的深度。那就等同于 60000 英里，相当于他的潜艇将直接穿破地球，飞到距离月球四分之一路程的地方。事实上，书名的意思是他在水下航行了 60000 英里。即便如此，照十九世纪的标准来看，这仍是件疯狂的事。相当于他驾着那艘生锈的破潜艇鹦鹉螺号，绕地球行驶了七圈半。

我从书中得知另一件事：凡尔纳提出了一些很酷的想法，不过它们大概率永远无法变成现实。莱顿枪便是其中之一。我想这个名字来自十八世纪荷兰科学家们在小城莱顿进行的一系列电气实验。休伊特的期中考试中有这道题，然而现在我很确定我没答对。

"这不可能是真的。"蒂娅·罗梅罗也拿起一支枪，取出弹匣细细打量。

"小心点儿，级长。"休伊特提醒她。

我快失去耐心了。

我们学校莫名其妙地被毁了。我哥哥可能已不在人世。我们正在躲避兰德学院的追杀，还不知道最后将逃往哪里。然而，现在看来，我们费尽心思保守的"黄金级机密"，竟然是休伊特教授喜欢真人角色扮演游戏。

他随身携带了这么多箱儒勒·凡尔纳小说中的那种手工制作的射线枪，只是为了让我们整个周末边喊着"biu，biu"，边假装向对方开枪！我开始有点怀疑他精神不太正常了。我甚至怀疑自己脑子出了问题，才会听从他的命令。

"老师，"我努力压下怒火，说，"或许你应该先向我们解释一下，现在到底是什么情况。听完之后，再让我们玩你的玩具？"

我本以为他会冲我大吼大叫。我已经做好思想准备了，反正我什么都不在乎了。然而，他却带着一种哀伤、沉重的神情上下打量起我来——每当提起我的父母，学校老师们的脸上都会浮现出这种表情。

"吐温级长，可以给我吗？"休伊特伸出手说。

杰米尼极不情愿地交出了手中的莱顿枪。

休伊特教授把枪仔细地看了又看，大概是在检查各项设置。然后，他对杰米尼露出一个倦怠的微笑。"我希望你能原谅我，级长。这比解释来得快。"

"什么，老师？"杰米尼疑惑不解地问。

话音刚落，休伊特朝他开了一枪。只听见高压的咝咝声，除此以外，万籁俱寂。在一毫秒之间，杰米尼的身子裹上了一层细细的白色的电流。

紧接着，他眼睛往上一翻，重重地倒下了。

第八章

"你杀了他！"富兰克林冲向杰米尼身边。

休伊特拨了拨枪托上的调节器，语气冷淡地说："有吗？"

蒂娅一脸惊恐地看向我，轻声问我该怎么办。

我一下子僵住了，既想冲过去帮助杰米尼，又想先把休伊特制伏。

富兰克林将两根手指贴在杰米尼的脖子上。"他没死，脉搏强着呢。"他生气地瞪着休伊特说，"可你也不能像这样到处乱电人吧！"

"不会造成永久性损伤的。"休伊特让大家放心。

"这不是重点。"我冒着被射伤的风险说。

听闻杰米尼没有性命之忧，蒂娅立马把注意力转向了自己手中的那把莱顿枪。就像一名典型的头足，她把枪放在地上，聚精会神地开始拆卸起来。她那头浓密的青铜色卷发，像一台复杂机器的线圈，在脸庞四周摇荡，弹跳。她从弹匣里取出一颗弹药，举在手上细细察看。那是一颗闪亮的白色条状物，大小和形状就像……说实话，在看到它的第一眼时，我想起了卫生棉条。

"是某种玻璃吗？"蒂娅问。

"不完全是。"休伊特说，"每颗弹药都装在一只莱顿瓶里。它储存的电荷，在受到撞击时，便会释放。弹壳是用一种特殊的分泌性碳酸钙制成的。"

"就像鲍鱼的壳。"我说。

休伊特对这个回答似乎很满意。"你说得很对，达卡级长。"

我却并不为此感到骄傲自得，现在又不是上课时间。更何况，他刚刚射倒了我的保镖。

"假如弹壳是分泌性的，"我说，"它是从哪里分泌而来的？"

休伊特没有作答，只是笑了笑。突然间，我就不想知道了。

"子弹一旦发射出去，"他说，"弹药便会自动分解，最终消失得无影无踪。敌人的昏迷状态持续数分钟至一小时不等，视个人身体情况而定。"

杰米尼像是接到了信号一样，哼了一声，醒了过来。他坐起身来，摇摇脑袋。"发生了什么？"

"休伊特把你射晕了。"富兰克林说。

他一脸崇拜地看向休伊特，仿佛在说：没想到这老头还挺酷的。

"你已无大碍。"休伊特告诉他，"站起来吧，级长。我正准备向你解释。下次与兰德学院交锋时，你们就要用到这批武器。你们会发现，它们比常规武器可靠得多。"

杰米尼的表情从惊讶变成了怀疑。"比我的西格绍尔还可靠？"

"吐温先生，我不怀疑你的枪法，"休伊特说，"我知道你是学校历史上射击分数最高的学生。但我们的敌人会穿上防弹衣，普通的枪械便没了用武之地。"

"芳纶纤维并不是无懈可击的。"

"我所说的和芳纶无关。"休伊特的表情变得严厉起来，"更何况，我们的目的只是制伏对方，不是杀死他。我们跟兰德学院那些人不一样。我们比他们高尚。"

他的语气如此决绝，让我开始怀疑自己是否错怪了他。他听上去似乎是真心地憎恶自己以前的雇主。我真想搞明白，他到底是因为什么才离开兰德学院，加入我们的阵营？

"莱顿枪的射程有限，"他继续讲解道，"不过，只要接触目标的身体，就会释放电荷。你们会发现，这些枪的有效射程能达到一百英尺。"

"还不及我那普通手枪的三分之一。"杰米尼嘟囔道。

"希望你们最后都不需要用上这些武器来测试自己的枪法。"休伊特语气冷淡地说，"不过我们必须做好万全的准备。武器舱里还有三大箱这样的枪。我已经把锁设置好了，任何一位级长用掌纹都可以打开。吐温先生，先让你的'鲨鱼'们挑选武器。然后，其他船员也请武装好自己。"

蒂娅摇摇头。"老师……这些玩意儿到底是怎么工作的？理论上根本不可能的呀。"

休伊特露出痛苦状——他经典的"上帝，饶了我吧"表情。"罗梅罗级长，不可能不过是我们尚未知晓的科学上的可能。"

"但是——"

"我理解，一下子有太多东西，你消化不了。"他说，"正常情况下，在新生测试这一环节，我只会向你们初步介绍一下莱顿枪，剩下的日后再说。一些更加离奇古怪的替代科技，就留到星期六、星期天再去了解。"

"什么替代科技？"富兰克林问。

"更加离奇古怪？"杰米尼激动起来，仿佛要去练习打靶似的。

"不幸的是，"休伊特没有理睬他俩，继续说道，"我们没有时间了。为了生存，我们需要动员一切力量。罗梅罗小姐，你看到远处那面墙边立着的箱子了吗？希望你还记得我课上讲过的光电伪装术。"

蒂娅眨眨眼。"就像章鱼的皮肤一样。"

"没错。这只箱子里装着投影模块。你们得把它们安装在船体外板上，每隔一米安在水位线上方。听明白了吗？"

"呃，嗯……明白了。"

"很好。"休伊特看向窗外。看见我们的船离海岸还是如此之近，他露出了沮丧的神情。"库奇先生，你身后的长凳上有另一只箱子，里面装的是脉冲分散部件。请把它安装在前甲板上。它能够阻隔雷达和声呐。"

"啊……"富兰克林的脸憋得青紫，仿佛过去几分钟里他已忘了如何呼吸，"好的，老师。"

"接下来，达卡小姐——"

"替代科技。"我脱口而出。

我感觉自己仿佛刚刚从梦中醒来，或者还在梦中。此时此刻，我已分不清梦境和现实。我甚至没去纠正休伊特对我的称呼，"达卡小姐"在我听来非常傲慢无礼。

"所以，"我说，"你在海洋理论课上讲述的那些奇怪又危险的科技，它们不仅仅是理论，对吗？"

他又用那种哀伤的神情看向我。"哦，亲爱的，我很抱歉。"

这声"抱歉"比他说过的任何话都更令我毛骨悚然。还有那句"亲爱的"是什么鬼？他以前一直叫我"达卡级长"（对我的正确称呼），或"达卡小姐"（我讨厌这个称呼），或"喂，你"（在他心情好时）。

再继续提问的话，似乎很危险。我感觉自己仿佛正站在高高的悬崖边上。这是我见过的最高的悬崖。不过，我最终还是义无反顾地跳了下去。"你之前讲，儒勒·凡尔纳说对了几件事情。而不是'预言'或'想象'。难不成你是在告诉我们，那些小说里的事情都是真的？"

休伊特放下手中的莱顿枪。他的指尖轻轻滑过枪管外藤蔓般的电线。"这就是那个老生常谈的问题：作者的灵感来自何处？拿凡尔纳来说，他的灵感来自访谈。他听到过一些传闻，便去寻找目击证人。这些人为了保护自己，在某些细节上向他撒了谎。对于另一些事实，凡尔纳进行了改编，使得他的故事读起来更像故事。即便如此，是的，亲爱的，那些故事大部分都是真的。"

指挥舱里陷入一片寂静。只听见机器的轰鸣，和船首劈开海浪的声音。其他几名级长个个面露迷茫的神色。休伊特再次开口时，他们都不自觉地往前一步，似乎那是古董留声机发出的声音，要凑近了听。

"自学校创立以来，"他说，"我们虽还原了部分尼摩船长发明的替代科技，但其中很多我们仍然不了解。哈丁－潘克洛夫学校的使命就是保护尼摩船长的遗产，确保他的发明不流入社会，并阻止兰德学院用替代科技统治世界。一百五十年来，两所学校一直势均力敌，互相制衡。可我担心，就像你们今天看到的，这种平衡要被打破了。兰德学院快要取得最终的胜利了。"

我仔细瞧着休伊特脸上那痛苦的神情。我的神经就像一群鲱鱼在疯狂地游向不同的方向。到最后，我实在受不了了，放声大笑起来。

我看上去一定像是疯了，可我实在憋不住笑。我的生活又一次分崩离析。我失去了我的哥哥、我的学校、我的前程。过去几个小时里，我一直神经紧绷，肾上腺素飙升。然而此时此刻，我们竟在讨论尼摩船长！

我抱住自己。我喘了口气，眨眨眼睛，忍住泪水。我十分肯定，当大笑停止时，我会号啕大哭起来。富兰克林走到我身边。他一定是察觉出我快神经崩溃了。甚至连杰米尼和蒂娅也一脸替我担忧的样子。

休伊特的眼睛仍像墨鱼汁一样深黑。"对不起，达卡小姐。"

"是达卡级长。"我纠正道。不过，由于我正大口喘着气，他大概没能听清楚。

休伊特皱起眉头。"我希望我们有更多的时间。我们花了将近一年，慢慢引导你哥哥。他是作为未来领袖被培养的，将来会接替你父母的工作。虽然他显示出了一定的潜能，但巨大的压力差点儿毁了他。然而现在，恐怕我要对你提出更高的要求。我希望——"

他的演讲被一声清脆的"丁零"打断，是他的平板电脑发出的。我从没听见它响过。尽管这个声音轻快悦耳，但从休伊特的表情可以看出，它报告的并不是好消息。

"他们发现我们了。"他宣布道。

杰米尼的双手下意识地去拔枪。"是我之前在您平板电脑上看见的东西吗？那是什么玩意儿？"

"没时间了。"休伊特说，"通知所有船员，我们被袭击了！"

第九章

他们几乎是顷刻间从海里冒出来的。

我还没来得及喊一声"他们来啦!",就看见戴水肺的潜水者从右舷一侧浮出水面,每个人都脚踏浮板大小的水中推进器,以至少每小时十二海里的速度前进着。我目测有八个敌人,有的手持捕鲸叉发射器似的银色武器,有的则在挥动着手中的……等等,那是手榴弹发射器吗?

两个拳头大的金属罐扑通一声落在我们的舷梯旁,咝咝叫着,冒着烟,滚过甲板。

"是闪光弹!"杰米尼大喊。

我赶紧闭上眼睛,捂住耳朵,然而爆炸仍使我的脑袋嗡嗡作响。有好一会儿,我只能晕头转向、跟跟跄跄地穿行在一片蓝色的烟雾中。待我们从混乱中恢复过来,敌人已经把抓钩套在了右舷栏杆上,扔掉水中推进器和氧气罐,开始顺着船舷往上攀爬,似乎这套动作他们已提前好几个月演练过。

埃洛伊丝和库珀是最先反应过来的。他俩端起 M4A1 冲锋枪,向敌人突突扫射起来。但他们的子弹仿佛是蜡做的,打在敌人的潜水服上，只留下一个个冒烟的白色印痕，除了让敌人疼得趔趄一下，根本造成不了什么明显伤害。

两个敌人开动了他们的银色武器。微型捕鲸叉刺穿了埃洛伊丝的肩膀和库珀的大腿。白色的电弧线从捕鲸叉中射出。两名"鲨鱼"倒下了。

我愤怒地尖叫起来。我那些站得离右舷近的朋友们，许多都没带武器，仍赤手空拳地向敌人扑了过去。这是绝境之中的无奈之举，但在全副武装的敌人面前，即便是近身肉搏，也好过被一个个击倒。况且我们这边有人数优势。我也想加入他们——想亲自用双手撕碎这些敌人，为我们被毁的母校，为德夫报仇——但杰米尼拦住了我。

"看准了，逮住机会就开一枪。"他递给我一把莱顿枪，"但请待在我身后。"虽然他居高临下的口吻让我很不爽，但我还是听从了他的命令。与此同时，他冲班上剩下的两名"鲨鱼"大喊道："德鲁，吉雅！"

他从金色保险箱中取出两支枪，给他俩一人扔了一支。"瞄准，开枪！"

真是对"鲨鱼"的完美指挥。

又有两个敌人正在翻越栏杆。杰米尼一枪击中了他们，让他们为慢人一拍付出代价。他们身体往后一仰，像两串坏掉的圣诞彩灯似的，浑身闪着光，坠入了海里。或许，他们的潜水服能帮助他们从水里浮起来。或许，他们能在溺水之前醒过来。不过此时此刻，我顾不上考虑这些了。

德鲁射中了另一个敌人。不幸的是，电弧弹到了内林哈身上。她正在用套筒扳手对付一个敌人。她和那个敌人一起陷入了昏迷。

还剩五个敌人。他们正在甲板上和我方的十名船员缠斗。为什么他们的人这么少？休伊特教授去哪儿了？他没有跟随我们来到指挥舱外。就在我开始相信他不是叛徒时，我的信任天平又重新倾向了"极度怀疑"一边。

我不太清楚袭击者的情况。潜水面罩和头套遮住了他们的脸部。不过，他们每人潜水服的胸前都清晰地印着兰德学院的徽章：一只银色的旧式捕鲸叉，绳子在代表兰德学院的英文字母 LI 周围绕成一个圈。

袭击者肯定是高年级学生——他们看起来比我们高大、成熟，但还不是成年人。兰德学院当然也有接受过格斗、武装警备训练的教职人员和毕业生。如果俘虏我们是一项重要任务的话，为什么他们派来的是学生？而且，尽管那些长得像捕鲸叉的武器看上去很厉害，但它们似乎不是用来杀人的。在摧毁了我们整座学校之后，又何必吝于使用杀伤性武器呢？

我在想这难道是一个诡计……或是某项演习训练。不。HP被摧毁，是不争的事实。

但这整件事似乎不太对劲……

我握着莱顿枪的手开始冒汗，无法一枪击中目标。在看见内林哈的遭遇之后，我没法再对着人群随意开枪，尤其是用这么一件我并不了解的武器。

梅多·纽曼被一个敌人用他们的微型捕鲸叉近距离射中。她瞬间倒下了，电火花在她周身迸射。埃斯特徒手将那人扳倒，替梅多报了仇。埃斯特是一名优秀的进攻前锋。那家伙踉跄着跌倒了。托普也加入了战斗，咬住那人的喉咙，显然在精神上给了埃斯特莫大的支持。若没有那身特殊面料的潜水服防护，那家伙肯定会成为托普的午餐。看样子它确实有此打算，因为那人一边趔趄着后退，一边尖叫着，设法甩掉那咬住他喉管不放的二十磅重的愤怒小毛球。

"这也太容易了吧。"我喃喃自语道。不过，我那些昏迷不醒的同学们估计不会赞同。十个敌人，六个已经失去了战斗力，有些伤口还在流血。

然而，我依然觉得似乎忽略了什么。

或许兰德学院压根儿没把我们放在眼里。在摧毁了我们的学校之后，他们大概以为，我们这帮新生肯定被吓破了胆，只会哭着求饶。这会儿，剩下的四个敌人，也如泥菩萨过江，自身难保了。尽管他们凭借自己的身高和力量优势，仍在到处乱踢乱戳着，但被我们降服，也只是时间问题。杰米尼、德鲁和吉雅，仍把他们的枪瞄准混乱的人群，不过从他们持枪的姿势就可以看出，连他们也开始放松了，认为我们已经胜券在握。

兰德学院精心策划了这次袭击。他们的行动十分协调。从右舷登上我们的船时，开场攻势也够迅猛。为什么突然就熄火了呢？除非……

"杰米尼！"我大喊。

他似乎没有听见。这并不意外，在枪声、船的引擎声和闪光弹的残响之中，一切声音都足以被淹没。此刻，三名"鲨鱼"

正目视前方，把我护在身后，专注地对付眼前的威胁。

像海豚一样思考，我告诉自己。刺探，而不是正面攻击。

我的后背突然间似乎有上千只小螃蟹爬过。这是一场佯攻！

"杰米尼！"我再次大喊。

我赶紧转过身，去查看船的左舷方向，但我的反应还是慢了一拍，或许是因为大脑还没从悲伤中缓过来，又或许是因为被手榴弹炸晕了。我的身体刚转到一半，就被人从背后锁了喉。随后是一阵刺痛，仿佛被黄蜂蜇了一口。

不知他们给我注射了什么。冰冷的恐惧注满了我的血管。莱顿枪从我麻木的手指间滑落。

我接受过训练，有十几种办法破解锁喉。然而此刻我的双腿开始变软，双臂也无力地垂在身侧。除了心慌气闷，什么也感觉不到。这时，我终于看见了拉克希米号左舷一侧停着的偷袭者乘坐的浮船。另一名兰德学院的突击队员正在操作其舷外发动机。

"鲨鱼"们开始大叫。至少他们注意到了我。德鲁和杰米尼同时举起枪，从侧面包围了偷袭者。吉雅率先冲到左舷，发现了浮船，立即向船上的人开火，不料却射偏了，射中了发动机。那人回了一枪，吉雅被一个闪亮的磁暴线圈击中，倒下了。

"别开枪！"偷袭者喊道，"否则安娜·达卡会没命的！"

他扭转身子，背对着栏杆，让我夹在他和"鲨鱼"们之间。他知道我的名字。当然了……原来目标一直是我。我虽不明白他们的动机，但看来他们发动袭击，就是为了俘虏我。

杰米尼和德鲁继续把手中的莱顿枪瞄准我们。在甲板的右舷边，最后一名兰德学院突击队员被蒂娅·罗梅罗用灭火器砸中，从船上掉了下去。

我与杰米尼·吐温四目相视。我拼命喊着"快开枪吧，朝我俩开枪吧"，却怎么也发不出声音来。

"换作是我，我是不会开枪的。"偷袭者对杰米尼说，"或许你没有注意到我对准你朋友脖子的这根针吧。海蛇的毒液可以造成很严重的后果哟。只要你们这帮新生不用莱顿枪乱来，她就没事。你开枪打我，我就拿针扎她。那对她的神经系统可不太好。"

杰米尼缓缓地放下手中的莱顿枪。接着，他又缓缓地掏出别在腰间的西格绍尔。"要不然我往你嘴里开一枪试试？"他提议道，语气冷静又礼貌，仿佛是在为我们的客人递上一块湿毛巾，"除非你的脸也是防弹的？"

虽说杰米尼是个神枪手，但这还是没能减少我的恐慌。因为偷袭者的脸和我的脸刚好贴得很近。

"吐温，你枪法再好，我也不怕你。"偷袭者低吼道。他也认识杰米尼。看来，他是做过功课的。"这根针会刺进她的脖子。如果再来一滴海蛇毒液的话，她会怎么样呢？百分之百没命。我现在要带着达卡一起离开。而你要乖乖地放我们走。"

"你准备就这么一走了之，不管你的朋友们了吗？"杰米尼用枪管指指甲板上躺得横七竖八的、昏迷不醒的兰德学院的突击队员们，"要不我们做个交易吧？"

偷袭者轻蔑地哼了一声，说："他们就交给你们了。反正他们已经完成了使命。不过，这位呢？"他把我的脖子捏得更紧了。"她若死了，你我都承担不起，不是吗？"

　　说着，他带我一起往后一仰，从拉克希米号的船舷上自由坠落。就在落水之前，我最后看了一眼蓝天。接着，扑通一声，冰冷的海水像裹尸布一样，遮没了我的脸庞。

第十章

浮出水面时，我被呛得连连咳嗽。我模糊地看见我的同班同学，正聚在拉克希米号左舷边上，面色铁青地往下张望。休伊特教授也现身了。他看上去像是晕船了。杰米尼·吐温把手上的莱顿枪换成了 M4A1 冲锋枪，枪口时刻对准着我身边的偷袭者。

拉克希米号关闭了引擎。世界一片安静，只听见海浪拍打船体的声音，和偷袭者在我耳畔发出的急促呼吸声。把我当成人肉盾牌，一路拖着我，向他的浮船游去，一定是一项特别艰苦的工作。我真希望他被淹死在半道上。

这时，我听见杰米尼在我们头顶上幽幽地说："长官，我瞄准了。"

这话不该让我们听到的，但声音在海上传播得很远。一想到他可能真的会开枪，我的心不由得揪成了一团。海上风大浪急，浮船起伏不定，再加上我俩在不停地移动，连杰米尼这样的神枪手估计也很难瞄准目标吧。更何况，偷袭者手里应该还捏着毒针。真希望他一不小心把针扎到自己身上。

"吐温先生，你先不要轻举妄动。"休伊特命令道。

真的吗？我心想。休伊特，难道你就只有这句话吗？

"没错，"偷袭者揶揄道，"不要轻举妄动，吐温先生。"

休伊特眯起眼睛。"我认出你的声音了，卡莱布·绍斯。别这样。"

卡莱布破口咒骂起来。显然，他和我一样不待见休伊特。

我们终于游到了浮船下边。另一双粗糙的手一把拉住我，把我拽上了船。

"戴夫，"那名偷袭者说，"我上船的时候，你拿根针对准她。"

棒极了，我被两个叫卡莱布和戴夫的恶人给劫持了。我真好奇他俩是不是兰德学院年刊评出的最适合开家庭餐厅或园艺中心的人选。

我的四肢仍麻木僵硬，但能感觉到脚指头阵阵酥痒。看来毒药在渐渐失去作用。我试着开口说话，却只能发出"咯咯"的声音。

卡莱布·绍斯爬上了船。他把我拉回他身边，我再一次成了替他挡子弹的肉盾。戴夫则冲回船尾，摆弄起舷外发动机来。

"戴夫，动作快点儿。"卡莱布吼道。

"我正在想办法呢，"戴夫抱怨道，"都怪那个蠢丫头射坏了引擎。"

听到这个消息，我真高兴。真希望引擎爆炸，炸烂戴夫的脸。

这时，甲板上传来休伊特的喊声："卡莱布，听我说。你们这是疯了。"

"是的，教授，我还记得您给我们上过的课，"卡莱布的语气和他手中的毒针一样恶毒，"我们的计划是疯狂之举，等等，等等。但阿龙纳斯已经造好了，哈丁－潘克洛夫学校却从地表消失了，所以，看来您离开我们，才是疯了呢。"

我不知道阿龙纳斯是什么。但光是它的名字就让我怕得发抖，听起来那么锋利、那么沉甸甸的，像切肉刀一样。不过，另一方面，我能够发抖，也算好消息。我试着抬起歪向一侧的脑袋。现在，我可以随时投入战斗了。

"你们的新玩具算不了什么，"休伊特对卡莱布说，"达卡才是一切。"

"玩具?！"卡莱布叫道。

休伊特继续说道："在你们今早对我们学校、对安娜哥哥做了那些事之后，她反正是无可替代的了。"

我不喜欢休伊特说起我的方式，仿佛我不是人，只是一件贵重的商品似的。我真好奇，他是不是准备和敌人讨价还价，把我劈成两半，然后和他们平分。

我可以感觉到卡莱布捏住我脖子的手指在发抖。他被激怒了，而且手里的针正对准我的颈动脉。我可不喜欢这样的组合。

这时，从浮船船尾传来戴夫的一声欢呼："好了！"

舷外发动机突突突地重新启动了。

"再见了，休伊特教授。"浮船驶离时，卡莱布大喊道，"反正你作为老师，也很失败。"

好吧，虽然休伊特可能并没有教唆或串通兰德学院的学生，但他也帮不上我什么忙。此刻，我只能想到一个办法。我哈哈大笑起来，试图引起卡莱布的注意。

他捏紧我的脖子："又怎么了，达卡？"

我装作有重要事情要告诉他的样子，嘴里发出一连串叽里咕噜的声音。他果然凑近了——这是人的通性，好奇我到底想说什么。我瞅准时机，祭出唯一的撒手锏——用脑袋往后狠狠一撞，便听见卡莱布的鼻梁咔嚓一声折断的声音。

他尖叫着，松开了手——虽然只有短短几秒，但也足够了。就在他湿滑的手指从我的喉咙上松开的一瞬间，我身体一扭，逃出了他的魔掌，然后摇摇晃晃地从船上翻了下去。

在入水之前，我深深地吸了一大口气。我的四肢软得像面条，但我还是设法挺直胸部，以保持浮力。就在我浮出水面的时候，拉克希米号上传来一阵莱顿枪的射击声。戴夫痛得哇哇惨叫。

卡莱布怒吼一声，跳进水中，朝我游来。杰米尼的 M4A1 射出的两发子弹，贴着他潜水服的后背嗖嗖飞过。卡莱布抓住我的头发，拖着我往回游，向正在迅速驶离的浮船游去。

"他们交代我，要把你活着带回去。"他说，"但假如我做不到呢……"

我用眼角的余光瞥见他举起了另一只手。注射针从他中指上戴的戒指里伸出来。这让我想起了小时候德夫用来整我的一种触电握手器。我可不想让它成为我最后的回忆。

杰米尼又开了一枪。子弹从卡莱布的头罩上弹开，在离我耳边只有几英寸的地方，激起一片水花。休伊特大喊："快住手！"

我用力挣扎，可身体却不听使唤。卡莱布冷笑一声。从鼻孔溢出的血水，使他看起来就像一头长着獠牙的海象。

"你真是个麻烦精，带来的麻烦远远超出你的价值。"他断言道。

他高高扬起手，正准备用带毒针的"触电蜂鸣器"对付我，就在这时，天降神兵。在我们身边不远处，一头皮肤光滑的蓝灰色海豚从海里腾跃而出。在这头六百多磅重的宽吻海豚的拍击之下，卡莱布直接昏了过去。

海豚激起的巨浪，也使我沉入了水中。我的鼻腔瞬时灌满了海水。我用无力的四肢在水中扑腾着，越沉越深。

接着，这头海豚潜入水中，轻柔地将我托出水面。我用双臂紧紧抱住它的背鳍。它的背鳍上有一道显眼的黑色条纹。

我们一起浮出水面。我终于开口说出第一句话，声音既像哽噎又像哭泣："苏格拉底，是你吗？"

我真想不到它是如何找到我的，又是怎么知道我需要帮助的。不过它那熟悉的"吱吱""嗒嗒"的叫声，无疑是在说：愚蠢的人类，我早就警告过你了。

我把脸埋进它那光滑、温暖的前额，止不住地抽泣起来。

第十一章

我们是不会眼睁睁看着卡莱布溺水不管的。

如果投票的话，我不确定有多少人支持救他。但休伊特教授坚持要把他从海里捞上来，然后再由吉雅和德鲁把他拖走，进行审问。

其他兰德学院的突击队员则被我们缴走身上的全部武器、扎带，再扔回浮船上。休伊特教授向我们保证，他们很快就会被人接走——幸运的话，被海岸卫兵队发现；不幸的话，则落入他们的同学手中。

"兰德学院对失败者从不心慈手软。"他说，"我们得赶紧出发了。"

蒂娅·罗梅罗一脸不可思议地看向他。"老师，我们被他们袭击了，而且有人受伤了，我们应该亲自通知海岸卫兵队。"

休伊特给了她一个同情的眼神。"政府帮不了我们的，级长。这么做只会让他们也陷入危险。你只管完成改装，然后发动引擎。阿龙纳斯就快要追上来了。"

蒂娅虽一脸不悦，也只好遵命。

虎鲸学院负责救治伤者。梅多、埃洛伊丝、库珀和罗比·巴尔都被敌人的微型捕鲸叉刺中，身负重伤。富兰克林认为他们没有大碍，但伤口仍需要缝合。

"完全没必要啊。"他一边举起一支六英寸长的微型捕鲸叉查看，一边抱怨道，"既然想把对方电晕，干吗还要捅伤他们？"

我也说不上为什么。不过，兰德学院会发明一种给人带来不必要痛苦的莱顿枪，在我看来一点儿也不意外。

其他船员的伤势都较轻。富兰克林一直催促我去医务室，好让他给我做些检查，以确保毒素已经从我体内排净。我向他保证，我已经没事了。

但他却不相信我。内林哈和埃斯特也不信。她们坚持让我去医务室，可我最不想要的就是被关在甲板下面的一间小舱房里，身上绑满各种仪器。我需要新鲜空气和大海。我想去看苏格拉底在我们的船边游来游去，"吱吱""嗒嗒"地叫着，仿佛在快乐地与我交谈。继昨天发生的一系列事情之后，又遭敌人绑架，我浑身战栗着，许久未能从惊恐、羞辱和愤怒中缓过来。我体内需排出的毒素，岂止海蛇的毒液？

头足学院的学生们正东奔西跑地忙着完成休伊特教授要求的改装。脉冲分散部件被安装在前甲板上，以阻隔雷达和声呐。投影模块被安装在船体外板上，以达成光电伪装。虽然从我站立的船舷位置，看不到船的外观有什么改变，但头足们个个兴奋不已。他们上气不接下气地讨论着规格和参数，仿佛是在谈论某种魔法。

"你能相信吗？"内林哈经过的时候对我咧嘴笑道。被德鲁的莱顿枪误伤也丝毫没有影响她的敏捷度。相反，她似乎浑身充满了能量。不过，见我没什么反应，她收起了笑容，把一只手轻轻地搭在我肩膀上，问道："宝贝儿，你确定没事吧？"

这时，只听见她的同班同学凯兴奋地大喊："哇，太牛了。看看这些分阶段光学反应！"

于是，内林哈又走开了。

她虽是世界上最温柔体贴的朋友，但你必须接受一个事实：有时，在炫酷的新科技面前，你会被她排在次位。

几分钟之后，拉克希米号重新起航。

我们按计划向西航行。苏格拉底一路相随，轻松自在地在船边游弋。它"吱吱""嗒嗒"地与我交谈着，一如既往地只发问，不作答。

我真想知道它是怎么找到我的，它是否明白德夫已经不在了。可惜它没法告诉我这些。

不，不对。我所掌握的关于海豚智商和交流方式的知识告诉我，它完全有能力回答我的疑问。海豚的语言比人类的语言复杂、微妙得多。只是我们不够了解它们而已。

"谢谢你。"我用手语对它说，好让它更直观地理解我的意思，"希望有朝一日我能够报答你。"

它咧开嘴，冲我露出一个海豚"微笑"。我猜它是在说：是的，你欠我好多好多鱿鱼呢。

这时，我背后有个声音说："我竟然被一头海豚抢了风头。"

只见杰米尼·吐温斜倚在一个绞盘上。他闷闷不乐地抱着双臂，乌黑的头发沾满了斑斑点点的海盐。

"我的职责就是保护你，"他告诉我，"对不起。"

我很想回他一句"我不需要你的保护"，可他的神情如此忧郁，我便没忍心说出口。

"别太自责了，迈尔斯·莫拉莱斯。"我说。

他轻声笑道："说起来容易，做起来难。"

他摸了摸项链上的金色十字架。

我对他了解不多。自从预科那年他与内林哈发生争执之后，我就决定除非必要，再也不和他打交道了。我猜，他在哈丁 - 潘克洛夫学校的日子也并不好过。据我所知，他是 HP 唯一的一名后期圣徒。来自内陆犹他州的一名信仰摩门教的黑人小孩是怎么对航海事业产生兴趣的？我从未问过他这个问题。如今，我希望我们能有更多的机会交谈——并不是因为我喜欢他，或者我觉得自己应该去喜欢他，而是因为他是我的同学。今天的一系列事情让我认识到，生命中的任何人都有可能在一瞬间被死神带走。

"今天你在休伊特的平板电脑上看见了什么？"我问他。

他微微蹙眉。"潜在水下的一个暗影。像一支巨大的箭头。"

"阿龙纳斯？"我猜测道，"某种潜艇吗？"

杰米尼环视地平线。"我从没听说过。如果袭击 HP 的就是它，而它的目标是我们的话……"

他话只讲到一半，剩下的不敢设想。一艘足以摧毁一立方英里加州海岸线的潜艇，不是我们凭拉克希米号就可以对付的，即便有冲锋枪、电磁枪和摔跤手海豚加持。如果我们如休伊特所坚持的那样，不向当局汇报的话，那么唯一的希望就只剩逃跑并躲起来了。这让我想到一个令人不安的问题：我们能跑到哪儿躲起来呢？

埃斯特慢悠悠地走了过来，手中拿着一条死鱿鱼。托普跟在她脚边。她不由分说地把鱿鱼递给我。鱿鱼摸在手里，冰凉湿滑，还带着几分温热。

"我在冰柜里找到的，"她说，"我用微波炉加热了六十五秒。没多热一会儿，是因为我不想让它变得太黏。我的意思是，作为鱿鱼，它已经够黏了。"

她一口气说完这些，全程没看我的眼睛。我意识到这是她安慰我的方式。她知道我想给苏格拉底一点回礼。她送来的东西正合我意。

我曾听"专家"说过，患有孤独症的人，通常缺乏共情能力。但我认为，在海豚学院的密码学课上，这些专家绝对撑不过一分钟。埃斯特的共情能力就像某种复杂而微妙的密码。一开始，它如同一堆混乱的词语和符号，可一旦破解了它，我便发现，她是我遇见的最善解人意的人。

托普蹲在我脚边，摇晃着尾巴。它无比深情地看着我，似乎在说：我是个好孩子吧，刚刚差点儿干掉了某人。

"我已经给过它一堆奖励了，"埃斯特让我放心，"鱿鱼是给苏格拉底的。"

"只要不是给我的就行。"杰米尼说。

"这是一句玩笑话。"埃斯特一脸严肃地说，"我听出来了。"

"真棒。"我对埃斯特说，"谢谢你。"

我把鱿鱼扔给苏格拉底，它急切地一口咬住。我真希望可以跳进水里，亲自用手喂给它，但现在我们的船正在飞速前进中，苏格拉底也在快速游动。我知道它能够轻松地跟上我们的船，但我不确定它是否愿意继续跟着我们。海豚也有自己的行程安排。

"它游累了的话，可以到我们船上休息。"埃斯特告诉我。

我过了一秒钟才反应过来。"到我们船上，是什么意思？"

"你还没见过船长室吧？"她问道，"哈丁－潘克洛夫学校一直都有海豚朋友。就像托普一样。"她挠挠它的耳朵，"在哈丁－潘克洛夫学校里，一直有一只托普。我的意思是，在被毁之前的哈丁－潘克洛夫学校里。"

我不太明白她所说的托普和海豚在 HP 一直都存在是什么意思，但提起学校被毁，她的情绪又激动起来。她开始用指尖敲着大腿，说话声音也提高了好几个分贝。

"其实，我是被派来叫你们的。"她说。

"我吗？好。有什么事？"

说真的，我并不想知道。今天发生的事情已经够多了。

"休伊特教授正在前甲板上，他想见你们俩。"埃斯特告诉我们，"他身体不太舒服。我不是专家，但我敢肯定他患有糖尿病，或者更严重的潜在疾病。"

我和杰米尼不安地对视了一眼。对于休伊特生病这件事，我并不感到意外。他自从……不，他是一直以来都病恹恹的。虽然埃斯特说话时向来不懂得照顾病人的心情，可我相信她的直觉。有一次，她在吃午饭时大声宣称，如果我多摄入一些维生素 B1，痛经就不会那么严重了。虽然让人尴尬，但她说得没错。

"好吧，"我说，"就因为这个，他想见我们？因为他病了？"

"不，"埃斯特说，"只是我突然想到这点，就顺口说了。他想见你们，是因为我们的俘虏终于开口了。"她看了看自己的手掌，"还有，我手上沾满了鱿鱼的黏液。我准备去洗手了，因为这好像才是我现在应该去做的。"

第十二章

卡莱布·绍斯被五花大绑在一张金属折叠椅上，手腕反捆在背后，脚腕绑在椅腿上。

在看见他的一瞬，我的怒火腾一下燃烧起来。本来，我试图将之转化为一套坚硬的盔甲。但我已身心俱疲，盔甲更像一套破旧的睡衣了。渐渐地，怒火消散，只剩一团无形的悲伤和震惊。

卡莱布还穿着他的潜水服。面罩和头套被脱掉了，露出一双眼距很近的棕色眼睛和一缕被氯气染成绿色的金发。他被撞断的鼻子肿了起来，上唇上结了一层血痂。

他坐的椅子面朝夕阳，所以每次抬头看休伊特教授时，都不得不眯起双眼。德鲁和吉雅手持全新的莱顿枪，耀武扬威地立在他的两侧。吉雅看上去似乎还在为被电磁枪击中而闷闷不乐。黄林齐，一名虎鲸学院的学生，站在休伊特教授身后。

看到林齐在，我松了一口气。看来休伊特教授还算守规矩。在进行重要谈判时，必须有一名"虎鲸"在场。除了作为医护人员，"虎鲸"们还是我们的书记员和证人。他们是学校的良心。有他们在场，所有人的行为就会有所约束。我虽然不相信自己的同学会做出对俘虏严刑逼供之事，但在经历了这么多之后，大家的神经都高度紧张，火气也很大。

其实，卡莱布的状态算不错的了——考虑到他鼻梁骨折了，身子又刚刚被一头海豚撞击。他经受的唯一折磨，就是肱二头肌上被套上了一对儿童游泳臂圈。抢眼的亮黄色，配上粉色小鸭子图案。腰间再被套上一个同款的游泳圈。这是哈丁－潘克洛夫学校标志性的辱刑。预科班的小孩们若作业完成得不好，就会被高年级学生用这种方式羞辱。他们被强迫戴上“小粉鸭”，一戴一整天。许多小孩都走不出被羞辱的阴影。至于我们的船上为何会配有这种充气臂圈，我虽不知道其中缘由，但也并不感到惊讶。

卡莱布看到我时，蹙起眉头，但没有冷嘲热讽。看来“小粉鸭”挫伤了他的士气。

休伊特靠近我们的俘虏，说:“绍斯先生，请把你告诉我的话，讲给达卡小姐——不，是达卡级长听。”

卡莱布噘起嘴唇，恶狠狠地说:“这艘船最后定会葬身海底。”

“不是这句，”休伊特疲惫地说，“另一句。”

“阿龙纳斯就要来了。”

“阿龙纳斯是你们的潜艇吧。”我猜测道。

卡莱布断断续续地笑了几声。“阿龙纳斯可谓潜艇界的兰博基尼。是的，天才，你说得对，阿龙纳斯就是我们的船。幸运的话，你们还有大约一个小时的时间逃生。我们是被派来抓你的，要把你活着带回去。"他吐掉嘴唇上结的一块血痂，"但既然我们失败了，没有回去交差，他们就会跟进。他们会把你们的破船用鱼雷炸毁，不留一个活口。"

不留一个活口？我的心一下子凉了，仿佛被一把锋利的片刀刺中。我很好奇，在摧毁我们学校之前，阿龙纳斯号上的船员们是否也是这样谈起我和德夫的，就仿佛我们不是人，只是两个靶子而已。

我真想扇他一巴掌。我强忍住愤怒。林齐在场，让我冷静下来：我们不是那样的人。我们才不和他们一般见识。

"为什么要偷袭？"我问卡莱布，"为什么要抓的是我？为什么他们派的是一帮办不成事的学生？"

他一脸厌恶地摇摇头。"碰上那头愚蠢的海豚，算你走运。兰德学院可不像 HP 那样，任由学生胡来。毁掉 HP……"他咧开血淋淋的嘴巴，冲我笑道，"才是我们的首要目标。从这点上说，我们大大地成功了。"

德鲁举起枪托，准备冲上前去，被杰米尼用一个严厉的眼神制止了。

卡莱布饶有兴味地看着他俩。"至于为什么是你，安娜·达卡……你果然什么都不知道啊，是吧？"他瞥向休伊特教授，"我猜这位教授没有把 HP 的真相告诉你。你们该不会今天才学会使用莱顿枪吧？之前你们估计连它的存在都不知道吧？"

一种不安的情绪在我们的团队中蔓延开来。

"果然如我所料。"卡莱布说，"在兰德学院，我们从不害怕运用自己的知识。如果你们这群懦夫愿意分享自己掌握的知识，多少世界问题将得到解决？"

站在我身后的杰米尼问："分享什么？讲具体点。"

"你们本来有两年时间。"卡莱布语气中带着苦涩，甚至悔恨，"你们本可以与我们合作，与我们坐下来协商。"

顿时，我已分不清是船在颠簸，还是自己缺乏平衡感。两年前，我父母过世。两年前，休伊特开始担心今天的袭击。两年前，据卡莱布说，哈丁－潘克洛夫学校本可以与兰德学院协商谈判。

我紧紧盯住休伊特教授，问："两年前到底发生了什么？"

他的眼神比托普讨要狗狗饼干时还要楚楚可怜。"亲爱的，我过会儿就会和你谈这件事的。我保证。"

卡莱布轻蔑地哼了一声："你该不会蠢到去相信休伊特的承诺吧？他也对我们许诺过很多事情，在他任教兰德学院期间。"

休伊特握紧的拳头指节发白："够了，绍斯先生。"

"教授，要不然你跟他们讲讲，在我读高一那年，你在兰德学院从事的是什么工作吧？"卡莱布提议道，"在你失去勇气之前，告诉他们，阿龙纳斯号是谁的发明？"

这句话仿佛他扔出的另一枚榴弹。我的脑袋一阵剧痛。

杰米尼倒吸一口冷气："教授，他在说什么啊？"

休伊特脸上的表情，愤怒大于羞愧。"吐温级长，我在兰德学院做过许多不光彩的事情。后来我才意识到后果的严重性。"他把目光转向我们的俘虏，"绍斯先生，兰德学院今天的所作所为，证明了为何先进技术永远不能落入你们手里。你们毁掉了一所历史悠久的高贵学府。"

"高贵学府？你们不过是在替一名不法之徒打理遗产。"卡莱布的身子在"小粉鸭"游泳圈里扭动，"你们要杀要剐，请便！这玩意儿实在太难受了。"

德鲁和吉雅冷冰冰地看着休伊特教授。连林齐看起来也有几分动摇。或许，他们不像我一样，之前就知道休伊特曾经为兰德学院工作过。但没想到事实比这更糟糕。是休伊特教授发明了阿龙纳斯号。是他创造了毁灭 HP、杀死我哥哥的武器。

"我们不杀俘虏，"休伊特宣布道，"德鲁，吉雅，把他扔下船去。"

卡莱布脸上那高傲的神情顿时消失了。"等等——"

"老师。"林齐抗议道。

"他不会有事的。"休伊特向她保证，"他有浮力控制马甲、潜水服和充气臂圈呢。卫兵们，动手吧。"

德鲁和吉雅看上去似乎更想把这位老师给扔下去。但在看了一眼杰米尼·吐温之后，"鲨鱼"们还是遵从了命令。他们把他从椅子上解开，任凭他一路扭动着、咒骂着，然后把他从左舷边扔进了海里。

于是，这个之前绑架我的人，便在翻腾的海浪中，奋力挣扎着，破口大骂着，直到逐渐消失在我们的视线里。我想他很快就会被人救起。他嗓门儿很大。更何况，他身上戴的"小粉鸭"，使他成了圣亚历杭德罗海湾里最亮眼的一道风景。

"黄小姐，"休伊特说，"请去一趟指挥舱。告诉他们继续以最大航速往正西方向行驶。"

林齐突然激动起来："老师，我们该得到一个——"

"你们会得到一个解释的。"休伊特承诺道，"但事有先后。告诉他们仔细检查投影模块和脉冲分散部件。让"虎鲸"们在船上仔细搜查，寻找任何可能存在的跟踪装置。"说着，他转向我，"至于你，安娜·达卡，请随我来。我想是时候由你来给我们指明航向了。"

第十三章

半路上，我找到内林哈，让她陪我一起去。

我需要一个朋友在身边，即便这意味着她不得不忍受与杰米尼共处一室一段时间。说实话，我仍未从这一切中回过神来。我不喜欢卡莱布的警告，也不明白为什么休伊特教授认为应该由我来决定航向。为什么他老是这样特殊化对待我？他才是那个知道所有秘密的人。此外，对于"保镖"杰米尼·吐温，我也不太信任。

我们来到走廊尽头。休伊特打开了通往船长室的门。这个地方，我从没走进过。里面的空间很宽敞：靠左舷墙摆放的双人床，可以俯瞰船首的舷窗，一张巨大的会议桌，还有右舷墙边的……

我惊呼道："苏格拉底！"

整个房间的右舷墙被打造成了一面开放式的海水缸。树脂玻璃壁大概有十二英尺长、五英尺高，顶部向内弯曲，以防水在船移动时从缸中溅出。缸虽不大，不够海豚长久生活，但却有足够的空间让它在里面戏水、转身、舒舒服服地漂游。缸两侧各有一个水下金属挡板，酷似一扇巨大的宠物门。我虽不太懂这缸是怎么设计的，但泄槽一定是与大海连通的，让苏格拉底可以自由来去。

苏格拉底从树脂玻璃缸上探出脑袋来。这使它的身体与我的眼睛在同一水平线上。它开心地与我打着招呼。我给了它一个拥抱，并吻了吻它的喙。我突然发现，这是自学校被毁以来，我第一次露出笑容。

"我想不明白，"我说，"你是怎么找到我们的？"

休伊特替它做了回答。"你的海豚朋友很熟悉这条船。这么多年来，HP与它们家族的许多成员建立了友谊。你叫它苏格拉底，对吗？"

"是的……"我本打算向他解释，每天早上我和德夫都会跟苏格拉底一起潜水，但一想起这件事，就如同赤脚走在碎玻璃上一样锥心。

"真是个好名字。"休伊特说，"没错，苏格拉底知道，如果它想和我们一起旅行的话，拉克希米号上永远有它的席位。请过来一下，达卡小姐。看看这个。"

"达卡小姐"，又来了。他们就是这样磨你，直到你屈服的：不停地犯同样的错误，直到最后你再也懒得去纠正他们。

"是级长。"我嘟囔道，不过休伊特已经将注意力转向了会议桌。杰米尼和内林哈已经在桌边坐下。

我猜他们不觉得特等舱里有一只宽吻海豚是一件大不了的事情。于是，我只好极不情愿地在他们身边落座。

会议桌上铺着一张太平洋海图。是那种老式地图。地理名称用花体字标注。指南针图标设计得花里胡哨。角落的插画中藏匿着各种扭动着身子的海怪。

不过，这张地图的材质我从未见过。是一种浅灰色、几乎全透明的材质，表面十分光滑，仿佛从未被折叠过一样。地图上，墨水的痕迹发出闪烁的微光。如果从侧面看去，所有的字迹又仿佛都消失了。虽然在苏格拉底面前我不愿这么想，但它确实让我想起了海豚的皮肤。或许，它就像莱顿枪子弹的碳酸钙弹壳，也是在某间实验室里有机分泌出来的。

好吧，我的思维开始陷入替代科技，并越陷越深。

地图上压着一块铜制的圆顶状的类似镇纸的玩意儿。至少，在正常的世界里，它应该是一块镇纸。它的曲面上雕饰着繁复的花纹，顶部有一个光滑的圆形凹槽，看上去很像蒸汽朋克机器人的眼睛。我真希望它不要突然睁开看向我。

休伊特坐进我斜对面的椅子里，用手绢擦去额头的汗珠。我想起埃斯特的话：糖尿病，潜在疾病。虽然休伊特从来不是我最喜欢的老师，我也不信任他，但我依然为他的身体状况感到担心。他现在是这个房间里唯一的成年人，也是唯一能为我答疑解惑的人。

内林哈坐在我右边，杰米尼坐在我左侧。他俩在故意避开对方的视线。苏格拉底在水缸里"吱吱""嗒嗒"地叫着，戏水嬉游。

休伊特拿起"镇纸"。他俯过身子，将它摆放在地图的正中心，仿佛是在扑克游戏中下注。

"我不会强迫你这么做，"他说，"但这是唯一的办法了。"

我更加仔细地打量起这个物体。它顶部的凹槽……

"这是个指纹识别器，"我猜测道，"我把拇指放上去……然后，它就会显示出地图上的一个地点？"

休伊特微微一笑，说："其实，它是一个基因识别器。需要你们家族的基因才能解锁。不过，是的，你猜出了它的用途。"

我开始揣测自己的"用途"：为何在休伊特和卡莱布·绍斯口中，我就像一件商品似的。我试着把这可怕的一天中发生的一幕幕，拼接成一幅完整的图景，结果却并不喜欢自己看到的画面。

我说出心中真正的疑问。"所以，儒勒·凡尔纳……你说他采访过现实中的当事人。"

休伊特点点头："《海底两万里》,《神秘岛》，这些创始文本都源自真实事件。"

我心里一紧。"创始文本……你把它们说得那么神圣。"

"并没有。"休伊特不屑地说道，"它们只是小说，是虚假的陈述。但在根本上，它们蕴含着真相。尼德·兰德是一个真实存在的加拿大捕鲸手。皮埃尔·阿龙纳斯是一位法国博物学家。"

"尼德·兰德……兰德学院。"内林哈说。

"还有阿龙纳斯。"杰米尼插话道，"是那艘潜艇的名字。"

休伊特沉默不语，用十根手指敲击着地图。"是的。兰德和阿龙纳斯，以及这位教授的贴身男仆康塞尔，是那场注定失败的海洋探险中的幸存者。在十九世纪六十年代，他们一起去寻捕一头传说中的海怪……那头怪物在全世界范围内造成了大批船只沉没。他们的远征船亚伯拉罕·林肯号，葬身在了太平洋中的某处。一年以后，兰德、阿龙纳斯和康塞尔，又莫名其妙地在挪威海岸边的一艘救生船上被人发现。"

我不由自主地凑近聆听。对于《海底两万里》的剧情，我早已熟悉。但此时此刻，它在我听来，更像一则预言……一则末日预言。我可不喜欢末日。

"消失的这一年里，他们的经历，说出来没人相信。"休伊特继续讲道，"人们以为他们疯了。我怀疑，连儒勒·凡尔纳也不相信他们的话，可他还是听了进去。若干年后，凡尔纳的小说一夜走红，另一批人找上了他。这些人曾经流落到太平洋的一座荒岛上，幸存下来。他们声称自己经历了和《海底两万里》中相似的事情。他们想纠正凡尔纳叙述中的不准确之处。凡尔纳接下来的一本小说《神秘岛》，就是基于对这些人的采访创作的。"

"赛勒斯·哈丁和博纳文图拉·潘克洛夫，"我的大脑在飞速运转着，一些毫不相关的点，渐渐连缀起来，这是我最不想看到的，"是我们学校的创始人。正如尼德·兰德创立了兰德学院。"

内林哈挑起一边的眉毛看向休伊特。她在警告那些可恶的高二女生赶紧走开时也是这个表情。

"如果你说的一切都是真的，"她说，"那就意味着，故事的主人公，那个叫尼摩的家伙，也确有其人。"

"没错，达·席尔瓦小姐。"

"我们在讨论的，不是《海底总动员》里的那条鱼吧。"她又补充了一句。

这个问题，总得有人提出。

休伊特揉了揉脸，说："当然不是，达·席尔瓦小姐。我们在讨论的不是动画片里的鱼，也不是儒勒·凡尔纳书中的那位小说人物。那条鱼实际上就是根据那位小说人物命名的。尼摩船长是生活在十九世纪的一位真实人物——一位创造了许多超越时代的海洋科技的天才。不过，其最重要、最强大的科技发明，需要尼摩本人体内的化学物质——也就是我们今天所说的 DNA——才能解锁。只有他和他的后人才能驾驭他最伟大的发明。"

原来如此。我一下子瘫坐在椅子上，双腿已无法支撑身体的重量。

"所以埃斯特是赛勒斯·哈丁的后人。"我说。

休伊特静静注视着我，等待我的反应。他的脸上半是同情，半是冷漠的打量，就像电视节目里的警察，在停尸房旁观被害者家属确认尸体时的表情。

"还有尼摩船长……"我说，"那其实不是他的真名。他的真名叫达卡王子。他是一名来自印度本德尔汗德的贵族。"

"是的，达卡小姐。"休伊特附和道，"如今，你是他唯一幸存的直系后裔。所以，可以毫不夸张地说，你现在是这个世界上最重要的人。"

第十四章

"不。"

老实说，这是我头脑中闪过的唯一答案。"你该不会是想告诉我，我们的学校被毁，我的哥哥被杀，兰德学院试图绑架我，这一切都是因为，我是一个小说虚构人物的后人？"

"不是虚构。"休伊特重申道，声音紧张起来，"达卡王子是你的高祖。"

"我同意安娜的看法。"内林哈说，"这一切太荒诞了。"

杰米尼把莱顿枪放在桌上。"瞧，我们有证据。"

内林哈摆了摆手，说道："你这把电镀灭虫器是挺酷的，但这并不代表儒勒·凡尔纳写的就是真事。如果给我充足的时间，我也能把莱顿枪反向设计出来。"

"这正是哈丁－潘克洛夫学校，"休伊特说，"以及兰德学院一直在做的。然而，尼摩船长最伟大的发明——"

"等等。"我举起手，我试图将所有新信息整合在一起，但却根本做不到，"你们已经反向设计出了泰瑟枪，还有比军用级别更厉害的动态伪装和雷达屏蔽技术。而这一切都是一个生活在一百五十年前的人发明的。"

休伊特冲我鼓励地点点头，就像他经常在课堂上做的那样，仿佛在说：继续，你也不是个完全的傻瓜嘛。

"那你们还需要我做什么？"

休伊特脸部肌肉抽搐了一下。他也希望自己并不需要我。

"达卡小姐——级长。"看见我的怒容，他说，"在过去的一百五十年里，我们仅成功复制出了你的先人创造的几项技术而已。我们就像一群孩子，在巨人的衣橱里玩过家家。很遗憾，他的大部分发明，对于我们仍是遥不可及的。"

"而你们觉得我可以改变这一切？"我笑了，尽管这件事一点儿也不好笑。在我身后，苏格拉底正吱吱吱地表示赞同。"教授，我可没有什么不可告人的家族秘密。"

"是的，"他也表示赞同，"这就是尼摩的计划。"

杰米尼在我身旁坐下。他的手紧握着莱顿枪的枪管。"尼摩的计划？"

休伊特深吸一口气，仿佛在为自己的最后一次演讲做准备。"历史上仅有两次，外人见到了尼摩船长，并能够活下来讲述这段经历。第一次——"

"是兰德和阿龙纳斯，"内林哈说，"那些坏人。"

休伊特疲倦地笑了笑，说："没错，达·席尔瓦小姐。当然，他们是不会称自己为坏人的。他们从尼摩的潜水艇鹦鹉螺号上逃跑，坚信自己逃离了一个世界上最危险的人。"

"一个不法之徒。"我想起来了，"卡莱布说我们在保护一个不法分子的遗产。"

"是的。"休伊特说，"尼摩船长的确是一个愤世嫉俗、危险的不法分子。他憎恨殖民国家，用自己的潜艇，在全世界范围内撞沉他们的船只，希望借此破坏他们的贸易，并对其形成震慑。"

杰米尼眉头紧锁："所以说……他是个好人？"

"一位天才科学家，"休伊特反驳道，"他有充分的理由憎恨帝国主义。"他犹豫片刻，仿佛在衡量该不该向我揭示家族历史上的另一起悲剧。"1857年开始的印度民族大起义期间，达卡王子率领族人反抗英国殖民者。于是，英国人摧毁了他的公国，杀害了他的妻子和长子。之后，达卡躲了起来，并最终成为尼摩船长。安娜，你是他小儿子的后人，是尼摩船长唯一在世的继承人。"

听完他的讲述，所有人都陷入了沉默。尽管悲剧发生在好几代人之前，可我的内心却泛起一阵熟悉的、隐隐作痛的空虚感，仿佛尼摩的妻子和孩子，也是 HP 沉入大海时带走的两条生命。

最后，是内林哈打破了沉默。她用葡萄牙语狠狠咒骂帝国主义者举着他们的国旗所干的破事。

据我所知，休伊特教授不懂葡萄牙语。但他似乎听懂了内林哈话中的情绪，他同情地点点头。

"无论如何，"他说，"当尼德·兰德和皮埃尔·阿龙纳斯从鹦鹉螺号逃走时，他们被暴怒的尼摩船长和他的实力吓破了胆。随后，他们将破坏尼摩的计划、拯救世界秩序作为毕生使命。他们决定，必须使出一切手段，复制或窃取尼摩的发明，将尼摩的先进技术据为己有。唯有如此,才能不负使命。"

内林哈仔细瞧着自己的指甲,由于这一天她一直在用套筒扳手奋力砸击敌人的脑袋,有些指甲已经劈开了。"所以这就是兰德学院的由来。就像我说的,他们是坏人。他们想维持世界的秩序。那么我们呢?——一群目无王法的好人?"她挑起眉毛,"在此郑重声明哈,我对这个名号没意见。"

"我很庆幸,"休伊特干巴巴地说,"正如达卡级长推断的那样,我们学校的创始人是遇见尼摩船长的第二拨人——赛勒斯·哈丁和博纳文图拉·潘克洛夫率领的团队。他们运气够好,是被困在了一座荒岛上。那座荒岛碰巧是尼摩船长的一个秘密基地。他帮助他们在岛上生存下来并最终逃离。"

"他有许多个秘密基地吗?"杰米尼问,他一直也想拥有一个秘密基地。

"我们知道的就有十二个。"休伊特说,"可能还有更多。总之,当哈丁和潘克洛夫遇见尼摩时,这位船长已经变了一个人。人生里的种种不幸,使他精神崩溃、幻想破灭。尽管天赋过人,又拥有世界上最强大的潜艇,他依然没能改变这个世界……至少,他自己是这么认为的。"

"他死在了自己的潜艇里。"我突然发现,原来自己记住了不少《神秘岛》中的情节。原来,这位故事的主人公与自己有着共同的姓氏和血缘。在知道这一切之后,我对他的感情似乎发生了改变。"尼摩帮助那些遇难者逃离了荒岛。随后,就在那座荒岛覆灭于一场火山爆发之前,他将鹦鹉螺号沉入了一片潟湖中。潜艇成了他的坟茔。"

我看见内林哈的胳膊上泛起一层鸡皮疙瘩。她虽是一名天才工程师，但十分迷信。鬼魂、死人、坟墓——这些东西分分钟能把她吓破胆。"可那本书里没讲到哈丁和潘克洛夫创办学校的事呀。"她说。

"当然没有。"休伊特说，"哈丁和潘克洛夫告诉儒勒·凡尔纳这些事，只是为了改变一些说法。况且，鉴于我们的使命，假如真有人开始怀疑尼摩船长确有其人，最好他不要被人们视为威胁。在生命走到尽头的时候，他早已放弃了复仇。是的，他的确死在了鹦鹉螺号上。据说，在荒岛覆灭时，鹦鹉螺号也一道被摧毁了。"

"我们的使命……"杰米尼问，"是什么？"

休伊特指着地图说："尼摩船长去世之前，把赛勒斯·哈丁叫到身边，跟他交代了几句遗言。凡尔纳在书中也有提及。但仅止于此。书中没有写出的是，尼摩送了哈丁一箱珍珠，并交给后者一项使命：确保他的科技发明永远不会落入列强手中，或被兰德学院窃走。所以，我们的使命就是守护尼摩的遗产，并逐步逐步地，在我们认为合适的时机，向世人揭示他的先进技术。最重要的是……"他看向我，继续说，"我们要保护好他的后人，直到时机成熟。"

我虽不想知道，但还是忍不住问："什么时机成熟？"

再一次，休伊特只是静静地看着我，等着我自己反应过来。

"这幅地图将带我们去到尼摩的一个秘密基地，"我说着，身上起了一层鸡皮疙瘩，"而且不是别的，正是尼摩葬身的那座岛屿。它在那场火山爆发中并没有被彻底摧毁，对吗？"

休伊特对我做了一个他在课堂上极少会做出的手势。他指着我，说："回答正确。安娜，两年前，你的父母就是在这座岛上丧生的。原本，你哥哥大学一毕业就会去那里负责基地运营。自从我们发现它之后，那里就变成了现场实验室和水下考古基地，由 HP 的员工运营维护。那里有我们最先进的科学技术，以及……历史文物。"

杰米尼摸摸胸前的十字架。"这就是兰德学院想要的。找到那座岛。而您……您曾经为兰德学院效力过。"他的语气听起来很受伤，就好像休伊特辜负了他似的。

休伊特注视着海图。"的确如此，吐温先生。我那时很年轻，刚从 HP 毕业，跟你和德夫·达卡一样，是一名'鲨鱼'，一直对兰德学院怀有几分敬意和憧憬。他们提倡行动大于审慎，进攻大过防御。这对我而言颇具吸引力。从某种意义上讲，他们就像一所全由'鲨鱼'组成的学校。正因如此，我才接受了那里的工作机会，并花费了多年时间，为一艘能与鹦鹉螺号匹敌的潜艇设计参数规格。许久之后，我才认清兰德学院丑陋、残酷的一面，并意识到如果他们拥有如此强大的力量，会造成何种后果……"

他哀伤地看了我一眼。"我不奢望你相信我。但我与兰德学院的那段过往，是促使我成为德夫导师的一大原因。我一步步指导他，看着他进步，试图让他明白，HP 的做法才是唯一负责任的前行之路。在德夫身上，我仿佛看到了年轻时的自己……"

我着实惊呆了。否则，我肯定会忍不住大笑起来。世上应该没有比德夫和休伊特更不相像的两个人了。我实在难以想象休伊特是一名"鲨鱼"，更想象不出他年轻时候的样子。在我心里，他一直是一副老学究的模样。我不禁好奇，年老的德夫会是什么样子。他会取得怎样的成就？是如他一直梦寐以求的，成为一名船长，统领着属于自己的船队？还是像休伊特那般，沦为一个失望、沮丧的教书匠？这个想法，跟得知德夫已不在人间，将再也没有机会去实现他的雄心壮志一样，令人难过。

休伊特叹了口气，似乎在和我想同一件事情。"无论如何……你父母找到尼摩的秘密基地之后，兰德学院开始担心这会给 HP 带来巨大的优势。就像我之前说的，尼摩最重要的发明只有他的后人才能驾驭。更何况，不像兰德学院，我们历来……和达卡家族保持着良好关系。"

我有一种很不舒服的感觉，估计休伊特差点儿想说出口的，其实是"我们历来……控制着达卡家族"。他似乎没有注意到我抛给他的冷眼。

"那座岛完全与世隔绝，"他说着，脸上恢复了一点血色，"与外界不通音信。它的具体位置，连我也不知道。找到它的唯一办法——"

"就是通过我。"我看着那个铜制的像镇纸似的玩意儿说。

"没错。现在我们唯一的希望就是找到秘密基地。那儿的员工还不知道 HP 被毁。我们必须警告他们。然后，我们可以在那儿重整队伍、重新武装，保护——"

"我们可以直接去找当局，"我说，"我们被袭击了，我们的学校也被毁了，我们可以报告给——"

"谁？"休伊特追问道，"警察？FBI？军方？最好的结局是，他们把我们当成一群疯子，随便打发了。最坏的结局是，他们相信了我们，我们被政府移送到一处不为人知的秘密基地，往后余生都要在审讯中度过。你真的准备好了要过这种日子吗？兰德学院和哈丁－潘克洛夫学校虽然事事不对付，但在一件事情上却看法高度一致。那就是，如果把尼摩的科技发明交给这世上的政府，或更糟糕的，这世上的公司，后果将是灾难性的。我们必须——"

说着，他突然身体往前一倾，仿佛被人击了一拳似的。

杰米尼立马站起身来："教授？"

"我没事，"他喘息着说，"就是有点累了。"

我和内林哈交换了一个眼神：没错，他在说谎。

"吐温级长，"休伊特喘着气说，"你来帮我一下。"

杰米尼似乎如释重负，终于有事可做了。他扶住休伊特的胳膊，帮助他站起来。

"达卡级长，我先走一步了。"休伊特说，"不急，你慢慢考虑。我们接下来的行动全由你决定。我们会听从你的指挥。"

我睁大眼睛看着他。听从我的指挥？这个主意，想想都觉得可怕。

"可是……您要去哪儿呢？"我结结巴巴地问，"这儿就是您的房间。"

"不，不是的。"休伊特说，"这是你的房间。我说过，你是这个星球上最重要的人。一言以蔽之，你也是这艘船上最重要的人。我们明早再接着谈。吐温先生，请送我回指挥舱……"

在他们出门之前，我大声说道："老师……"

休伊特转过身来。

"您提到过历史文物……"我虽不想继续追问，但还是逼自己问下去，"您说过，人们以为尼摩船长的潜艇被摧毁了。那么我的父母付出生命去寻找的是……"

"他们成功了，安娜，"他用充满伤感的语气说道，仿佛在讲圣诞老人，"经过四代人无果而终的搜寻，你的父母终于找到了。他们发现了鹦鹉螺号。"

第十五章

在得知以下信息后，你会做什么？

你是这世界上最重要的人。你的朋友和同学的命运将由你决定。对了，顺便一提，你的父母为了寻找一艘传说中的十九世纪的超级潜艇不幸罹难。

我嘛……我决定来一场睡衣派对。

我邀请埃斯特、内林哈搬进船长室，和我同住。我不想一个人睡在那空荡荡的大房间里，尽管有海豚苏格拉底做伴。我想听着埃斯特令人心安的呼噜声入眠，还有内林哈骂骂咧咧的嘟囔声。她时常梦到儿时在巴西贫民窟与人打架的场景。我还想闻着托普身上那独属于狗狗的温暖气息，听它蜷缩在埃斯特的脚边时，发出的一声声满足的叹息。

我们收拾妥准备睡下后，杰米尼又过来看了我最后一次。他说，在我决定航向之前，船将继续向正西方向航行。明天一早，他会再过来看我们。

"好的。"我说，"谢谢。晚安。"

杰米尼看我的眼神让我很不自在。或许是因为，在知道我和一个举世闻名的不法分子、疯子、天才、潜艇船长有亲缘关系之后，他看我的眼神变了。又或许，他是在想晚上干脆就睡在我们门外，以防万一有人要绑架我。我倒希望是前一种情形。

内林哈和埃斯特坚持让我睡床。她们睡自己的睡袋就很开心。我猜我们肯定会彻夜长谈。这一天简直像一脚踩进了一个冒烟的弹坑，全是痛苦。我的大脑仍在飞速运转，各种纷乱的思绪仍需理顺。怎么可能睡得着？然而，就在我刚一躺下，身子挨上那柔软舒适的双人床垫的瞬间，疲惫感如潮水般袭来。我的身体仿佛在说，好了，姑娘，你的一天结束了。接着，我就昏睡了过去。

在海上，我向来睡得很沉。

那天晚上，我做了许多个生动的、零碎的梦，大多与气味有关。从庙里出来，妈妈的纱丽散发出檀木的清香。她抱紧我，被我的某句蠢话逗得哈哈大笑。爸爸抱着幼小的我。我继续装睡，只想享受脸颊贴在他温暖的脖颈上的那种感觉。他身上剃须水的味道让我联想到南瓜饼。然后，是哥哥牵着我的手，走在放学回家的路上。小学生的我，刚刚还在学校里与人打架。德夫虽然只比我大几岁，但却显得那么成熟。他虽然一直在安慰我，但从他的声音中，我听出来他也十分生气。他告诉我：那些人不尊重我，是他们愚蠢；我又聪明又强大，值得全世界的爱。我的嘴巴破了，嘴里有股铜锈的味道。在街区的尽头，有一簇盛放的金银花，我们走路经过，闻见清香。从此以后，金银花甜美的香气总能让我感到幸福。它激起了我的斗志，让我想把麦迪·怀特按在操场上再暴揍一顿，这样一来，哥哥就会表扬我，送我回家。

我被各种声音吵醒。醒来时，埃斯特和内林哈正站在我床边，压低声音争吵着。不知不觉间，我竟一觉睡到这个时候，连她俩起床、冲澡、穿衣都浑然不知。窗外天色已经大亮。苏格拉底的巨型海水缸空荡荡的。它一定是出门吃早饭去了。我已经记不清上次一觉睡到天亮是什么时候了。

内林哈看到我睁眼，问道："宝贝儿，你感觉怎么样？"

我用胳膊肘支撑着坐起来。

托普把小脑袋靠在我腿上，发出哼哼声，似乎在催促我说"快起床啦！"。每个人都是批判家。

看来昨天发生的一切并不是梦。哈丁－潘克洛夫学校确实不在了。德夫也不在了。我正在海上漂流……身体和心灵的双重漂流。这感觉如何？

"我……我醒了，"我说，"发生了什么？"

内林哈给埃斯特递了一个眼色，仿佛在说："记住我们说好的话。"

"好消息是他还没死。"埃斯特说。

内林哈把双手举在空中。"埃斯特……"

"是你告诉我，要先讲好消息的嘛。"埃斯特抗议道，"这就是好消息。他没死，还活着。"

"谁？"希望的火星在我昏昏沉沉的大脑中闪烁了一下。有那么一瞬，我还在想她说的会不会是德夫呢。但埃斯特没给我半点做梦的机会。

"休伊特教授。"她脱口而出，"富兰克林在他的客舱里发现他时，他已经没了意识。"

冰冷的恐惧瞬间漫过全身。

"带我去看看。"我的身体不知怎么反倒兴奋起来。虽然还穿着睡觉时的短裤和上衣，但我已顾不上这些了。我随她们沿走廊一路狂奔，心突突直跳。

杰米尼·吐温把守着医务室的大门。他看上去似乎一夜没睡。医务室里，休伊特教授躺在病床上，已处于昏迷状态。富兰克林·库奇和黄林齐分立两侧。他被输上了液，连上了数台监测仪。氧气罩下，他的灰白头发就像狮子鱼的鳍一样，根根竖立着。我虽不是医生，但也看得出仪器上他的各项指标都不太好。托普觉得医务室里的气味很好玩儿……它到处乱嗅着，直到被林齐赶了出去。

林齐的眼睛布满血丝，一只医用口罩挂在她的右耳上。"我们利用船上有限的设备为他尽可能全面地做了血液检查，他的肾功能测试和全血细胞计数结果都不太好。血糖也很高。我们的初步诊断是癌症晚期，可能是胰腺癌，伴随2型糖尿病。但我们迫于条件所限，没法做出进一步诊断，更别提治疗了。他需要立马就医。"

"可是这位杰米尼，"富兰克林低吼道，"死也不肯让我们发出求救信号。"

"这是教授本人的指令。"杰米尼说到"教授"二字，声音有些哽咽，"无论发生什么，无线电都必须保持绝对静默。如果兰德学院找到了我们……"

他不需要提醒我卡莱布·绍斯的警告：阿龙纳斯号将会把

我们统统葬入海底。尽管过去的二十四小时里，我听了太多恕我难以相信的话，然而，卡莱布的威胁并不在此之列。

休伊特的脸上布满浅蓝色的血管和褐斑。我真想诅咒他，为什么偏偏要在这个时候犯病？他为何不照顾好自己的身体？不过，我这么想，当然是不对的。

休伊特会想让我怎么做？我知道答案：继续前行，找到秘密基地。但前路还有多长？他为此付出生命，又是否值得？

"你们可以救活他吗？"我问林齐和富兰克林。

富兰克林无助地耸耸肩。"安娜，我们还只是新生。我们虽然接受过医疗训练，但——"

"如果是胰腺癌晚期，"埃斯特突然大声说道，把所有人吓了一跳，"不论怎样救治，他都活不久了。即便是最先进的医院也回天乏术。"

她耿直的发言让林齐目瞪口呆。"埃斯特，我们是'虎鲸'。我们不会——"

"她说得没错。"富兰克林说。

"我不信。"林齐说，"我们得赶紧掉头返回！"

"基地。"杰米尼说，"休伊特教授提到过，基地拥有我们最先进的技术。他们那儿应该有医疗设备。有比最先进的医院还要先进的设备。"

内林哈哑了一下嘴："这个赌注，风险很大哟。"

"什么基地？"富兰克林追问道，眼里燃起了希望，"有多远？"

每个人都看向我，希望得到我的指引。我猜杰米尼已经把我是个重要人物的消息广而告之了。我可没法指引谁。我连鞋都还没穿。

不过船长室里有一张地图，可能会有点帮助。

"尽你们所能，维持休伊特的生命。"我对富兰克林和林齐说，"杰米尼，埃斯特，内林哈，你们随我来。我们来看看，能不能找到答案。"

第十六章

我的同学们什么时候开始听我指挥了？

富兰克林和林齐二话不说，继续照顾病人。埃斯特和内林哈则跟在我身后，像两名侍从。甚至连杰米尼也似乎乐意加入我们的队列，随我们一起走过走廊，回到船长室。

我还是没法把它当作自己的房间。它让我感到别扭、害怕……

我让杰米尼先站在门外，等我换上合适的衣服。

苏格拉底回到了它的缸里。它冲我"吱吱"叫着，仿佛在说：喂，人类，我的鱿鱼呢？我在心里默默记下，待会儿就给它找一条来。

托普用后腿站立起来，凑近了去嗅苏格拉底。对于这位新舍友的存在，它似乎并不介意。不过它好像很想去闻闻海豚朋友的尾巴，与海豚朋友正式认识一下。我很庆幸，它办不到。

我换好衣服，便把杰米尼叫了进来。我们围在会议桌旁。

埃斯特扭动着手指，仿佛在玩小小蜘蛛手指游戏。"我只想指出，我不是级长，内林哈也不是，我们没有资格参会。应该把蒂娅和富兰克林找来。"

"没事的，宝贝儿。"内林哈说，"我告诉过蒂娅，我会把消息同步分享给她的。至于富兰克林，你也看到了，他正忙着呢。"

埃斯特看上去似乎仍不太放心："好吧……那就好。"

杰米尼狠狠盯着那个长得像机器人眼球的"镇纸"，仿佛它随时有可能攻击我们似的。"这玩意儿怎么用，你知道吗？"

"要想找出答案，只有一种办法。"说着，我紧紧抓起了它。

金属是温热的，就像一部正在充电的手机。我把大拇指放进它顶部的凹槽。一股轻微的电流流向我的手肘，不过我还是忍住了，没有松手。

地图表面泛起了波纹。"镇纸"升起，悬浮于空中，在地图灰色的纸面上盘旋片刻，然后开始移动。我想起了有一次，我们在宿舍里玩占卜板。指针开始移动时，内林哈吓得尖叫起来。我忍不住咯咯咯偷笑。埃斯特则滔滔不绝地讲起观念运动效应和肌肉自发性收缩。我们到最后也没弄清楚占卜板对我们未来的预言到底是什么。

这一次，没有人尖叫，也没有人窃笑。"镇纸"移动到靠近加州海岸的一个点上。我们现在的位置？这个机器人眼球是怎么得知的，我不明白。

"镇纸"的底部射出一道光线，像太阳光般，照过地图上的经纬线、测深数值，以及标注洋流模式和水下地形的曲线，最终停在了太平洋中间的一个点上。可那里什么标记也没有，只是一片开阔的海域。

电流在增强，我开始感到一丝痛楚。

"埃斯特，"我咬紧牙关说，"你能记住这些坐标吗？"

"我已经记下来了。"她大声说。我看出来了，她现在很兴奋。

我松开手，光线便闪烁着消失了。

内林哈吹了一个口哨。"哇，我们刚才看到了什么？我只能大概猜出它是怎么工作的。DNA激活过程中，会释放一种电流信号到这张纸上——或许不是纸，而是别的什么材料。它会显示出加密的线路图。之后，痕迹又消失得一干二净。哇，太厉害了。"

"电鳗是通过微弱的电流互相交流的，"埃斯特说，"这张地图可能是用电鳗的皮肤，或者实验室培养的从电鳗皮肤中提取的有机材料制成的。因为杀死电鳗是一件很残忍的事情。尼摩船长是不会这么做的，不是吗？"她看向我，似乎想从我这儿得到确认，随后，又断言道，"不会的，他不可能这么做。"

"无论如何……"内林哈惊讶得直摇头，"我的神哪。"

"请不要亵渎神明。"杰米尼说。

"你是谁，我妈吗？"

"我只是礼貌地提醒一下……"

"你们俩，打住。"我说。

出乎意料地，他俩都乖乖闭了嘴。

"埃斯特，"我说，"这个坐标，离我们当前的位置有多远？"

我其实心里已有答案。"海豚"们是导航能手。我可以一眼读懂任何一张海图。但埃斯特比我擅长计算。她能够处理更多的变量。

"以最高航速，"她说，"直线航行的话……七十二小时。这还是在天气晴好、无技术故障、兰德学院的校突击队不干扰我们的情况下。况且，地图上的那个点附近没有任何标记。什么也没有。假如到时候我们找不到基地，那么我们就真的被搁浅在一个前不着村后不着店的地方了，连补给也没有。我们就离死期不远了。"

好吧……赤裸裸的大实话。

但三天时间，已经比我预想的好多了。我们船上的物资够撑一个周末的。精打细算的话，我们是能够撑到基地的。我猜休伊特也是这么打算的。他称自己不知道基地的具体方位。然而，我们却正好备足了三天的补给，准备进行三天的航行。真是太巧了。

可另一方面，休伊特因糖尿病昏倒，确实不是伪装出来的。我想他不至于为了把我们引到基地，然后将方位出卖给兰德学院，而搭上自己的性命吧。

而且……我虽不想承认，但我确实太爱寻宝游戏了。秘密地图。标注着叉的地点。哈丁－潘克洛夫学校的学生，没有谁不为这种事情疯狂的。我毕生的梦想就是探索世界，破解这世上的一个个谜题。管它是陷阱还是什么，这诱惑实在难以抗拒。

不过，想想很多环节都有可能出错。我们离圣亚历杭德罗只有十二小时航程。最负责任的做法，其实应该是掉头往回，可现在岸上还有谁能够帮助我们呢？

我的同学们已经撑过了两年艰苦的学习、训练和实践。之前大家的目标一直是顺利从 HP 毕业，成为这世界上最优秀的海洋科学家、海军战士、航海家和水下探险家。

通过失去的同窗好友，我们了解到这条辉煌道路的另一端是什么。我想知道，我的父母究竟是为什么牺牲了自己的生命，为什么连德夫也……不在了。虽然休伊特说什么要服从我的决定，但单凭我一人，是没法找到答案的。

"召集全体船员，"我对我的朋友们说，"我们一起来做决定吧。"

第十七章

我一直不喜欢上台演讲发言。

有小组作业时，我会主动要求做调研、绘地图、写论文、制作多媒体幻灯片，而把做报告演讲的活儿留给别人。

然而这一次，上台传达消息的人必须是我。

全体船员已在主甲板上集合完毕，按照学院排好队列，就像昨日在圣亚历杭德罗的码头时那样。我没有告诉他们要这么做，这不过是我们学校的惯例。只有两人缺席。一个是黄林齐，她正在医务室照顾休伊特教授。另一个是我的海豚学院同门维吉尔·埃斯帕萨，他正在指挥舱值班。我已经私下把消息告诉他们了。

正是上午十点左右的光景，铅灰色的海面上细浪翻涌。厚重的云层低悬空中，预示着一场大雨将至。这样不祥的天气，似乎并不适合做重大决定。

杰米尼·吐温站在我右侧。我感谢他的支援，可还是不习惯一名全副武装的"鲨鱼"寸步不离地贴在我身边。我心中隐隐希望他一把推开我，然后站出来说："现在由我说了算……"

最糟糕的是，我大概率不会拒绝。我不想当领导。我不喜欢被所有人盯着，等待我给出答案。

"情况是这样的。"我开场道。

我知道我们中间可能有间谍。有人从内部破坏了学校的安防系统，把我们出卖给了兰德学院。那人可能正在甲板上。但我不能让这件事牵制我的行动。过去的两年里，过去的二十四小时内，我和我的同学们一起经历了那么多。我会继续坚定不移地信任他们，直到他们中间的某一人给我充足的理由，使我不再信任他。

此外，我们正严格遵守休伊特教授的命令——保持无线电静默。休伊特没收了我们所有人的手机，让蒂娅逐个检查有无追踪器芯片。更何况，即便我们的手机没有被锁进船长室的某只箱子里，在离岸如此遥远的海面上，也搜索不到任何信号。我们还开启了声呐雷达阻隔装置以及光电伪装系统，搜遍全船寻找秘密发射器。船上应该没有人能够向外界泄露我们的方位和行动计划。至少，在理论上不可能……

我把一切都告诉了大伙儿。意外吧，原来我是尼摩船长的后人。不，不是动画片里的那条鱼。我们的电磁枪和其他高级武器都是基于尼摩的技术研发的。兰德学院与哈丁－潘克洛夫学校已经为了争夺尼摩的技术冷战了一百五十年。现在，冷战发展成了热战。尼摩技术的"主矿"，包括他那艘潜艇，据说存在于离我们当前位置只有三天航程的一个 HP 的秘密基地里。如果兰德学院的潜艇阿龙纳斯号在此期间发现了我们，我们就彻底玩儿完，变成鱼食了。哦，对了，休伊特教授陷入昏迷了，他正躺在医务室里，急需医疗救助。

"依我看，"我说，"我们有两个选择。要么找到这座秘密基地，通知那里我们的人，然后在援军的帮助下，一起对抗兰德学院。这也是休伊特的计划。要么我们即刻返航，回到加州，把一切汇报给当局，交给他们处理。有问题吗？"

人群中出现了一阵不安的骚动。大家你看看我，我看看你，不知道该由谁第一个发言。

吉雅·詹森举起手。"所以，现在你成了领导，对吗，安娜？"她瞥了一眼杰米尼，"对于这一点，大家伙儿都没意见吗？"

我试着不把她的话放在心上。"鲨鱼"们才是被当作领导者培养的。根据我们学校的传统，在这儿发号施令的应该是杰米尼，而不是我。

我在想，他会不会提出就这件事大家投票表决。可以想象，他肯定会赢，而且说实话，我会为这个结果大松一口气。杰米尼又能干又可靠。他能干、可靠到让人讨厌。

他朝吉雅点了一下头："教授的指令很清楚——不惜一切代价，找到这座基地。安娜直觉很强，而且她身上有尼摩船长的基因，可以驾驭我们做不到的一些事情。我同意休伊特教授的看法。她是我们最合适的领导人。"

我平静地看向我的同学们，希望自己脸上的表情传达出：瞧，我就知道杰米尼会支持我。

里斯·莫罗举起一根食指："你们都假定基地是存在的。万一休伊特在说谎呢？到时候我们会发现自己被困在了太平洋中心，没吃没喝的，不知去从。他在兰德学院工作过，不是吗？有可能他就是间谍，想把我们置于死地。”

她可是向来如阳光般乐观开朗的一个姑娘。不过，她说的话确实有几分道理。

大家不安地交头接耳起来。似乎没有人为里斯的话感到吃惊。看来小道消息传得很快。

“基地确实存在。”埃斯特说。

她正跪在托普身旁，为它摘掉沾在它毛茸茸的小耳朵上的海盐颗粒。埃斯特说话声音不大，却引起了所有人的注意。

“你知道？”富兰克林问她。

“我也不确定。”她还在抚弄着托普，“倒不是因为我是哈丁的后人之类的。如果休伊特教授想杀我们，他何必大费周折，把我们骗到太平洋中心的什么岛上。如果休伊特教授是间谍，他更有可能是在利用我们找到那座基地。他需要安娜的帮助。然后，他就可以把我们卖给兰德学院。再然后，他们就会把我们统统杀掉。”

好吧，这个令人愉快的想法在温暖潮湿的空气中回荡着。大海在我们脚下翻腾。再一次，所有人都把目光投向了我，希望从我这儿得到答案。

我真想踹兰德学院的高年级学生一脚。为什么差一周才满十四岁的我，要被所有人指望着去处理这种危机呢？我想大叫：这不公平！但自从父母出事以来，我一直在心中大喊这句话，而这从来没给我带来任何帮助。我早已认识到，这个世界根本不在乎什么公平不公平。我得靠自己改变这一点。

“寻找基地确实存在风险。”我承认道，我很惊讶自己的声音居然没有发颤，"我们还有一个选择：掉头回去。不过，这也有风险。阿龙纳斯号就在大海里的不知什么地方潜藏着。你们也看到了，它对我们学校造成了多大的破坏。我们有许多……许多朋友当时就在校园里。"

不只是朋友。我想起德夫冲我歪嘴坏笑的样子，想起他提前送我的生日礼物——妈妈的黑珍珠项链，此刻正沉甸甸地挂在我脖子上。我看着凯·拉姆塞，她有个读高二的姐姐。凯哭得红肿的眼睛，仍泪汪汪的。她恨恨地盯着甲板，仿佛要把甲板盯出个洞来。布丽吉德·萨尔特有个读高三的哥哥。她浑身颤抖着，靠在同班同学里斯的身上，寻求支撑。

昨天，是令人震惊、不安、恐惧的一天。我们的世界分崩离析。今天，我们得重整旗鼓，寻找从废墟中走出来的办法。

我们中有些人还受了重伤。埃洛伊丝·麦克马纳斯的左肩缠上了厚厚的纱布，胳膊也用绷带吊着，没法持枪。这对于一名"鲨鱼"来说，一定很煎熬。梅多·纽曼浑身僵硬地站着，面色苍白。她的衬衣遮住了绷带，但我仍清楚记得银色捕鲸叉刺中她胸口的情景。

她的头足同学罗比·巴尔正拄着拐杖，被捕鲸叉刺伤的右腿打上了凝胶石膏。他正在用一块手绢擤鼻子。他不是在哭。他是出了名地容易过敏。即使在开阔的海面上，也会因为什么而过敏打喷嚏。

"这些替代科技……"罗比眯缝着眼睛，看着我说，"你是说，一直以来 HP 的使命就是守护这些技术。可没有人告诉过我们。甚至连你，也一直被蒙在鼓里？"

"是的，"我承认道，"一直到昨天，我还什么都不知道。"

我尽力不去看埃斯特。我敢肯定，她知道不少事情，但都不能说出去。我不想在大家面前让她难堪。

库珀·邓恩举起他的新莱顿枪："所以说，秘密基地里还有更多像这样的惊喜？"

库珀的腿昨天被微型捕鲸叉刺伤，还缠着绷带，但他看起来似乎完全不受其影响，只是一心急着与兰德学院再战——或许下次，他会带上我们这边更厉害的武器。

"休伊特说莱顿枪之类只是最简单的玩意儿，"我想起来，说，"他声称尼摩船长最复杂的发明仍是我们现在最先进的科学所无法企及的。原本这周末的测试会带我们初次接触的。"

人群中不满声更多了。唉，二十四小时之前，那些美好的日子啊！那会儿，我们最大的烦恼，只是考试通不过，被 HP 淘汰。

蒂娅·罗梅罗用力拉扯着她的卷发："这么说那些高年级，甚至高二的学生……他们全都知道这件事，却从没对外说过一个字。"

看得出大家都对高二学生掌握内部消息感到不爽。他们最差劲了。

然而，这的确解释了他们为什么在我们面前总是一副扬扬自得的表情。很多事情现在都说得通了。戒备森严的凡尔纳大厅，全副武装的卫兵，金色的大货箱。

我仍无法相信德夫竟然瞒着不告诉我这些秘密，比如家族的遗产，特别是父母去世时的情形。不过，我越想越没那么生气了。唯一让我难过的是，德夫不得不一个人扛下这一切。我多希望自己能帮帮他。可惜，现在他已经不在了……

"我们不能让他们得到它。"布丽吉德·萨尔特的声音打断了我的思绪，她看上去仍很虚弱，像是感冒了好几天的样子，但表情坚定，"这个基地，可能是 HP 唯一剩下的东西了。我们决不能让兰德学院得到它，还有你，安娜……我们也决不能让你落入他们手中。"

我感到喉咙哽咽。布丽吉德，以及所有的同学完全可以将这发生的一切怪在我的头上，因为大家都知道兰德学院要找的人是我。我可以感觉到大伙儿个个一腔怒火，不过这愤怒并非冲着我来的。

"我建议投票表决，"杰米尼郑重地说，"我提议让安娜来指挥，我们听从她的命令，齐心协力，找到这个基地。然后让兰德学院为他们的所作所为付出代价。大家同意吗？"

投票一致通过。每个人都举起了手，托普除外。不过，我觉得它在精神上已经支持我了。

我抑制住内心的恐惧。我刚刚被选为代理船长，船上有二十名高一新生、一只狗、一只海豚，还有一位昏迷不醒的老师。

我不想承担这份责任。不能仅仅因为我是尼摩的后人，就断定我是当船长的料。但是同学们需要一个既能让他们团结一心，又能带来好运的人。天哪，他们决定了，那个人就是我。没办法，为了他们，为了我们逝去的朋友，特别是德夫，我必须试试看。

"我不会让你们失望的。"

刚说完这句话，我就在想，自己怎敢做出那样的承诺呢？

"级长们，请随我到指挥舱集合。"我双腿颤抖着说道，"其他人请回你们指定的位置。我们要开工了！"

还有七十二个小时，我告诉自己。

接下来，我们要么找到秘密基地，寻得帮助……要么便很有可能葬身大海。

第十八章

事实证明，管理一艘船是一项艰苦的工作。

我想我早该知道会如此。我曾在拉克希米号上待过很长时间，但从未管理过所有的船员，特别是一帮急于探索装满了尼摩船长的替代科技武器的大货箱的新生。

我和级长们的会面进展顺利。我们一起制订任务表，安排每日轮班。指挥舱将全天候由一名"海豚"和一名"鲨鱼"值守，分别担任舵手和舱面值班员。"虎鲸"和"头足"则负责对贴有"黄金级机密"标签的货箱进行拆卸和分析。林齐和富兰克林轮流在医务室内照顾休伊特教授。每个人轮流准备饭菜，清点物资，监控船上重要系统，以及清理拉克希米号。（载有二十一个人和一只狗的船，很快就被搞得脏兮兮的。）与此同时，托普的任务则是跟着埃斯特四处巡视，扮扮可爱。苏格拉底呢，它来去自由，只需吃吃鱼虾，在海里玩耍。为什么动物们得到的都是好差事？

一切安排妥当之后，我开始制订航行路线。我决定我们必须冒险直抵岛上。我们没有足够的时间和补给在海洋上绕来绕去，借此摆脱敌人的追逐。休伊特先进的隐蔽和反声呐技术最好能发挥作用。

我让维吉尔·埃斯帕萨和德鲁·卡德纳斯负责第一轮的值班。蒂娅·罗梅罗也待在指挥舱。她一直在研究休伊特的平板电脑，试图访问并传输加密数据到船用计算机上。我祝她好运，尽管我不确定自己还能不能承受更多休伊特教授未曾向我们透露的惊天秘密。

我今天的第一项工作是四处巡视。我去看望船员，给他们加油鼓劲。拆开的金色箱子，散落在船上的每一个角落，走路的时候，我尽量小心不被它们绊倒。兴奋的"虎鲸"和"头足"问了我很多问题：这个是什么？怎么用的？很多时候，我压根儿不知道自己看到的是什么。或许我身上有尼摩的 DNA，但却并没有任何隐藏的知识技能，也并未携带关于这些发明的使用说明。

到了中午，大雨倾盆而下。狂风卷起的巨浪足有五英尺高。大风大浪并不陌生，之前我们已经应对过了，但这总归会影响大家的士气。如果你被困在船舱内工作，呼吸不到新鲜空气，看不见地平线，即使肠胃再好的人也会晕船。

我在机舱内找到了内林哈。她正坐在波纹钢地板上，双腿岔开，前面放着一个金色箱子。今天她重新捯饬了自己铆工露丝的造型，穿着一件红色上衣，系着红色波点的头巾。她正全神贯注地整理电线和金属片。这一刻，我想起了德夫读六年级时堆乐高机器人的场景。

杰米尼已经陪了我一整个上午，我转过头看向他："你怎么不去吃午饭？我一个人没问题的。"

他看上去有点左右为难，一方面作为我的贴身保镖，这是他的职责，另一方面站在内林哈的旁边，他又浑身不自在。最后，他还是点了点头，迅速走开了。他已经站在我身后好久了，我甚至开始觉得自己的肩膀上都快留下他呼吸的印记了。

"怎么样？"内林哈朝刚才杰米尼站的地方挥了挥手中的螺丝刀。

我想说，我觉得杰米尼人还不错，但考虑到他们两人之间有过节，还是忍住没说，只好耸了耸肩。

"哼。"内林哈的注意力重新回到手中已经安装了一半的设备。

我回想起我们读预科那年的九月，那不愉快的一天。我们几个都还是新生，正挣扎着度过残忍的迎新月。那个时候，我们班上已经有两名同学被迫退学，含泪回家。

内林哈比我们大部分人更加挣扎。她的英文足够好，但毕竟不是她的母语。在自助餐厅吃饭的时候，她坐在我旁边，仿佛终于松了口气，因为我会讲一点葡萄牙语。然而，有一天吃晚饭时，杰米尼突然出现在我们饭桌前，一脸惊讶地看着内林哈，就像在看一只独角兽似的。

"你就是那个奖学金学生？"他问道，"从巴西来的？"

他的语气没有恶意，但说的话伤人。我们刚刚结束一天艰苦的训练，实在没力气聊天。同学们纷纷转头看杰米尼在和谁说话。

那个奖学金学生。

内林哈的脸僵住了。我握着叉子的手不自觉攥紧，忍不住想捅向杰米尼的大腿。这家伙刚刚给我的新朋友起了个外号，来作为她身份的代表，而这个外号势必会伴随她整整一年。

杰米尼似乎毫不在意，开始东拉西扯地谈起在里约热内卢罗西尼亚做天主教传教士的哥哥。内林哈认识他哥哥吗？她有没有见过传教士？巴西贫民窟的生活怎么样？

我终于意识到杰米尼的性格，和他的枪法一样直来直去。他想到什么说什么，完全不考虑可能给他人带来的伤害。

内林哈放下手中的餐具，苦笑着看向杰米尼："我不认识你的哥哥。安娜，你吃好了吗？"

她站起来气冲冲地走开了。我狠狠地瞪了一眼杰米尼，然后离开餐桌，追上她一起离开餐厅。

那天晚上，在宿舍里，熄灯之后，我听见内林哈在自己的床铺上抽泣。一开始，我还以为是埃斯特在哭，不过她睡得可香了，还打呼噜呢。内林哈蜷缩在毯子下，痛苦不堪，浑身发抖。我爬到她身边，抱着她，直到她睡着了不再哭泣。

内林哈十三岁了，从小经历了很多事情。她是一个孤儿，没有家人，没有机遇，也没有钱。幸运的是，在读小学的时候，一位老师看到了她身上独有的潜质，推荐她参加 HP 在里约热内卢的入学考试。她在机械方面出类拔萃，分数最高。她迫切想要证明自己，而不是仅仅被人叫作"奖学金学生"。

从在自助餐厅发生的那件事以来，几乎两年间，我一直在生杰米尼·吐温的气。尽管这对杰米尼来说不公平，可我确实没办法喜欢一个伤害我朋友的人。

现在，HP已经被摧毁了。内林哈的未来再次画上一个大大的问号。和我一样，她没有亲人，也没有家可回，只能乘着这条船去往一个未知的地方……

"这太疯狂了。"她的声音打断了我的回忆。我不知道自己站在那儿看她干活儿看了多久。

"什么疯狂？"

她举起手中的小玩意儿，它看上去像是一个定制的金属网球，正面有点类似机灵鬼玩具那种。"如果我没猜错的话，这是一个LOCUS。"

我似乎在哪里听过这个名字。休伊特教授在很久以前的某节海洋理论课上干巴巴的声音此刻在我脑海里浮现："一种电流定位传感器？"

"对！"内林哈挑起修剪漂亮的眉毛，"设想一个更加有效，永远不会被监测到的雷达和声呐的替代品。它模仿的是水栖哺乳动物的感官系统，比如鲸、海豚、鸭嘴兽。如果我能搞定它的话，就可以有效侦测是否有敌人来袭，而不会暴露我们的行踪。"

"也有可能直接在声呐显示器上亮出我们的方位。"我猜测。

"或许吧，"内林哈依然兴致勃勃地说，"你的冒险精神哪儿去了？"

我惊讶地摇摇头："你怎么能如此平静地面对这一切呢？像这样的东西在科学上是根本不可能存在的。"

她把LOCUS抛向空中，然后又接住。"亲爱的，我们对科学定律的理解一直在变。我们人类拥有那么丰富的感觉。我们对现实的理解太过狭隘——"

"啊哦。"我发现自己误打误撞地走进了内林哈课堂。

"嗯，对，这个 LOCUS……它就像海豚想让自己的感官变得更强大时，可能会设计出的东西。或者是乌贼，再经过几千年的进化后，可能会有的样子。你的祖先是个天才。好比所有人都在从三维的角度看世界，不知为何，只有他能够透过五维的视角看世界。一切还是原来的一切，可又不尽相同。如果我们能复制——"

就在这时，埃斯特气喘吁吁、跌跌撞撞地跑了进来，托普跟在她脚边，我终于不用再继续听内林哈的讲座了。

"跟我来，你得看看这个。"她大喊道，眼睛都哭红了，"你不想看也得看。"

第十九章

我最讨厌什么？

我们所有人注定一生都无法将这些画面从脑海中抹掉。休伊特教授的无人机在 HP 拍摄的画面，同时在指挥舱的六台显示器上播放。我们整个余生，都将透过彩色的画面，再次经历这创伤。

蒂娅身子后退，远离控制台，双手捂住嘴巴。维吉尔和德鲁整个人瘫在原地一动不动。我们走进指挥舱的瞬间，内林哈仿佛胸部遭受了一记重击似的，发出惨痛的叫声。

无人机从六个角度向我们展示了劫后的校园。海湾里，白浪滔天，海水染成棕色，爆炸后的残骸随处可见。悬崖被削成一个几乎完美的新月形状，就像某位天神拿着一把冰激凌勺子，从加州地面上挖走了一大勺。通往门楼的校园主干道上，沥青路面已经扭曲变形。门楼也已经破败不堪。除此之外，HP 什么也不剩了。视频画面里见不到一个人。我不知道这算好事还是坏事。

在大门前值守的卫兵怎么样了？有没有可能，在校园里的建筑物倒塌前，学生们已经逃出去了？

我的直觉告诉我，他们不大可能逃出去。一切发生得太突然，没有丝毫的征兆，根本没时间撤离。HP的所有人现在全部在海底，就我个人对尸体在海水中分解过程的了解，至少要过很久，相关的证据才能浮上海面。

证据。哦，天哪，我怎么能把自己的同学们想成证据？

我记得德夫曾笑着对我说："你今天就要出发，去参加新生测试了。我希望这条珍珠项链能给你带来好运——万一，你懂的，你败得很惨或是……"

妈妈的黑珍珠项链，此刻就像锚一样，挂在我的脖子上。

"在那里，那儿也有。"蒂娅按下键盘上的按钮。六块屏幕上出现了同一幅画面：水底下，一个黑色三角形状的东西，正漂向海湾入口处。虽然很难判断这玩意儿所处的深度和大小尺寸，但它看上去非常庞大，就像一架沉入海底的隐形轰炸机。我们眼看着它在海里搅起阵阵波涛，然后消失不见。

"是阿龙纳斯号。"我说。

"它拥有动态伪装功能。"内林哈补充道。

我感觉喉咙被死死掐住，想要大声咆哮。我真想拿起什么东西把显示器砸了。这一切都大错特错。太难了，我根本应付不了。不知怎么，我还是压制住了内心的怒火。

"还有别的吗？"我问蒂娅。

"呃……"她的手指停在键盘的上方，不住地颤抖，"那个，休伊特教授还录制了袭击发生之后两三个小时内的卫星新闻。我们成了国际新闻头条。"

屏幕此时切换到了环太平洋国家和地区的电视报道：加州、俄勒冈州、日本、中国、俄罗斯、关岛、菲律宾。在西雅图地方新闻报道中，一位面色铁青的记者在播报新闻标题：大规模山体滑坡袭击加州一所中学，逾百人死亡。没有一条报道称这次事件是外部袭击。

"他们怎么会看不到呢？"维吉尔激动地说道，"山体滑坡留下的痕迹不可能是一个齐整的半圆形。"

新闻里的画面和休伊特教授用无人机拍摄的画面并不一样。袭击发生几个小时后，当媒体的直升机到达现场时，山体的边缘已经破碎，变得参差不齐，看起来就像一场自然灾难。

一些新闻画面切到了痛苦万分的父母身上。

"关了它，"我说，"拜托了。"

显示器黑屏了。除了潮起潮落的声音，指挥舱里一片沉寂。拉克希米号冒着风暴前行，上下颠簸，起伏不定，而我的心似乎被推上了每一个浪尖。透过船舱的窗户，我看见船员们穿着雨衣，拖着绳子，步履艰难地走来走去，确保我们的储水器打开，以便收集雨水。

我看向蒂娅。"现在没必要让其他人看这个视频。大家已经够心烦意乱了。我倒不是说有意隐瞒大家，只不过看到这些画面……"

蒂娅点点头。"可是……所有的报道都没提及我们的这次外出活动。这就意味着所有人都以为我们已经死了，包括我们的父母、朋友、亲戚。"

我知道她在思念密歇根州的家人。蒂娅有三个小侄子，两个侄女，她非常喜欢他们。她的妈妈、爸爸、姑妈、叔叔、兄弟、姐妹……他们看到这条新闻都会疯掉的。

"我懂你的心情。"我说，其实这是句谎言，因为没有人在家里等我，为我担心，"问题是，兰德学院知道我们还活着。阿龙纳斯号在追捕我们，倘若我们发射电波信号——"

"我们就死定了。"德鲁说。

典型的"鲨鱼"作风——精准而致命，但他说的是事实。

维吉尔摸了摸下巴。"我们的校车司机伯尼，他知道我们还活着，对吗？还有圣亚历杭德罗码头的卫兵。他们应该会告诉大家，校园坍塌的时候我们并不在，对吧？"

"如果他们还活着。"德鲁说道。

我记得休伊特给卫兵们下的命令："为我们争取时间。"

"眼下，"我说，"我们最好继续前行。我们只能希望……"

我不晓得该怎么继续说下去，我们希望的东西实在太多。可眼下，能让我们看到希望的东西，却像船上的水和食物一样有限。

托普碰了碰埃斯特的腿。它发出轻微的呜咽声，抬起头用哀怨乞怜的眼神看着她。直到这时，我才意识到埃斯特一直在默默地哭。而托普扮可怜，其实只是想讨要狗狗饼干。

"嘿，"我告诉埃斯特，"我们会熬过去的——"

她发出了一个声音，似是抽鼻子，又有点像打嗝，然后匆匆离开指挥舱，托普紧紧跟在她身后。

"我去追她。"内林哈提议道。

"不，我去吧，"我说，"内林哈，给蒂娅看看你的 LOCUS

装置。如果没问题的话，马上安装。"

"LOCUS 装置？"蒂娅问道。

内林哈举起她的金属网球。

"太酷了。"蒂娅说。正当我转身准备离去的时候，她叫住了我："安娜，我想用休伊特的平板电脑再试试别的东西。他的无人机飞越校园上空的时候，应该连上了学校的内网。"

我不禁一颤，但马上恢复了平静："可是，学校已经被摧毁了啊。"

蒂娅犹豫了一下。"学校计算机系统能抵御多重攻击，就像飞机上的黑匣子。很有可能在网络完全被切断前，无人机已经获取了一些数据。"

我对这项计划毫无信心。更多的数据意味着更多的痛苦，以及更多关于我们失去的东西的回忆，但我最终还是点头了："听起来不错，继续加油。"

随后，我便一路小跑着，去追埃斯特和托普了。

第二十章

我在船上的图书室里找到了埃斯特。

航行至今，图书室一直都是我们最喜欢的地方。从地板直抵天花板的墙壁上，摆满了各种各样的书，从物理手册到最近的畅销书，应有尽有。书架用木质横杆固定住，目的是防止书籍在船航行时从架子上掉落。红木写字台，配有六把扶手椅。靠在后墙的是一张舒适的旧灯芯绒沙发。袭击发生前，我们只要有时间，总会争着抢着坐在上面。而眼下，以及可预见的未来一段时间内，不会有太多这样闲暇的时光了。埃斯特蜷缩在一个角落，紧紧抓住一本皮质精装书放在膝盖上。托普卧在她身边，不停地摇着尾巴。

"嘿……"我盘腿坐在埃斯特对面的地毯上。托普漫不经心地舔了我几下。

"是我的错，"埃斯特哽咽道，"我应该……他们得允许我重建这一切。他们会的，不是吗？我没带够索引卡。我怎么这么傻。都是我的错。"

我不太明白她在说什么。有的时候，她说话时，你不要打断她，没事看看旁边的风景，假装在听就可以了。不过，有一件事我很清楚。

"这不是你的错，埃斯特。"

"不，是我的错，我是哈丁家族的一员。"

我打算给她一个拥抱，可她不是内林哈。相比于动物，和人有身体接触，会让她不自在（当然冲突时的身体接触除外）。

"仅仅因为你们家族创办了这所学校……"我停顿了一下。我第一次意识到我们的先祖们彼此熟悉，他们结识后发生的事至今仍影响着我们的生活。真是越想越觉得不可思议。"你又不知道会发生什么。"

像往常一样，她顶着一头毛糙的卷发。粉红色的衬衫更加凸显她那草莓牛奶似的肤色。内林哈曾建议过她很多次，最好穿其他色系的衣服，比如深蓝或绿色，但埃斯特就是喜欢粉红色。说句实在话，埃斯特对颜色的执着让我更加钦佩她。

"我知道，"她痛苦地说，"我知道你身上将会发生什么事。"

有那么一刻，我感觉是自己托举起了我的朋友。可下一秒，却变成了她拉住了即将坠入悬崖的我。

我的大脑在飞速运转。我想大喊：你什么意思？然后让她把话说清楚。不过，我并不打算把事情弄得太糟。

"能说给我听听吗？"我提议道。

埃斯特抹了抹鼻子。她膝盖上的那本书，封皮上有几个烫金的大字《神秘岛》。嗯，这本书我们的船上怎么会没有呢？我好奇这是不是有尼摩船长签名的首版。达卡王子。我的高祖。我甚至不知道该叫他什么。

"哈丁和潘克洛夫，"她开始说道，"尼摩要求他们保护好他的遗物。"

我点点头。这些事情我之前也听休伊特讲过。我等着听埃斯特告诉我更多。

"由于尼摩不可能摧毁鹦鹉螺号，"她继续说道，"他希望哈丁和潘克洛夫在时机成熟前，确保没人发现它最终的停泊地。"

"他为什么不能摧毁自己的潜艇呢？"我问，尽管这个问题听起来很傻。就好比你问波提切利为什么不在死前烧毁《维纳斯的诞生》。

埃斯特的手指抚摸着书封面上的烫金大字。"我不清楚。尼摩所能做的就是把鹦鹉螺号沉到这个岛的下面。他知道阿龙纳斯和兰德在到处找他。他孤独一人，垂死挣扎。我猜他别无选择。他决定相信哈丁和潘克洛夫，并把自己的秘密和财富托付给他们。"

我心里默念着尼摩、哈丁和潘克洛夫。

埃斯特和我，在出生的几百年前，就已经被命运紧紧连在一起了。这使我对佛教中的"轮回"和"因果报应"产生了好奇，以及我们两个人的灵魂是否在某个时刻相遇过。

"那他们怎么知道？"我问，"我的意思是……哈丁和潘克洛夫怎么知道应当什么时候再次去寻找那艘船呢？"

埃斯特蜷缩起双膝。"船长室里的那张灰色地图，以及基因识别器。这些东西只有尼摩的直系血亲能够启用，还必须是在隔了几代人之后才能碰它们。我不明白尼摩是怎么想的。我们不知道……我的祖先们真的不知道到底要等多久。你父亲在 HP

读书的时候尝试过，但没成功。然后，两年前，他又试了一次，我想只是为了看它一眼。也不知道为什么，反正它动起来了。他是第一个成功的人。"

我的喉咙一紧。

我记得，那个奇怪的"镇纸"长得像机器人眼球一样，当我紧紧按住它的时候，一股电流穿过我的手臂。我父亲在我之前也做过同样的事。我几乎能感觉到他那布满老茧却温暖的大手，正在朝我的手缓缓伸来。

"我知道替代科技。"埃斯特身子在颤抖，托普紧紧靠在她身上。"董事会去年秋天简要地跟我说过。虽然不是十分详尽，但事关你我的家族，我还是想告诉你。如果保守秘密不讲给你听，总觉得不妥当……还有危险。可是，董事会的人控制了我的遗产，也控制着我们学校。他们让我签了一大堆文件，如果我告诉任何人，包括你的话……真的抱歉，安娜。如果我早点告诉你，说不定还能拯救 HP。"

我想安慰她，却说不出话来，因为此时此刻，太多的事情在我脑海里打转。

"我是哈丁家族唯一的后人，"她说，"潘克洛夫家族三十多年前就已消亡了。董事会那帮人不喜欢我。我六岁的时候，姑妈去世。她是哈丁家族最后一位长辈。我……现在只有我一个人了。"

她声音里带有一丝悲伤，让我感到心痛。"哦，埃斯特……"

"等我十八岁长大成人后，"她继续说道，"他们应当授予我一些权力。但是……你知道的，他们可能永远不会的。他们怀疑我的能力。现在学校已被摧毁，我必须重建它。我不知道怎么做。安娜，很抱歉，你恨我吧。虽然我不想你恨我。"

可怜的埃斯特六岁开始就生活在 HP 了。我知道她姑妈去世了，也清楚她无亲无故，只有法定监护人，却从未想到哈丁这个名字给她带来这么多的压力和责任。这些年来，她没有得到过家人的爱与抚育，而是被一帮律师监管着。他们爱哈丁家族的钱，天天想着怎么赚更多的钱，同时盯着埃斯特，看她有没有犯错。至少我曾经见过自己的父母，和他们一起生活过。

"埃斯特，我不恨你。"我向她保证，"当然不会了，不准你这么说了。"

她的嘴唇在颤抖。"但其他人会恨我的。"

"不，真有人这么做的话，我会亲自把小粉鸭套在他们头上，然后把他们从船上扔下去。"

她破涕为笑。"你开玩笑的，对吧？"

"没有。相信我，没人会恨你的。"

"董事会呢？我把知道的都告诉你了。他们会剥夺我的继承权。"

"那帮人敢找你麻烦的话，我就给他们点颜色看看。"

埃斯特听完沉思了一会儿，没有问我是否在开玩笑。"嗯嗯，好的。我爱你。"

她说话的语气一本正经，我差点儿没听出来，还以为她在说客套话呢，类似"你好吗？"但我知道她是真心实意的。

"我也爱你。"我说，"我能再问你一件事吗？"

她点了点头。当她摸托普耳朵的时候，我才注意到她已经把指甲盖咬秃了。

我也不清楚自己是否想知道答案，反正就这么开口问了："你之前说过你知道我身上将会发生什么事。是什么意思？"

她皱眉看向书上的图片。黑色锯齿状的火山高高耸立在汹涌澎湃的海面上。画面前景中，在露出海面的岩石上，有一只和托普长得很像的狗狗，只见它浑身湿透，瑟瑟发抖。

"你父母找到鹦鹉螺号的时候，"她说，"他们试图打开舱门进去。你父亲本应该能打开的，因为他是尼摩的直系后裔。具体发生了什么我不是很清楚，但的确是出现了一些差错。这就是为什么 HP 小心翼翼地对待德夫，他们不想他靠近潜艇，除非他们搞明白——"

"等等，"我说，我的脑袋现在晕乎乎的，"我父母的死亡是个意外。"

"我不这么认为。"有那么一瞬，埃斯特居然主动看向我的眼睛，"安娜，鹦鹉螺号很危险。我觉得是它杀死了你父母。我不希望你被它害死。"

第二十一章

接下来的两天，我尽量不去想埃斯特的话。

可我做不到。晚上，我躺在床上睡不着，脑海里想着我父母的死。我仿佛看见他们潜入一艘潜艇的残骸，里面已经锈迹斑斑，阴森可怕。接着，他们被困在里面出不去，被潜艇遗留下来的饵雷炸死了。我想起德夫，保守这么多秘密一定备受煎熬吧。我做过好几场噩梦。梦里，黑色箭头状的阿龙纳斯号在水底向我飞奔而来，把拉克希米号撞成了两半。

白天，我疲于应付各种突发状况，压根儿没时间去担心日后可能置我于死地的问题。感谢老天给予我的这点照顾。

其中一个麻烦就是，船上的食物快耗尽了。食物缺口比我想象中的要大。我们在食物的定量配给上，做得不够好，没有按照我设想的那样去做。让我羞愧的是，在船上的第一个晚上，吃完饭后我偷偷多拿了一块巧克力曲奇饼干。我最渴望的食物其实是新鲜现烤的甜角①，配一杯热腾腾的香料茶，但非常时期

---

① 甜角是印度胡里节上的一道传统点心。——译者注

只好将就。

此外，库珀和维吉尔两个人互殴，我得去拉架。打架的原因是，他们中有一个人说了一句什么话——实际上，我甚至不关心话的内容。我把他们俩分开，吼了几句，效果还不错。我真想把他俩关禁闭，但我需要所有人各司其职一起工作，只能作罢。这次打架事件表明：大伙儿的情绪开始紧张起来了。

另外，休伊特教授的身体状况还在持续恶化。富兰克林和林齐为了维持他的生命体征，已经尽了最大努力，但他们仍说不准他什么时候就撑不下去了。他的血压很低，心跳也很弱。他的尿液……在他们跟我讲他的尿液时，我实在听不下去了。

这趟旅程着实乏善可陈，没有多少值得欣慰的事发生。

内林哈启动了 LOCUS 装置算是一件吧。我和杰米尼、埃斯特、蒂娅一起来到指挥舱，见证她的揭秘时刻。那些像网球一样的金属球安装在导航控制台上。它们弹簧似的线圈，像章鱼的触手，接入控制台的不同位置。我实在看不明白。难道它们的工作原理就像动物的触角那般？像接地线那般？

"来了来了。"内林哈转了一下球体侧面的铜制旋钮。

点点绿色的光斑顿时出现在整个房间里，仿佛我们正置身一座亟须清扫的水族馆。

埃斯特说："看起来不太对呀。"

"等一下，"内林哈说，"让我重新校准一下显示分辨率……"

她转动了另一个旋钮。绿色光斑随之缩成一个篮球大小的发光球体，悬浮于控制台上空。

瞬间，我就明白了我们看到的究竟是什么。正中心的白点，就是我们的船。发光球体的上半部分是实时变幻的浅绿色线条，代表气流、降水和云层。下半部分则用更深的绿光显示水面之下的情况：洋流、水深，还有密密麻麻各种形状的光点和光团在我们的船下移动。

"是海洋生物，"我猜测道，"那应该是一个鱼群。那是什么，一头鲸吗？"

内林哈眉开眼笑地说："伙计们，我们正在电子定位中。"

我无比兴奋地看着眼前的三维读数。信息量太大了，太复杂了。可我仍通过本能理解了它。我可以感受到船的位置，它是如何与洋流和气流产生联系，又是如何影响着我们周围的生物。

"这可比声呐和电子海图牛多了。"我喃喃道，"这怎么可能？"

内林哈一脸得意，仿佛她刚刚烤出了一盘受到所有人喜爱的曲奇饼干。"我告诉过你的，宝贝儿，换一个角度去看科学定律。我们所看到的，是海洋哺乳动物对所处环境感知方式的一种视觉化呈现。是的，陆地生物技术在它面前，简直弱爆了。"

"干得不错嘛，达·席尔瓦。"蒂娅·罗梅罗眯起眼睛，仔细查看着 LOCUS 基座上的控件，"你确定这不会暴露我们的行踪？该不会方圆一千英里之内每条船的雷达屏幕上都能看见我们吧？"

"我确信不会的。我有百分之九十的把握。百分之八十五。"

"万一阿龙纳斯号有类似的技术呢？"我问，"动态伪装能否骗过 LOCUS？"

内林哈收起笑容，微微蹙眉道："或许吧？"

想想真令人不安。LOCUS 读数显示，这附近没有其他船只——潜艇也好，普通船舶也罢。但有没有可能阿龙纳斯号就潜藏在某处，我们看不见他们，一如（我们所希望的那样）他们也看不见我们？

"如果他们敢露面的话，"杰米尼说，"那就正好试试我们的另一个新玩具。"

他指向窗外。在前甲板上，"鲨鱼"们已经组装好他们最喜欢的新武器：从"黄金级机密"箱子里找出来的一台像喷气式划艇那么大的莱顿炮。它铜制的炮管上覆满电线和齿轮，底座可以旋转二百七十度。我不知道它能对敌船造成哪种程度的创伤，尤其是像阿龙纳斯号那样的潜艇，但杰米尼和他的同班同学们个个跃跃欲试，想先拿什么练练手。我已经警告过他们，不许电击鲸和过路的渔船。

这趟旅程的另一个高潮是拉克希米号的引擎卡住了。

我知道这听起来很糟糕。被搁浅在大海中央，接着被活活饿死，都是可以预见的凄惨下场。然而，我们的"头足"同学们自信能够把船修好。与此同时，内林哈提议，不如趁此机会派人去查看一下船体的外观。我马上自告奋勇，把她吓了一跳。

我套上潜水背心，背起氧气罐，戴上面镜、脚蹼，还顺手带了一条死鱿鱼（原因显而易见）。海水很暖，我其实不需要穿潜水湿衣。我向后一个仰翻，潜入水中。气泡还未完全消散，我就看见苏格拉底朝我游了过来。它似乎很高兴，终于有了一个玩伴。

它兴奋地吱吱叫着，用脑袋轻轻顶我。我把鱿鱼喂给它。但一条鱿鱼，似乎满足不了它的胃口。我检查船体时，它不停地用嘴顶我的屁股。

"流氓！"我隔着呼吸器喊道。

不过它也听不懂。海豚有时确实挺不正经的。

它又顶了我一下。这时我才意识到它是想给我看某样东西。

我随它来到船的右舷前侧，在略低于水平面的地方发现一个拳头大小的抓钩，嵌在船的一块木横杆上。一根磨损的绳子还系在抓钩上，在水里漂荡。我猜这是兰德学院的不速之客们留下的纪念品。他们一定是在登上拉克希米号之前，把绳子绑在了此处。

这个抓钩造成的破损大概仅止于浅表，不过，我不想冒险。我也不想我的船上留有任何兰德学院的东西。我一把拽下抓钩，将它掷向了海底。

我轻轻拍了拍苏格拉底的脑袋，表示感谢。接着，我浮出海面，向船上讨要维修器材。

将破损之处修好之后，我又仔细查看了整个船体的情况，确认一切都没有问题。这时，氧气罐里剩下的氧气还足够撑三十分钟。

于是，我开始和苏格拉底一起潜水。在海面下十五英尺的地方，我们快乐地共舞着。我握住它的鳍，继续这一年以来的教学计划，教它变戏法。我一边带它做动作，一边在呼吸器后哼唱着："右鳍右鳍打开来，右鳍右鳍收起来。"苏格拉底显然对这个人类发明出来的奇怪仪式摸不着头脑，不过从它"吱吱吱"的欢快笑声中，看得出它一定觉得这个游戏（和我）很好玩儿。

有一次，一条太阳鱼游过我们身边。这家伙体形比我俩都大，长相也很奇怪，就像有人将鲨鱼、花椰菜和黄铁矿融合在了一块儿，然后将之压得纸片般扁平。苏格拉底没有理睬这位过客，因为它既没有危险性，也不能作为食物。我则挥了挥手，邀请它与我们共舞。它头也不回地游走了。我记得小时候，父亲给我念过戴夫·巴里幽默专栏里的一篇文章，讲鱼只有两个想法："食物？"和"呃啊！"。其实它们还有第三种想法，正如这条太阳鱼的表情，仿佛在说："你们人类真奇怪。"

我真希望能够一直陪苏格拉底待在水下，和它一起伴着一串串银色的气泡旋舞，看阳光穿透碧蓝的海，直到永远。

我猜，我大概是玩得忘记了时间。

我听见一阵尖锐的金属撞击船体的声音。有人在提醒我，该上船了。

我和苏格拉底击了个掌，表扬它的出色表现，之后，便朝水面游去。

回到船上，我感觉好多了。大海总能抚慰我疲惫的身心。我把氧气罐收好，潜水装备冲洗干净。我们继续航行，修好的引擎发出平稳的嗡鸣声。天空晴朗，风平浪静，天边的晚霞紫红紫红的。明日黄昏时分，如果我们幸运的话，应该已经抵达HP 的秘密基地。我们可能会得到帮助、庇护和答案。谁知道呢，甚至还有可能收到一整船巧克力曲奇饼干。

我的好心情一直持续着，直到杰米尼从指挥舱探出头，喊道："你快来看看。"他的语气分明在说，又有坏事发生了。

我看到蒂娅·罗梅罗正佝着身子，俯在通信控制台上，耳机紧紧贴在耳朵上。她看见我走进来，皱起眉头。

"我们从学校内网找回了一些音频。"她说，"你最好坐下来听。"

第二十二章

我以为我已经准备好面对任何事情。

我错了。

当德夫的声音从耳机中传来，我强忍住哽咽。

"巨大威胁！所有人紧急撤离！我——"

录音中断，被静电噪声取代。

我摘下耳机，扔到一边。我想离它远远的，仿佛它是一只有剧毒的狼蛛。

"对不起。"蒂娅说，"只有这一段话。其余的都是返回电流。"

我的双腿开始打战。我只穿了一件比基尼。腿上的海水在渐渐变干，脚边的橡胶地板上满是水渍。我也不确定，我发抖是因为寒冷，还是震惊。

"德夫向他们发出过警告。"我喃喃道，"他们有可能逃出来了。他可能还活着？"

李安是值班驾驶员。她的耳朵变红了，这是她撒谎时的"信号"。李安自己也知道这一点。鉴于她对反间谍工作的兴趣，你可能以为她会留起长发，遮住这对"测谎仪"般的耳朵。然而，她却把一头乌黑的卷发剃得很短。

"或许吧，"她说，"我的意思是，有这种可能，不是吗？"

杰米尼皱起眉头："可我不认为他们有逃生的时间。安娜，结尾的噪声……"

我知道他说得对。

结尾那片巨大的静电噪声，很有可能就是我们的校园沉入大海的声音。我想象德夫通过校园的内部通话系统广播的画面。当时，他可能正在行政楼地下的保安室里。他肯定会留到最后，直到确定所有人都已安全撤离。

无人机没有侦测到幸存者。所有的新闻报道也都没有提到生还者。德夫是真的不在了。

这段生命最后时刻的混乱录音，便是他留下的唯一东西了。

我想说点什么，可又说不出来。我意识到，如果不马上离开的话，我会当着所有人的面情绪崩溃的。于是我转身走出了指挥舱。

我已记不清自己是怎么回到船长室的。

我蜷缩着身子，躺在床上，看苏格拉底留下的空鱼缸里，水哗啦啦地流动。

我试着重新找回在大海里与我的海豚朋友共舞时那份安宁平静的感觉。但它已彻底消失。愧疚伸出铁爪，牢牢抓住了我的脏腑。

我应该在那里陪着德夫。或许，假如我对自己看到的东西——安全网的异常闪烁——更坚持的话，假如我自己直接去保安室汇报，而不是浪费时间去餐厅吃早饭的话，我的哥哥就不会死了。

我没能与我的父母好好道别。当时他们只说是要去科考，过一个月左右就回来了。他们叮嘱我要乖乖的。在他们离开之前，我只与他们简单地拥抱亲吻了一下，还不屑地翻了一个白眼。我当然会乖乖的，你们该担心的是德夫！妈妈说："一眨眼我们就回来了。"我相信了她的话。因为他们每次都会如约归来。

现在，我连德夫也失去了。为什么我总是错过告别的机会？

疼痛越来越强烈。过了会儿，我才意识到，这痛不仅仅是心理上的——我的例假来了。

好吧。事情都往一块儿赶。

我挣扎着下了床，从行李包里翻出卫生用品和一些衣物。

我打开门，发现内林哈和埃斯特正站在门外，一脸窘迫，似乎正在讨论要不要敲门。她们看到我脸上痛苦的表情，发现我手里正捏着一包卫生棉，便自动让开了，知道我需要先去趟卫生间。

"我去拿止痛药。"埃斯特说。

"我去灌热水瓶。"内林哈说。

我跌跌撞撞地走过去，喃喃地说了声谢谢。她们清楚流程。即便补充了大量的维生素 B1，再加上坚持锻炼和健康饮食，每月的痛经依然让我备受折磨。我终于理解了为什么历史上人们会把月经称为一种诅咒。我已经和它缠斗了两年半。如果没有朋友在身边，我真不知道该如何应对。

穿好衣服回来，我又蜷缩在了床上。我吞下止痛药，用热水瓶紧紧捂住肚子。

闭上眼睛，疼痛似乎化作了黄色的光点，在我眼前飞舞。我的体内，似乎仍有一双铁臂，在搅动着五脏六腑。

托普轻轻走过来，亲了亲我的鼻子。它也想帮忙。

"你会活下来的。"埃斯特大声对我说。

我笑了，同时肚子又抽痛了一下。"谢谢你，埃斯特。是的，我每回都死不了。"

"我不是说例假。"她喊道，"我是指那座岛。"

"声音小点儿，宝贝儿。"内林哈说。

"抱歉。"埃斯特坐在桌边，开始在她的索引卡里翻找，"我写下了所有的秘密。所有不能对人讲的秘密。都藏在这里面。"

"埃斯特写了不少卡片。"内林哈告诉我，"是吧，埃斯特？我们要确保从今往后这些卡片绝对安全，不能让那些写有顶级机密的卡片落入他人手里。"

"在厨房里，我把它们放下了一分钟。"埃斯特坦白道，"在我偷吃饼干的时候。不过没关系，没人看见。"

啊哈，原来我不是唯一一个偷过巧克力饼干的人。假如船员们叛变，我和埃斯特都得被揪斗。

当我第一次认识到埃斯特拥有如此强大的记忆力时，我问她为什么还需要记卡片。她做出如下解释：她可以记住一百多名音乐家同时演奏的整场交响乐，但如果你问她双簧管在第三乐章第二小节演奏了什么，她也无法立刻从听到的那么多声音里回忆起来。这些卡片能帮助她梳理听到的音乐。她可以用不同颜色标记不同的器乐组，将铜管组与弦乐组、打击乐组区分开来。她可以将整场演奏拆分开来，然后逐个去研究每种乐器、每行乐谱。

离开她的索引卡片，世界将是一个可怕而混乱的地方。

"找到了。"她举起一张亮蓝色卡片，正面和背面都写满了她整洁的字迹，"明天，我们在接近秘密基地时，将经历一场考验。"

我努力集中注意力。热水瓶渐渐起了作用，我腹部的绞痛得以缓解，虽然疼痛依然令我目眩。德夫的声音在我的脑海里回荡：巨大威胁！所有人紧急撤离！

"一场考验？"我弱弱地问。

埃斯特点点头。"这是所有船只靠近基地时的例行程序。这上面写着。我也不知道是什么样的考验。应该是为了验明我们的身份。如果是非法闯入者的话，那座岛大概会用替代科技武器灭了我们吧。"

"但那不可能发生。"内林哈说。

"是的。"埃斯特附和道，"因为……"她看向内林哈，"为什么不可能发生呢？"

"因为我们将一起研究出通关的办法。"内林哈轻轻地说，"趁安娜补觉的时候。不是吗？"

"是的。"埃斯特赞同道，"安娜，所以你不会有事的。先好好睡一觉吧。"

她把这一切形容得跟关掉收音机一样简单。

或许的确如此。

我想加入她们，想回到会议桌上，和她们一起谋划通关的办法。但我的身体实在支撑不住了。听见德夫的声音，对我的刺激太大了。药物、热量、腹部的绞痛在我身体的战场里角逐争霸，使我的神经系统似乎变成了一片波涛汹涌的大海。我紧紧抓住朋友们的声音，就像抓住救生筏那般。

我闭上眼睛，不知不觉坠入了无痛的深渊。

第二十三章

在梦里，我回到了十岁那年的七月四日。在圣亚历杭德罗植物园里，我趴在一条毯子上，等待烟花表演开始。

德夫挥舞着烟花棒，在我家的露营地点附近蹦跳穿梭。妈妈坐在我身边，宽檐草帽遮住了她的脸庞。那颗黑珍珠在她的锁骨下发出柔和的光芒。她正伴随着广播中约翰·菲利普·苏萨的音乐扭动脚趾（是的，她一直讨厌穿鞋）。

她依偎在爸爸的胸前。爸爸的胳膊环抱着她的腰身。这亲昵的动作让我隐约感到尴尬。父母们难道可以在公众场合秀恩爱吗？

爸爸的白色衬衫、白色亚麻休闲裤和手中的白酒杯，似乎都在暮色中熠熠发光。他乌黑的头发梳得锃亮齐整，脸上带着一抹蒙娜丽莎式的微笑，仿佛刚从一场美梦中醒来。

妈妈凝神眺望着远处那片一直延伸到湖边的虞美人、向日葵和粉蝶花。她心满意足地叹了口气："等我不在了，请把我的骨灰撒在这片湖水里，我喜欢这儿的风景。"

"妈妈！"我说。

她温柔地笑着说："亲爱的，死亡没有什么好回避的。每个人都要面对。"

"好吧，但我们不要现在谈论这个话题，好吗？"

她调皮地捏了一下我的胳膊。"安娜，对这种事情，还是诚实面对比较好。况且，我只是想说……这个地方确实是理想的长眠之所，还能滋养花朵。"

"但你现在又不会死！"

"什么？"德夫停下烟花舞，一脸八卦地跑过来问，"谁要死了？"

烟花棒闪烁的火星，似瀑布般倾泻在他裸露的手臂上。他似乎并未在意。

"没人会死，"爸爸安慰我们说，"至少在我喝完这杯霞多丽之前没人会死。"他的眼里闪烁着幽默的光芒。他的眼睛是深棕色的，就像向日葵的花心。"不过，我要和你妈妈死在一起。到时候，也请把我的骨灰和她的一起撒在这里，好吗？"

我正准备调侃他俩可真病态，烟花表演开始了……

我在床上醒来。从窗外阳光照射的角度判断，我应该是连续睡了一整夜。

我浑身上下酸痛不已，且头疼欲裂。埃斯特和内林哈不知去了哪儿。她们一定是不想打扰我的睡眠。

死亡没有什么好回避的。每个人都要面对。

哦，妈妈……

我甚至没法替她完成遗愿。我们连她的骨灰都没见到。如今，她留给我的，只剩下这条珍珠项链。能够找回这条项链，已属奇迹。学校将它转交给我们，并向我们致以深切哀悼。这是他们在"事故"发生后唯一能找回的东西。

我多么想继续赖在床上，沉浸在悲伤之中，但我知道，这样只会让事情变得更糟。我发现一个残酷的真相，对待悲痛，就应该像对待痛经一样，只需将它抛在脑后，继续前进。今天将是我们抵达秘密基地的日子，如果有这么个基地存在的话……

我起床洗漱穿衣，但没有淋浴。因为我们正在实施用水配给制。早餐是一条海藻蛋白棒。我们对食物也在实行定量供应。

终于，我来到了指挥舱。

没有人责备我的姗姗来迟。但我还是心怀愧疚。随着物资逐渐耗尽，船上的紧张气氛，就像莱顿枪一样，一触即发。为了我的船员们，我需要百分百地投入。至少也要假装如此。

我们的第一场考验在上午十点钟准时到来。

LOCUS 监测系统亮起了一簇簇紫色光点。

"飞机！"杰克·吴大叫道，"等等……那是什么？"

紫色光点忽明忽暗地闪烁起来，不断地变换着形状和密度。据 LOCUS 显示，它们就像一群空中飞行物，盘旋在拉克希米号正前方，但我从前窗向外望去，却什么也没看见，只有开阔的水面，一直延伸到地平线。

在我反应过来之前，杰克已找到了答案。他是"海豚"中最擅长此类事情的。

"这些不是实物，"他恍然大悟道，"看到这些光点变成波浪形了吗？"

我点点头。"聪明！"

"什么？"德鲁追问道，声音焦虑不安，"我们被袭击了吗？"

他一副急不可耐的样子，似乎想立马用手中那把锃亮的莱顿枪射杀点什么。即便依照"鲨鱼"的标准，德鲁也属于好斗的类型。我想我应该给他安排点打打杀杀以外的活儿。

"没有发生袭击，"我安抚他道，"至少暂时还没有。你能把其他'海豚'们叫来，让他们到指挥舱集合吗？我们有一个密码需要破译。"

几分钟后，刚值完夜班的维吉尔踉踉跄跄地走了进来。李安和哈利玛紧随其后。我们五个人凑齐了。在此之前，我和杰克已识别了模式开始重复的中断点。我们还发现了如何将LOCUS的电脉冲接入指挥舱的扬声系统，将紫色波浪线转换成声音。

哈利玛歪着脑袋问："蓝鲸吗？"

"某部分是的。"我说，"但比那个更复杂。继续听。"

多年以来，HP一直用蓝鲸的歌声作为密码。其音高、音域、音长可与人类语言的组成部分挂钩，形成一种多层加密，若没有掌握密钥，则几乎无法破译。

但是，这个密码更加复杂。

过了几秒，模式又变了。一连串的吱吱声，就像海豚发出的叫声，穿插在蓝鲸之歌里。两秒之后，吱吱声和歌声都被一种类似风吹过海螺的声音取代。

接着，模式开始重复。

"看来发信人熟悉HP的加密方法，"杰克说，"他们一定知道我们有LOCUS来接收他们的信号。"

"那很好啊，不是吗？"李安说，"它肯定是我们的基地发出的。"

"除非这是一个陷阱，"维吉尔说，"如果信号是阿龙纳斯号发出的，我们应答了的话……"

这个想法有点意思。

我发现自己在连连摇头："不。这一定是基地发出的。我们将接受一场考验——"

"是吗？"哈利玛问。

我告诉他们昨晚埃斯特给我的提醒。"所以，如果这就是考验，而我们不回应的话，结果肯定不会好。不管怎样，我们得先破译密码，然后再决定该怎么办。"

我的同学们明显放松了。破译密码……这是我们能够对付的挑战。"海豚"们就是专门干这个的。

"让我们假设第一部分是蓝鲸之歌。"杰克掏出铅笔和便签本。他开始勾画紫色的光点和波浪形。他声称自己在写写画画时最有灵感，而且既然他是我们中间最擅长破译密码的，我便不表示反对了。"第二部分，有吱吱声的……能慢点回放一下吗？"

"啊……"我虽不是"头足"，但在捣鼓了几分钟后，我成功地将这段音频以四分之一慢速回放，模式一下子清晰可辨了。"这是五乘五。"

我没有意识到原来杰米尼一直站在我身后，直到他开口问道:"什么是五乘五？"

我吓了一跳。说真的，我准备在他的枪杆上绑一个铃铛，以防他老是这么神出鬼没地吓我。

"这就像莫尔斯码，"我解释道，"但又有所不同。在越战期间，战俘们用它来互相传递信息。"

"第三部分，"哈利玛问，"那是什么？"

我们聚在海图桌边，一遍一遍以不同的速度回放音频。杰克在本子上画满了草图和方程式。哈利玛和维吉尔争论着到底是音标符号还是字母符号。李安对我们滔滔讲述了一番声学和流体动力学之间的关系。这基本上成了一场大型"海豚"学术交流会。

时间不知不觉就过去了，直到杰米尼把一盘三明治端到我们面前，说："该吃午饭了。"

其他人吃饭时，我去了一趟卫生间。我重新梳洗一番，往脸上泼了点水，又吞下止痛药。我的肚子痛仍未缓解，背又因为长时间佝偻着查看密码，也疼了起来。我很想呕吐，但凭意志力，忍了回去。一旦被晕船打败，呕吐的精灵就不容易回到瓶子里了。

在回指挥舱的路上，我突然一个激灵站住了。顷刻之间，那些在我脑海里一直打转的密码碎片，拼成了一个完整的图案。我就是为这种时刻而生的。它们就像绝壁潜水一样令人激动。正因这样的时刻，我才如此热爱"海豚"的事业。杰克比我更擅长解码。哈利玛在导航方面更有天赋。李安对反侦察学的掌握更透彻。维吉尔是我们中间电子通信领域的专家。但我比所有人都善于整合线索，把控全局。这就是我成为新生级长的原因。

我脸上挂着一抹得意的笑，回到指挥舱中："我弄明白了。"

我给我的同班同学们解读了一遍密码。第一部分，蓝鲸之歌，是破解第二部分的算法，而第二部分，才是真正的消息。第三部分提供了语音学线索，告诉我们那条消息中使用的语言：本德尔汗德语，古印地语的一个分支。这碰巧是我祖先的语言，也是尼摩船长的母语。

"哇。"哈利玛赞赏地点点头，"干得好，安娜。"

"说真的，"维吉尔说，"那条音频，再让我多听一遍，我就要疯掉了。真羡慕你的听力。"

我努力克制自己，尽可能不显得太过自得："我只是把大家的想法整合在了一起。杰克，可否请你……？"

杰克嘴里塞满了花生酱三明治，不过他马上开始在本子上写写画画，将密语翻译出来。

他将本子交给李安，由她来宣读。

她夸张地清了清嗓子："谜底是……这里是林肯基地。请亮明身份。限时五小时。"

哈利玛皱起眉头。"这么短的一条消息，却让我们大费周章。"

"林肯岛，"杰米尼插话道，"就是哈丁和潘克洛夫被困的那座岛。"

海豚们齐刷刷地转身看向他。

"怎么了？"他反问道，"我也是读过《神秘岛》的，好吧。"

我研究了一会儿 LOCUS 显示器。紫色光点组成的形状，颇像一把猎枪。我的神经紧绷起来。我们的处境终于变得真实起来。我们即将抵达尼摩船长的岛……我父母的丧生之地。

"请亮明身份。"李安手指敲击着桌面，说，"这部分十分清晰。他们想知道我们是谁。限时五小时……这是我们到达那里需要的时间吗？"

"只剩两个小时了，"杰米尼说，"你们光破解密码就花了三个小时。"

绝不可能。但根据船上的航海经线仪显示，杰米尼说得没错。现在已经是下午一点。我还记得在船长室里看到的那张绝密地图上的坐标。我根据我们目前的航向和航速飞快地做了计算。

"这应该不是指我们到达那里需要的时间。"我斩钉截铁地说，"我们到晚间七点才有可能赶到。限时五小时，是对我们下的一道通牒。我们需要想出应对之策。而且需要在接下来的两个小时内想出来。"

维吉尔倒吸一口气，问："如果没能按时以正确的方式回应呢？"

"那么，"我说，"我猜我们会被咱们自己的基地炸飞。"

第二十四章

不过，先别紧张。

破译密码是一回事。得出正确答案，再以同样的密语回应，则难度大多了。更何况，我们只有不到两个小时的时间。

或许林肯基地——如果真的是林肯基地的话——有一台设备，可以用蓝鲸歌声、五乘五、本德尔汗德语生成信息。可我们没有。我们也连不上万能的互联网——可以帮助我们把线索拼凑起来的信息的超级武器。

我们只能靠自己平日的训练和盲猜了。

"维吉尔，"我说，"你手机上还有那个仿真器软件吗？可以模拟蓝鲸歌声的那个。"

他惊讶地盯着我。"我——有的！"

"不联网也可以用吗？"

"当然。"他语气有点不悦，"我下载保存过蓝鲸的全部歌声。"

果然如我所料。平日里我一直嘲笑维吉尔手机上装了太多无用的软件。现在，我欠他一个诚挚的道歉。

"维吉尔，你太棒了。"我说，"杰米尼，你快和他一起去，把保险箱打开。不过，要确保手机处于离线状态。"

我想反正他们也不可能搜到信号的，况且维吉尔和杰米尼都不像那种在太平洋中央还要偷偷刷会儿短视频的人。但我觉得还是应该提醒一下他们。

杰米尼点点头，他俩便一起离开了。

与此同时，杰克跑去找内林哈。他俩一起回来后，便开始苦思冥想怎么用 LOCUS 发送消息，而不仅仅是接收信号。

李安在为一个新的加密方法运行计算。我们不能直接把蓝鲸之歌算法原封不动地发送回去。那太简单了。如果我们对话的是 HP 的基地，他们肯定希望我们保持格式，但要改变语体，就像在一首歌曲的中间变换一个调子一样。

我和哈利玛一起头脑风暴，用本德尔汗德语构思我们要传达的信息。我们想到的第一句话是：不要开火。我们觉得这点很重要。

维吉尔和杰米尼拿着手机回来了。维吉尔开始播放蓝鲸的歌声，结果一点儿也不难听。杰米尼成了我们的报时器，每隔一会儿就提醒我们一遍，还剩多长时间我们就将被炸成碎片。真的很烦人。

一个半小时过去了，我的视线开始变模糊。汗水浸湿了我背上的衣服，像胶水一样将衣服粘在我的皮肤上。我们对播送的信息做最后的润饰，将语音成分编码，写入抑扬顿挫的蓝鲸之歌中。如果蓝鲸是用本德尔汗德语歌唱的话。

我们发出的消息如下：HP 的拉克希米号。不要开火。紧急情况。安娜·达卡在船上。

至少，这是我希望我们传达出的意思。现在，我的脑子一片混乱。即便这条消息是"豆腐是我最爱的哺乳动物"，我也分辨不出差别。

我对消息中提到自己的名字感到有点儿别扭。同学们都劝我说，这条信息很必要。他们说，如果我真的如传说中那般有价值的话，我在船上，就没有人——无论朋友还是敌人——敢用替代科技杀伤性武器向我们开火了。

"除非与我们对话的是一台自动录播机。"维吉尔沉思道，"如果它想要听到的是某个特定的暗语，而我们没有用到——"

"那么我们大老远跑来，就是来送死的。"哈利玛说。

"咱们'海豚'身上就这点我最喜欢。"我说。

这是我们中间流传已久的一个笑话。加起来，我们能流利地运用二十四门语言。可我们却不懂"乐观"一词的含义。

没人笑得出来。眼前的风险实在太大了。

我看向内林哈："可以发送了吗？"

"我看没问题。"她语气中充满兴奋。她选了一种富有节日气氛的橘色唇彩和相同色系的眼影，搭配她的绿裙子和橙色连帽衫。我敢发誓，她的随行包肯定是另一个维度空间，要不怎么能够塞下她那么多的装备呢。"当然，发送器有可能发生故障。我们的方位也有可能暴露给敌人。但我们总得尝试新事物，不是吗？"

杰米尼咳嗽了一声。他像平日里一样，穿着一身黑衣服，站在内林哈身边。于是，他俩站在一起，像极了打印机的油墨测试页。"距最后答复时间还剩二十分钟。"他说。

"同意发送吗？"李安问。

我犹豫道："等等。叫全体船员集合。他们有权知道发生了什么。"

午后的阳光铺洒在主甲板上。我告诉所有船员，我们遇到的考验，我们准备的回答，以及两百七十三件可能出错的事情。

"当我们把信号发出去之后，"我说，"我们的位置就暴露了。我们得赌一把，赌这不是一场陷阱，我们已躲开了敌人。"将兰德学院称为"敌人"，虽然感觉很奇怪，但没有别的称呼更适合他们了。我们早已过了互相在对方的校车上贴厕纸的阶段。"而且，假如我们发出的信息不是正确答案，那么我们将在十五分钟之内被歼灭。"

"是十一分钟。"杰米尼说。

"谢谢你，吐温级长。"我冷冰冰地说。

有几位同学被逗笑了。我想在神经高度紧张的时候，笑一笑没有坏处。

"不过，"我继续说道，"如果我们对话的确实是 HP 的某个基地，那么今晚我们就能和朋友们一起度过了。"

人群中有人开始焦虑地低声交谈。在海上航行三天后，我们之前的生活一去不复返了。我甚至开始觉得，除了这条船上的人，其他人都不存在，更不可能是朋友。不过，没有人反对。也没有人提出疑问。此时此刻，在大洋的正中央，在物资快要耗尽的情况下，我们难道还有别的选择吗？

"罗梅罗级长？"我说。

"船长。"

我眨了眨眼。这是第一次有人叫我船长。我不知道自己该作何感想。"全体注意，准备战斗。内林哈？"

"我在呢，小心肝儿。"

人群中传出一些笑声。我默默地感谢内林哈，有这么不合时宜的幽默感。我们好久没有开怀大笑过了。况且，在我听来，"小心肝儿"这个称呼还没有"船长"搞笑呢。

"发送吧。"我告诉她，"现在是时候让对方也开动一下脑筋了。"

船员们各自散去。总体来看，大家兴致高涨。我希望他们没有被我误导。

我奔到卫生间，换了卫生棉，吞下止痛片，对着马桶呕吐了一阵。今天真是个好日子。

我回到指挥舱。内林哈正在发送信息。

埃斯特和托普也和我们一起见证了这个重要时刻。

杰米尼坐立不安，仿佛衣服里钻进了一只海蜇。他和埃斯特一样，是那种凡事都要提前三十分钟才觉得稳妥的人。我们在最后时分才有惊无险地交出答卷，他一定很受不了吧。

我们静待对方的回应。

我提醒自己要呼吸。

我想象弹道导弹穿过地平线，对准我们的方位，朝我们嗖嗖地飞来。我还记得摧毁我们学校的鱼雷掀起的那道三叉戟似的白浪。我似乎看见了一大群替代科技声波鱼在水里向我们的船壳猛钻。

什么也没发生。

然后，突然间……依然什么也没发生。

又过了五分钟。还是什么也没有发生。

时间一分一秒地过去。分钟变成了小时。把六十个分钟累加在一起，就会发生如此有趣的事情。

夕阳透过前窗照进来，将指挥舱变成了暖融融的烤炉。汗水顺着我的脖颈滑落。埃斯特的脸蛋热得红彤彤的，像煮熟的螃蟹。连内林哈的精致妆容也快花了。托普喝光了第二碗水，仍在呼哧呼哧地大喘气。（我想它应该不懂船上正在实施用水配给制。）

指挥舱外，德鲁和吉雅正在操作那台莱顿炮。他们身上的救生衣和武器装备显得那么寒酸。

前方的海面依然平坦开阔，只有苏格拉底，像引航鱼似的，在船前游着。偶尔，它会跃出水面，在劈开浪花的瞬间，转过身来，歪嘴"微笑"着，看向我们。我猜它在想："快来呀，伙计们！就算你们被炸了，也没关系！反正我是安全的！"

"我们还活着，"埃斯特说，"这是好事。说不定我们已经通过了考验。"

我希望她是对的。不过，我还在期待一个确切的信号。比如，LOCUS 显示器上闪出一个大大的笑脸，或者撒出五彩的纸屑，也都好过这令人不安的沉默。

夕阳坠入地平线时，我下令关掉所有发动机。

天气晴朗。如果附近有岛屿，我们应该看得见。照理说，这里就是我们的目的地。可这里什么也没有。

我的嘴巴干得像卷烟纸。

"再发送一遍消息。"我对内林哈说。

这一次，她没再叫我"小心肝儿"。指挥舱里的每个人都表情严肃。

第二遍发送也没收到明显效果。

我们仍在暮色里平静地漂浮着。指挥舱外，前甲板上，德鲁和吉雅正望着西边发呆，莱顿炮早已被忘在了一边。

我在心里咒骂自己，不该相信休伊特的什么伪科学地图。我竟天真地以为，自己可以在一帮新生的协助下，顺利平安地驾着一艘一百二十英尺长的训练舰，驶入太平洋的正中央，去寻找一个不存在于任何一张海图上的乌有乡。

我在想该如何向船员们交代。没有食物，没有水，我们还能撑多久？如果发出 SOS 求救信号的话，会有人听到吗？会有人及时赶来营救我们吗？

我真想踢自己一脚，竟然没有准备备用方案。我直接给我们所有人都判了死刑。

"伙计们……"我真不知该对指挥舱里的船员们说什么。犯下这么重大的错误，又该如何道歉？

"看！"埃斯特惊呼。

船首附近，空气出现了波动。仿佛之前有一面一英里宽的镜子，映出海面。现在，镜子碎了。

那座岛，美得让我无法呼吸。

岛中央的火山高高耸立着，有三百英尺之高。火山口呈锯齿状，参差不齐，酷似一堆烧焦的黄糖。四周环绕着一片蓝绿色的潟湖。潟湖边缘是直径约一英里的环礁。白色的沙滩环抱着茂密的植被。在我们的右舷一侧，环礁上有一道罅口，形成了通往潟湖的一条天然通道。

这世上再厉害的动态伪装术都不可能在如此近距离使这座岛屿隐形。然而，它就在眼前。

"我们成功了。"杰米尼惊叹道。

我们的对讲机上响起一个女人的声音。"拉克希米号，这里是林肯基地。"

她听起来有点暴躁。"你们突然到访，实属意外。请在港口等待无人机接引。如表现出任何攻击行为，你们将被歼灭。如果我们没有看到安娜·达卡在船上，平平安安，毫发无损，你们也将被歼灭。"

好吧，她听起来相当暴躁。

背景里有模糊的噪声，似乎有另一个人在对她说话。

"知道了。"女人对着麦克风咆哮道，接着对我们说，"你们要告诉无人机，有多少人会来吃晚饭。朱庇特正在烤千层面。林肯基地，通话完毕。"

第二十五章

在被歼灭和千层面之间做选择的话，我当然要选千层面。

甭管朱庇特是谁，我只希望他能够备足二十个人的晚餐。（加上休伊特教授，算二十一人吧。不过，休伊特目前通过静脉注射进食。）

我扫视潟湖的入口处，搜寻引航无人机的影子。我想象中这种无人机应该很大，仿如一只拖船。我一直没有看到类似的无人机，直到某样东西嗡嗡地飞过我耳边，停落在导航控制台上。

一只替代科技机械蜻蜓扇动着黄铜和水晶制成的翅膀，眼睛像法贝热彩蛋一样闪烁着。还好没有人伸手去拍它。我敢肯定，这会被视作攻击行为。

托普汪汪地吠叫起来。

无人机掉转头，前腿之间一阵摩擦静电，发出砰的一声巨响。托普受了惊吓，呜咽着躲到埃斯特的身后。

"嗨，你好。"我对机械蜻蜓说。我努力保持语气平静，仿佛自己每天都会和昆虫机器人对话似的。"我是安娜·达卡。如你所见，我平平安安的，毫发无损。我手下有二十名船员，今晚都需用餐。另外，我们还急需医疗救助。休伊特教授正躺在医务室里，已陷入昏迷。"

机械蜻蜓抖抖触须，一根铜丝从它的嘴里伸出，蜿蜒着插进我们的自动导航控制台上。

"好吧，"蒂娅·罗梅罗小声嘟囔道，"我想这应该没事。"

船的发动机隆隆地启动了。

引航虫帮我们把船转向右舷侧，领我们驶入潟湖。

我们来到了一个重型武器的天堂。

在环礁的边缘，一座座炮塔隐藏在荆棘丛中，枪口瞄准着我们，随我们的移动而旋转变向。激光目标定位仪射出的光束在我们的船体上闪烁着。我猜，控制这座岛屿伪装系统的先进设备一定也藏在这片茂密的植被下。

过去三天，我一直难以相信有这样一个地方存在。现在，我们来到了这里，可它依然让我感到难以置信。

苏格拉底和平常一样勇敢无畏，在前方为我们带路，带领我们驶入潟湖。两只当地的海豚游过来，和它打招呼。不一会儿，它们就吱吱吱地高兴地叫着，一起欢快地畅游起来。我的朋友终于找到了同伴。

海水如此清澈，我甚至可以看见水面下如迷宫般交错纵横的珊瑚礁。一群群热带鱼在夕照中游过，如海水中喷射出一抹抹彩色颜料。我真想一头扎进这片潟湖，在这五彩缤纷的幻境中尽情潜游。

我们的船渐渐靠近潟湖中央的火山岛。岛上没有海滩可言，只有黝黑的峭壁，直直地插入潟湖中央。岛上似乎无人居住，只有孤零零的一个小木码头，以及一间简陋的棚屋，坐落在岩石底部，且构造看上去极其不牢固，仿佛一阵强风就足以将其摧毁。它绝对装不下二十个人。

尽管如此，引航虫还是将我们引向了那里。在二十英尺开外的地方，它关掉了引擎。

"蒂娅，准备泊船。"我说，"引航虫，我们可以上岸吗？"

无人机卷起它的钢丝舌，喷出一星电火花，便飞走了。我决定把这当成肯定的回答。

船员们系好拉克希米号的缆绳。我是第一个下船的，杰米尼、埃斯特和托普跟在我身后。

来到码头上，我跟以往每次登岸时一样，晕头转向的。我的双腿开始打战，似乎要找回在海上起伏波动的感觉。真令人不安啊。所谓"坚实的陆地"……我向来不太信任。在目睹了HP的遭际之后，我对它更加不信任了。

杰米尼的手悬停在枪套上："现在怎么办？"

砰的一声，小屋的门敞开了！我赶紧走到杰米尼前面，阻止他拔枪。

一个瘦高的黑皮肤男人走了出来。他的紧身白色牛仔裤和竖条纹的足球衣，使得他的四肢显得更加纤细，让他看起来就像日本动漫里的人物，比如《海贼王》里的一名海盗。他花白的头发剃得很短。他戴着烤箱防热手套，手里端着一锅热气腾腾的面包，散发出黄油和大蒜的香味。

我忍不住开始流口水了。

"是安娜·达卡吗？"他露出友好的笑容，"你和你爸爸妈妈长得真像。"

这句话，我之前也听到过无数次。但在经历了过去几天的压力之后，再加上德夫的事，这句话一下子戳中了我的心。几秒之后，我才说得出话来。

"我……是的。这些都是哈丁－潘克洛夫学校的一年级新生。我们有一些不好的——"

"新生？"烤面包的"海盗"大笑着说，"这是什么世道啊！"我一直没听出来他的口音，直到他说，"我叫卢卡·巴尔桑蒂。"

我转成意大利语："幸会。"

"啊，你会说意大利语呀！"

"当然了，我是'海豚'。"

"太棒了！快请大家进来！把可怜的休伊特也抬进来吧！我的下一炉蒜香面包要着火了！"

说着，他又转身回到屋里。

"呃……刚才发生了什么？你俩叽里咕噜在说什么？"杰米尼问。

"他说，快请进，把休伊特也抬进来，"我翻译道，"他的下一炉蒜香面包快烤焦了。"

第二十六章

我派"虎鲸"们去医务室抬休伊特教授。

擅自移动他，其实风险很大。我也不确定这座基地到底有哪些医疗设备，不过巴尔桑蒂说把他抬过来。我希望他们的尖端科技能够做到的，不只是让岛屿隐身，或是烤蒜香面包。

"不许做出过激行为。"我对其他船员们交代道。

"鲨鱼"们看着我，那表情仿佛在说：你说谁呢？我们吗？

我突然意识到，我方才向我的同学们下了一道命令，而他们竟严肃对待了我。三天前，他们肯定会笑着忽视我，或至少会嘲笑我装模作样，搞得自己跟个大人物似的。很多事情都变了。我也不确定这是不是好事。

我领着大家来到棚屋，原来它只是一间门厅。门前的橡胶脚垫上印着"祝福这个烂摊子"几个大字。靠左边墙上立着一个淋浴设备。靠右边墙有一架子潜水面罩、氧气罐、脚蹼和捕鱼枪。天花板上，监控摄像头正俯瞰着我们。在房间的里面，火山岩上打通了一条隧道，直通山体的中心。

我在前方的黑暗中瞥见巴尔桑蒂的身影。他的声音在我们耳边回荡："我已经关掉了激光，所以你们应该不会被切成两半！请跟我来！"

托普跟在埃斯特身边，嗅闻着空气。它看起来一点儿也不担心的样子——大概它是想吃蒜香面包了吧。托普对危险向来敏锐。于是，我一路跟随着烤面包的香气，放心大胆地往前走。

走了一百英尺左右，走廊通向一个像艺术家阁楼的长方形空间。接着，是更多的走廊，通往不同的方向。这个地方究竟有多大？

天花板上布满通风管和大型工业灯具。光洁无瑕的石头地板，闪烁着融化的巧克力般的光泽。工作台上堆满了替代科技武器的零部件。

在左侧的角落，辟出了一块起居空间。两张松软的沙发摆在一起，拼成L形，环绕着一张咖啡桌。一个轮胎秋千吊在天花板上。（为什么？）一台连着六台游戏机的超大电视机正在播放一档美食节目。电视机屏幕旁堆放着一叠DVD。我猜这座岛上应该没有无线电视和互联网。

在房间的右边一角，一盏鲍贝壳做成的枝形吊灯下，是一张长长的金属餐桌。一个身材矮小的女人，正独自坐在桌子一头。她那头茂密的灰色头发编成发辫，像一堆铁丝似的。

她赤脚跷着二郎腿。金属边框眼镜厚厚的镜片在笔记本电脑屏幕后闪闪发光。她的前臂上戴着一对钢手镯。黑色紧身裤和瑜伽上衣看起来一点儿也不休闲，更像杂技演员的戏服。

她高度警惕地瞥了巴尔桑蒂一眼，仿佛正准备在她的笔记本电脑上按下一个非常危险的按钮。"我要灭了他们吗？"

"不，不，他们是友军。"巴尔桑蒂举起手中的煎锅，"我得去照看一下炉子，否则朱庇特肯定会杀了我的。"

"好吧。"女人摆摆手，让他走。她看起来似乎有点失望。

巴尔桑蒂冲我微笑道："这是奥菲利亚，我的妻子。请不要客气，就当在你们自己家里一样。"

说着，他便沿着其中一个走廊急匆匆地离开了。

奥菲利亚站起身。她个子确实不高。她像"钢铁忍者死亡小妖精"似的走到我们跟前，欲言又止地想对我们说什么，或许是要解释，如果我们不老实的话，她会如何把我们烧成灰。就在这时，我们的"虎鲸"小组抬着休伊特的担架进来了。

奥菲利亚一脸不悦地瞪着我们这位昏迷的病人。在医务室里躺了三天，他的样子糟糕透了，身上的气味则更加难闻。

"狄奥多西，你个傻瓜。"奥菲利亚嘟囔道。然后，她对"虎鲸"们打了一记响指："过来吧，没时间可浪费了。"

我们都开始动身。可奥菲利亚却咂了一下嘴："只要医学生，谢谢。其他人留在这里等着。"

他们又顺着另一个走廊离开了。内林哈正要走向工作台，就听见奥菲利亚回头大喊："什么也不许动。"

我们这些"其他人"局促不安地站在原地，你看着我，我看着你，仿佛在说："好吧，那现在该干什么？"

"别客气，就像在自己家里一样！"内林哈模仿卢卡·巴尔桑蒂的口气说，接着，她又转成奥菲利亚的声音，"但什么也不许动！"

罗比·巴尔打了一个喷嚏，说："好吧，不过她没说我们不能看。我准备瞧瞧这些游戏机。"

"我也要看。"凯·拉姆塞说，"哇，那个是任天堂 64 吧。"

杰米尼对着他的"鲨鱼"们打了一个手势。于是，他们散开来，去检查房间的各个角落。内林哈和梅多·纽曼则对离我们最近的桌子上散落的零部件，进行了一次纯视觉的检查。

哈利玛悄悄来到我身边："Cad a cheapann tú？"

其他"海豚"们都围了过来。

"我不确定。"我也用爱尔兰语回答道，但鉴于当初闯关时解密的复杂程度，我现在严重怀疑，在这里没有任何一种语言是安全的。"他们看起来挺友好的。如果他们是兰德学院……"

我赶紧打消了这个念头。我们怎么知道，我们是否走进了陷阱？我开始怀疑自己是否犯了一个大错，把大家带到这里……

这时，罗比·巴尔做了一件让人意想不到的事。他更换了电视频道。

我猜，他肯定是以为"什么也不许动"的指令不适用于娱乐项目吧。就在他翻找 DVD 时，从侧边的一条走廊里突然传来一声怒吼。一个类人生物挥舞着毛茸茸的橘色手臂，摇摇摆摆地走进房间。我的天，这是一头红毛猩猩。而且他正系着一条布满笑脸雏菊图案的围裙。

红毛猩猩冲着罗比龇牙咧嘴，接着用美国手语清楚地比画道：不许关掉玛丽·贝莉的节目。

第二十七章

"鲨鱼"们开始拔枪。

"停下！"我大喊。

谢天谢地，他们听从了我的话。

"罗比，"我心脏怦怦直跳，说，"放下遥控器，往后退。"

罗比不傻，他照做了。我做了个手势，让我的朋友们为这位一身橘毛的来客让位。

红毛猩猩抓起遥控器，又把电视调回之前的频道，节目里是一帮英国人正满头大汗地烹制面包布丁。

我慢慢靠近红毛猩猩，摊开双手，让他看见我手里没有武器。红毛猩猩似乎根本不把我们这群全副武装的人类放在眼里。他身高虽不到五英尺，但看起来仍然挺魁梧吓人的。他体重估计和我差不多。但牙齿比我锋利多了。他的脸——扁平的，圆圆的，留着一撮橙色的胡子——让我想起漫画书《月亮上的人》里的插图。橘色的毛发覆满他的四肢，仿如窗帘上的流苏。笑脸雏菊围裙上绣着他的名字"朱庇特"。

当他注意到我时，我赶紧用手语说："关于电视这事儿，我们很抱歉。我看你会使用手语。"

他漂亮的深褐色眼睛里充满了平静的智慧。他把遥控器装进围裙口袋里，然后用手语比画道："你会讲猩猩语。"

我告诉他，我的名字叫"安娜"（还好这个名字在手语里比较简单）。我正在纠结，同时闪现在我脑海中的几十个问题里，该先问他哪一个时，卢卡·巴尔桑蒂急匆匆地赶回来了，手上没戴隔热手套，也没拿平底锅。

"哦，天哪，"他喃喃道，"看来你们已经见过朱庇特了。请永远别关掉《英国家庭烘焙大赛》。这节目对他来说是宗教一般的存在，玛丽·贝莉就是他的女神。"

朱庇特爬到沙发上。他专注地盯着电视屏幕，看一位上了年纪的英国女士顶着头盔似的金色秀发，滔滔不绝地讲述馅饼皮的弊端。

"我记得这一集。"杰米尼说，"是第三季的一期节目。他们在做水果蛋糕。"

我挑起一边的眉毛。

"怎么了？"杰米尼问道，"这节目确实很不错。"

朱庇特应该听得懂一点英语。他一脸赞许地打量起杰米尼，接着拍了拍自己身边的坐垫。杰米尼呢，当然不敢得罪这位长着锋利獠牙的大厨，于是陪他一起坐在了沙发上。

卢卡咯咯笑了。"已经交上朋友了。好样的！朱庇特每集节目至少看过二十遍。我猜，他不把节目里的美食全部做出来给我们吃，是决不罢休的。"

内林哈指指红毛猩猩，又指指电视屏幕，然后又指指红毛猩猩。"所以，这位就是你说的烤千层面的家伙……"突然间，她似乎对晚餐没那么期待了。

"他可不止会烤千层面，"卢卡让她放心，"朱庇特几乎无所不能！他一直想让我当他的副厨，可烤箱恐怕是我唯一不会操作的机器。"

"但是……他是一头猩猩。"内林哈小心翼翼地说，仿佛想提醒卢卡去注意这一点似的。

"当然了！"卢卡说，"哈丁－潘克洛夫学校里一直有一头猩猩啊。"

卢卡的话和埃斯特说起托普时一模一样。我突然一惊，想起《神秘岛》中也有一头红毛猩猩。另一只朱庇特。这位朱庇特一定是那位的……什么？克隆体？二十世孙？显然，这些猩猩已经进化到可以熟练地使用手语交流，还会烘烤蛋奶酥。

卢卡转向我，眉宇间充满担忧。"亲爱的，现在，或许你可以告诉我们，你们怎么会来到这里了。我们本来以为你哥哥四年后才会来。我们万万没想到……来的是你。肯定发生了什么大事。"

我相信他不是故意的，但他的话又一次揭开了我的伤疤。

我一直生活在德夫的阴影里。大部分时候，我并不在意。我的父母很爱我，也很开明，可他们一直坚持一个传统的观点，即家族遗产必须由长子继承。我很乐意让德夫成为他们的继承者。这样我就可以自由地生活，过好我自己的人生——至少我是这么想的。

现在，德夫走后却留下了一个巨大的空洞，不管我怎么努力，也无法填补。卢卡和奥菲利亚根本没准备见到我。我的出现，只是一个糟糕的信号，代表有可怕的事情发生。

我不得不把坏消息告诉卢卡：德夫死了。哈丁－潘克洛夫学校也不在了。

然而我的声带却一个音也发不出来。

就在这时，奥菲利亚从医务室回来了。她向我们走来，身后紧跟着埃斯特、托普和里斯·莫罗。埃斯特的脸哭得又红又肿。里斯正在开导她，伏在她耳边轻声说着安慰的话。

"是胰腺癌。"奥菲利亚告诉我，她的目光和她的头发、金属眼镜一样冷冽，"狄奥多西以前真是个傻瓜。"

我心里一紧。"以前？"

"不，不，他还活着。你的朋友富兰克林正在用我们的一项实验性疗法为他治疗。我的意思是，他几个月前就应该主动就医了。他是怎么想的，在这种身体状况下，带着一群新生来到这里？"

她怒视着我，等我做出回答。可我也不知道答案。

托普一摇一晃地来到沙发旁。它嗅了嗅朱庇特的脚指头。朱庇特低头看看它，从围裙口袋里掏出一块饼干，递给它。又有一段友谊诞生了。

"我……"我的声音在发颤。过去三天，我一直在努力振作起来。这会儿，我不能崩溃，不能在我的船员们面前崩溃。

杰米尼从沙发上站起来。他和内林哈同时来到我身边，似乎察觉到我需要精神支持。

"要不我们坐下来谈？"他指着餐桌，向我们的东道主提议道。他语气平静，让我想起"鲨鱼"们除了是战士，同时也被作为外交官培养。

"好主意。"内林哈说。见鬼，这是她本周第二次在公开场合对杰米尼表示赞同了。这大概意味着我们离末日不远了。"其他人可以回到拉克希米号上，洗个澡什么的。是吧，安娜？"

我点点头，很感激她替我解了围。这总比所有人都看着我哭哭啼啼地出丑强。

"你们都可以好好地洗个澡。"奥菲利亚说。

我猜，在海上过了三天缺食缺水的日子之后，我们这二十个人身上的气味都不太好闻吧。

奥菲利亚像驯马般嘴里发出嗒嗒声。接着，两只机械蜻蜓嗡嗡地飞了进来，在她的肩膀上盘旋。

"无人机会给你们带路，带你们去看看各种设施。"她说，"它们也会防止淘气的小孩闯入禁区，把自己的性命弄丢。"

"我去取几杯浓咖啡和意式脆饼。"卢卡脸上的笑容快要挂不住了，他似乎已预感到我们的故事会成为他们不可承受之重，"我有预感，我们需要在餐前提提神。"

第二十八章

讲述哈丁－潘克洛夫学校的遭遇，永远不会变得更容易。

在解释我的哥哥是怎么死的时候，我感觉自己仿佛正在从火葬的柴堆上收集他的骨灰，徒手在灼烫的灰烬里挖掘。

杰米尼和内林哈分别坐在我的两边。埃斯特坐在内林哈右边，仍在小声地抽泣着。我不知道埃斯特哭泣是因为休伊特教授的身体状况，还是因为失去了学校，或者是因为来到了这个吓人的地方，不得不面对新的人和事。这些都是可能的原因。

和之前一样，其他两位级长本来应该参与这场谈话，但他们似乎更乐意让埃斯特和内林哈代替他们。富兰克林还在医务室里忙着照顾休伊特教授。蒂娅·罗梅罗，上帝保佑她，成了所有人的贴心保姆。她带领着大家在岛上转悠，确保他们在入住基地时，不会被激光或机械蜻蜓误伤。

我讲完我们的故事之后，卢卡和奥菲利亚对视了良久。对于我的讲述，他们似乎并不感到惊讶。他们的表情透着沉重的确信，仿佛这样的结局，他们多年以前已经料到。

奥菲利亚扶了扶钢边眼镜。她把胳膊肘放在桌上，十指交叉，手镯滑落至前臂。"安娜，对不起。我们应该对你更好一点儿。"

她的语气和她的道歉都让我大吃一惊。她听起来既愤怒又痛苦，让我意识到自己过去三天心里也一直压抑着同样的情绪。我默默吞下苦水。我想，比起一味地沉溺于悲伤，这是一个积极的改变。

"怎么更好？"我问，"告诉我真相吗？"

卢卡皱起眉头，喝了一口浓咖啡。"是的，跟你实话实说。可惜，没那么简单。"

"有何不可呢？"我追问道，"在我看来很简单啊。为什么德夫要对自己知道的事情闭口不提？为什么埃斯特不得不带着秘密生活？"

埃斯特脸红了。

我意识到自己或许不该这么说，把焦点转移到了她身上。不过，这让我更加恶狠狠地瞪了奥菲利亚一眼。"别告诉我，学校是在试图保护我。"

奥菲利亚摇摇头。"不，安娜。学校是在自保。"

"而你们是同谋。"

杰米尼清了清嗓子，提醒我语气有点儿冲了。我也不知道自己为什么会对卢卡和奥菲利亚发火。我几乎不认识他们。而且到目前为止，除了威胁过要灭掉我们以外，他们对我们很不错。

卢卡叹了口气，把意式脆饼蘸进咖啡里。"安娜，你父母出事时……我和奥菲利亚就在他们身边。我们是一个团队的。"

我低头看了看自己的咖啡和饼干。我真想把饼干砸碎，但我想它一定是朱庇特辛辛苦苦，从零开始烤制的。我可不想得罪这头红毛猩猩。

"发生了什么？"我问。

卢卡下巴的肌肉在他黝黑的皮肤下颤抖。"真相吗？我们至今仍不清楚。我们应该更加小心谨慎。你懂的，达卡家族四代人苦苦寻觅，终于到了你父亲这一代，找到了这个地方。你母亲和他都下定决心，要更进一步。"

"你是指探索潜艇的残骸。"我说。

卢卡犹豫了许久，直到他的咖啡浸湿了饼干的一半。"我们提醒过他们要小心行事。主要是奥菲利亚在提醒……但这就好比告诉一个刚刚找到圣杯的人，不要喝里面的水。你父母对那次潜水很有把握。可是之后……事故发生之后……"

卢卡低下了头。

内林哈比我先明白过来。"你们陷入了自责，"她说，"因为你们是朋友。"

奥菲利亚把手轻轻放在她丈夫的肩上。"我们四个一起从哈丁－潘克洛夫学校毕业，"她转头看向我，"塔隆和西塔去世后，HP 的有些员工主张立刻把你和你哥哥送到这儿来……为了稳妥起见。狄奥多西·休伊特就是其中之一。"

"我们没有同意。"卢卡说，"我们认为这里太危险了。这里依然很危险。我们希望你俩再多受一些训练，多几年在陆地上生活的体验，直到你们不得不面对尼摩的遗产。我们认为兰德学院不可能贸然发动袭击，将你和德夫置于险境。你们太重要了。但现在，你的哥哥……"卢卡声音哽咽了，"看来是我们错了。对不起。"

我的脑袋嗡嗡直响，而这不仅仅是因为咖啡因在起作用。

我试着去想象，假如过去两年我和德夫是在这座岛上度过的话，会怎么样。我就不会遇见内林哈和埃斯特了，也不会成为海豚学院高一年级的级长。我会有更多时间与德夫相处，但那些时间都将在这个不知何处的地下基地，在这个我们父母的葬身之所度过。

卢卡和奥菲利亚不忍心看到我们如此生活，我不能责怪他们。然而，我的胸中仍有一团拳头大的怒火在燃烧。我和德夫没有选择的余地。如果基地是我们家族的遗产，这些替代科技也是属于我们的，那么哈丁－潘克洛夫学校有何权利向我们隐瞒这一切？他们有何权利控制我们的人生？

我还记得卡莱布·绍斯的话："如果你们这群懦夫愿意分享自己掌握的知识，多少世界问题将得到解决？"

我在想，卡莱布的话或许也有几分道理。哈丁－潘克洛夫学校真的比兰德学院好很多吗？

奥菲利亚似乎读出了我的心思。"你是没有理由相信我们，可我们信任你，安娜。你是达卡家族仅存的血脉了。狄奥多西显然认为你是有能力的，而你也确实不负众望，把你的船员们安全带到了林肯基地。"

卢卡不安地看了他的妻子一眼。"你是想说……？"

"没错，"奥菲利亚说，"我们将把一切展示给安娜。让她做决定。"

杰米尼身子往前探了探，椅子"咯吱"一下，发出响声。"所谓'一切'是指什么？"

他已经很克制了，声音中没有流露出兴奋。不过，就像任何一名合格的"鲨鱼"，他大概正幻想着各种新式武器吧。

奥菲利亚紧紧盯着我说："你现在明白了，你们目前为止见到的所有替代科技装备——莱顿枪、动态伪装——都只是对尼摩船长所发明的技术的复制而已。过去的一个半世纪里，HP 和兰德学院都在争相复制尼摩的技术。我们还成功复制出了其他几样东西：微波炉、光纤、激光、核裂变。"

"微波炉？"内林哈一脸震惊。我无法想象她离了学校娱乐室里的微波炉怎么活得下去。她最爱用微波炉做的爆米花了。

奥菲利亚勉强笑了笑。"是的。这是尼摩比较安全的发明之一。到了二十世纪四十年代末，我们认为时机已成熟，便将这项技术透露给了公众。"

"稍等。"杰米尼说，"核裂变？你是在告诉我们，尼摩船长拥有原子弹吗？"

奥菲利亚笑了起来。"怎么可能？他是不会创造如此粗笨的武器的。但他确实走在了核物理学的前端。第二次世界大战期间，兰德学院觉得他们可以通过泄露尼摩的核物理知识来协助曼哈顿计划。他们坚持认为，这是功德一件，即便后来冷战时期的军备竞赛曾多次将世界推向毁灭的边缘。"

"好吧……"杰米尼缓缓地说，"但这项技术也衍生出了核电、癌症治疗、远程太空探索，不是吗？只能说科技是把双刃剑吧。"

卢卡把手按在奥菲利亚的手腕上，似乎害怕她会跳起来，去掐杰米尼的脖子。

"孩子，"卢卡说，"每一次，尼摩的替代科技泄露给世人时，都会引发一阵动荡。核裂变只是其中一个例子。你能想象如果我们告诉世人尼摩船长知道冷聚变的秘密，会怎样吗？"

内林哈惊得倒吸一口气。

我虽然不是科学方面的专家，但也知道这项技术意义有多么重大。裂变将较重的原子分裂，以形成能量。但与此同时，也制造了大量放射性废物。聚变则正好相反。它将原子聚合在一起。它是太阳的动力。如果人类能够学会在室温条件下操作这个过程，也就是所谓的"冷"聚变，我们将能够制造出无穷无尽的能量，与此同时，只产生一些无害的气体。"

"那么你们为什么不分享这项技术呢？"我问，"这将彻底革新整个世界。"

"也可能是彻底毁灭。"奥菲利亚反驳道，"试想，如果有一个政府，或更糟的，有一家公司，垄断了这项技术。假设兰德学院将它卖给了出价最高的人。"

这句话让我不禁打了个寒战。"你是说，冷聚变的秘密，此时此刻就藏在这座基地里吗？"

"是的，"卢卡说，"这个秘密，以及其他许多秘密。但我们无法解锁它们，也没法进行研究，因为只有达卡家族的基因——你的基因，才能解锁尼摩最伟大的发明。"

我胸中的那团怒火渐渐熄灭，仿佛完成了一次属于它自己的冷聚变。"尼摩最伟大的发明……"我说，"不是这座基地。

是鹦鹉螺号吧。"

卢卡和奥菲利亚默不作声。

我难以置信地摇摇头。"可它只是一具残骸啊。"

我想起自己看过的泰坦尼克号沉船照片：一具锈迹斑斑的金属空壳，渐渐化作尘埃。更何况，那艘船是在鹦鹉螺号葬身大海五十年之后才沉没的。"肯定所剩无几了吧。它在海底已经待了一个半世纪了。"

"不，亲爱的。"卢卡声音悲切地说，仿佛这是比哈丁－潘克洛夫学校被毁更大的噩耗，"你父母发现鹦鹉螺号还是完整的。明天，我们会把你介绍它。"

第二十九章

如何让二十名新生活跃起来：

1. 提供一台咖啡机；

2. 为在路上逃亡了整整七十二小时的他们提供一个安全的避难所；

3. 为他们安排一顿由红毛猩猩精心烹制的家常菜；

4. 通知他们：明天他们即将见到一艘传说中的十九世纪的潜艇。

卢卡坚持要把鹦鹉螺号的话题留到明天早晨。虽然我憋了一肚子问题，但我想也没关系。反正我的脑袋已经快爆炸了，装不下更多信息了。

一艘潜艇怎么可能在水下待一百五十多年而保持完整无损呢？卢卡所谓的"完整"是什么意思呢？是指外壳尚可辨认？还是船体内部没有全部被淹？最重要的，把我"介绍给它"又是什么意思？他说得就好像它是一个……不，我不能胡思乱想。这太疯狂了。

晚宴上，餐桌只坐得下十人。其他人在客厅里随便找位置坐。他们爱坐哪里就坐哪里。不过，没人敢尝试朱庇特的轮胎秋千。

交谈声越来越大，我听见偶尔有人哈哈大笑，同学们互相开着玩笑。这是自学校被毁之后，我第一次看见大家的脸上露出放松、开心的表情。如果闭上眼睛，我甚至会以为，自己回到了平日在学校餐厅里度过的夜晚。

我的心顿时溢满感伤之情。直到朱庇特为我端上一盘热气腾腾的千层面。他还加了一道美味的混合沙拉，配上两片烤得略焦的蒜香面包。

朱庇特指指卢卡，意思是：面包烤焦了，都是他的错。

"谢谢你。"我用手语比画道。

朱庇特拿起我的餐巾，将它放在我腿上。他和多数灵长类动物一样，比我更懂餐桌礼仪。

千层面的香味使我食指大动。浓郁的芝士和番茄酱夹在金黄色的面片之间。

我转头问卢卡："我不是有意指责朱庇特的厨艺，但我想知道，这道菜里没有放牛肉吧？因为，你懂的，我是印度教徒。"

卢卡和善地笑了笑："没放牛肉。在早期的鹦鹉螺号上，尼摩船长和他的海员们经常捕海里的动物吃。但上了年纪之后，尼摩改食素了，成了我们口中的素食主义者。他意识到这样做对海洋保护更有益处。他开垦了一片水下花园，种植自己培育的杂交作物，就在……"

他脸上突然闪过一片阴影，仿佛意识到自己说了不该说的话。"在附近的水域。很多作物长疯了。它们至今仍在茂盛地生长着。你盘子里的每一口吃食，都来自那水下花园。"

坐在他另一侧的埃斯特闻了闻她手上的蒜香面包。"连这个也是吗？"

"蒜除外，"卢卡承认道，"我在环礁上开辟了一片地上菜园，用于种植一些难以仿制的药草和香料。但其余的，是的，都产自水下花园。白色的海藻粉做面粉，小苏打加酸做酵母……"

"那黄油和芝士呢？"我问。

"经过特殊处理的大型海藻和角叉菜提取物。"

"好吃吗？"内林哈从桌子另一边问。

奥菲利亚碰碰她胳膊，说："试试看。"

内林哈咬了一小口。接着，她睁大了眼睛。"哇，美味极了！虽然烤得有点焦，不过——"

"好了，别说了！"卢卡求饶道。

奥菲利亚咧嘴笑了，这让她看起来没那么严肃了，显得……怎么说呢，有一种闪闪发光的感觉吧。"朱庇特在《英国家庭烘焙大赛》或其他烹饪节目里看到的美食，我们都能够用海洋植物制品仿制出来。这只猩猩天天给我们派活儿干，一刻也不让我们闲着。"

我尝了一口千层面，它吃起来比闻上去更香。"你们用这些作物可以喂饱全世界。"

奥菲利亚竖起食指，警告道："也可能会喂饱——更有可能是噎死——那些试图垄断食物资源的跨国公司。"

这话顿时败坏了我的胃口，我似乎尝出了一股海藻味。

托普耐心地蹲在埃斯特的脚边。它没有摇尾乞食——它可狡猾了。它只是装出一副可怜兮兮的样子，盯着远处，仿佛在想：唉，我可怜的胃啊！当有人随手扔一点食物给它时（频率还蛮高的），它会流露出惊讶的神情：给我的吗？好，那我就恭敬不如从命了。

它既是一只陪伴犬，也是骗人的高手。

与此同时，朱庇特正穿梭于一群"海豚"中间，用手语与他们热烈地交流着。他描述着自己的烹饪成果。有些行话很难理解。比如，"炒"和"角叉菜"，我就不知道该怎么用手语表达。不过，没关系。"海豚"们都会比画"美味"和"谢谢"两个词。这似乎让他很高兴。

杰米尼用蒜香面包蘸干净盘子上残余的最后一点千层面。"所以，巴尔桑蒂先生——"

"叫我卢卡就行。"

杰米尼不安地扭了扭身子。他就喜欢一本正经。"嗯，您和夫人……博士？夫人贵姓？"

"我姓阿尔泰米西娅。"奥菲利亚说，"不过，叫我奥菲利亚就行。"

杰米尼居然能够与人做这种交谈，而丝毫不觉得难为情。"嗯，奥菲利亚和卢卡……二位当年都就读于哈丁－潘克洛夫学校？"

卢卡点点头。"是的。正如我父亲、我爷爷和我的祖祖辈辈！在高三那年，我曾是头足学院的学生会长。"

几名"头足"欢呼道："哇！"并碰拳表达自豪之情。

"同一年，"奥菲利亚说，"我是虎鲸学院的学生会长。我还兼修了鲨鱼学院的课程。"

我对她肃然起敬。从两个学院同时毕业，虽非闻所未闻，但实非常人所能及。学业负担成倍增加。而且，在做学生会长的同时，修完另一个学院的全部课程……简直不可思议。

更何况，"鲨鱼"和"虎鲸"通常被认为是完全相反的两类人。鲨鱼是冲锋在前的斗士、谋略家、武器专家、指挥官。虎鲸则是医护人员、社区工作者、档案管理员、后勤人员。我根本想不明白，一个人怎么可能两者兼备呢。

杰米尼听得出神，手里的面包已忘了往嘴里塞，悬停在盘子上，往下滴着水下作物仿制的番茄酱汁。"所以……哇，博士您——不，奥菲利亚——你们当时鲨鱼学院的学生会长是塔隆·达卡吧？"

"是的。另外，西塔是我最好的朋友。她吓唬学弟学妹的本事都是跟我学的。"

"我也没逃过你的魔爪。"卢卡咧嘴笑道，"你把我的心都偷走了！"

"从此以后，我不得不天天忍受你。"奥菲利亚仍板着脸说道，不过，她偷偷地冲丈夫抛了个媚眼。

卢卡笑了。"这确实是事实。顺便告诉你，安娜，你妈妈是位出色的海豚学院学生会长。她一定会为你感到骄傲的。"

这不是我第一次听别人说起父母的往事。可想到卢卡、奥菲利亚和我父母年少时的样子，我仍感觉怪怪的。想当年，他们也曾在哈丁－潘克洛夫学校的校园里，大摇大摆地走着，仿佛自己拥有整座学校——就像现在的德夫一样……不，是像出事之前的德夫一样……

我想向他们说声"谢谢"，却发不出完整的声音。

我放下刀叉，希望没有人注意到我的双手正在颤抖。

当然，最后还是被内林哈发现了。"所以，卢卡……"她扯着嗓子问卢卡，以引起他的注意，音量和埃斯特有得一拼，"你们家有多少代人是从 HP 毕业的？"

他眼睛一亮。"从一开始，我的祖先就因为在内燃机领域的出色技能被 HP 招募了。"

内林哈显得兴趣更浓了。"等等，你的祖先该不会就是欧金尼奥·巴尔桑蒂吧？那个发明了第一台内燃机的人？"

卢卡摊开手，说："HP 与许多著名的家族都保持着长久的交情。因为它需要世界上最聪明的大脑来帮助复制尼摩的技术！这也是意料之中的事。你们班上有来自哈丁家族、达卡家族……"他瞥了一眼杰米尼，"你姓吐温，对吧？不是有个著名的美国作家——"

"扯不上关系的，"杰米尼嘟囔道，"况且，那家伙的真名其实是克莱门。"

"我明白了。"卢卡听起来有些失望，似乎他讨要签名的愿望落空了，"无论如何，每代人都会在 HP 实现自己的价值，你们也一定会的！"

桌上，每个人的神情都变得沮丧起来。我想，他们的心思应该和我一样。HP 都已经不在了，我们如何能实现自我价值呢？

或许，我们本有可能成为各自学院的院长。或许，我们本有可能像卢卡和奥菲利亚那样，在同龄人中间寻到爱情（虽然说实话，我很难想象）。或许，我们本有可能拥有灿烂的前程。

一切已不得而知。四天前，我们的未来，已经随学校一起，从悬崖边上被炸没了。

奥菲利亚发现大家情绪不对，便夸张地叹了口气，说："哎，巴尔桑蒂，你这人真是的。"

卢卡一脸茫然："我做错了什么？"

我感觉，巴尔桑蒂是那种神经大条到会兴冲冲地奔过雷区，然后毫发无损地出来的人。而奥菲利亚则会在一边急得抓狂，斥责他为什么那么不小心。我完全可以想象，他们正是我的父母会结交的那种朋友：既体贴善良、热爱冒险、才华横溢，又有一点点古怪。

"大家都吃好了吧。"奥菲利亚接着说，"吃好了就一起帮忙收拾清理吧。朱庇特只负责做饭，他从不洗盘子。"

她指挥我们干活儿。在心思烦乱之际，没有什么比刷洗千层面烤盘更适合放空心情的了。厨房和餐桌被打扫得纤尘不染后，大多数同学都选择回拉克希米号休整过夜。这艘船已清洁整理完毕，并填补了物资。因此，我的同学们会睡得很舒服的。主要是基地没有足够的床位安置我们所有人。我其实很想和大家一起回到船上，可卢卡和奥菲利亚坚持让我留下，睡他们的客房。房间里有两个上下铺：足够我、内林哈和埃斯特三个人睡了。内林哈上岸时，除了带上自己的随行包，把我的也一起带来了。

杰米尼表情纠结，似乎他很想睡在剩下的那张床上，以便时时刻刻盯牢我。

但……这是不可能的。

"我没事的。"我对他说，"替我照顾好拉克希米号上的大家，好吗？明早吃饭时见。"

他犹豫片刻，随即说道："那你自己当心。"

我也不知道他是不相信我们的东道主，还是已经不相信整个人生了。鉴于我们最近的经历，他即使有这种想法，我也不怪他。

奥菲利亚带我们参观了客房：一间简朴的石头小屋，里面除了床铺，没有多少其他装饰。我试着不去想它有多像一间牢房。自从离开 HP 之后，这是我第一次睡在一个不摇晃、不颠簸的房间里。

然而，这只让我的噩梦变得更糟。

第三十章

我梦到自己溺水了。不过，这太不像我了。

我和德夫一起被困在哈丁－潘克洛夫学校行政大楼地下的保安室里。我们透过监控，看见鱼雷正疾速向学校所在的悬崖底部袭来。德夫在广播里大喊："巨大威胁！所有人紧急撤离！我——"

我们身处的房间开始塌陷，地板像冰面一样裂开，监控器和控制台相继爆炸，天花板轰然坠落，我们陷入黑暗之中。

我们沉入海里，困于一片如坟茔般漂浮的废墟中。我们大声尖叫着，挥动拳头，砸向周身的破碎水泥板。咸咸的海水涌了进来。在身体下沉的那一刻，德夫抓紧我的手。我的肺部很快就被盐水和沉渣填满了。

我突然惊醒，出了一身冷汗。

我大口喘气，不知身在何处。

埃斯特正在隔壁床上呼呼酣睡。内林哈正在我的上铺呓语着。或许，我又回到了哈丁－潘克洛夫学校的寝室里，一切安好……

接着，记忆如潮水般袭来。林肯基地。我过去的生活已一去不复返。原来，我梦见废墟是有原因的……

我浑身颤抖着，从床上坐起来。至少，我的痛经已经开始好转了。这是一大好消息。

我看了一眼潜水手表：凌晨五点三十分。

我知道自己接下去肯定睡不着了，便尽可能轻手轻脚地从床上溜下来，从包里取出一件泳衣穿上。当你梦见溺水的时候，只有一件事情可做：尽快下水潜游。

我沿着来时的路，穿过主厅，来到码头上。一路上没有碰见一个人。拉克希米号正安静地泊在一片黑暗之中。

破晓时分，潟湖仿佛变成了一面绿松色和粉色的镜子。我跳入温暖、清澈的湖水里，不一会儿，便被一大群神仙鱼团团围住。我穿游在礁石之间，隔着安全的距离，向一条从缝隙中探出脑袋的海鳗打招呼，观赏一头十四英尺长的铰口鲨在海草丛间巡游。

不久，苏格拉底找到了我。它把我介绍给它新结交的本地海豚朋友。我们一起在水中畅游，直到天色大亮。

我精神焕发地回到基地。烤糕点的香气使我的精神更加振奋。朱庇特摇摇摆摆地穿行在厨房和餐桌之间，摆上一篮又一篮羊角面包、小松饼和丹麦酥，等待用早餐的人群到来。我真不敢相信，一只红毛猩猩能在这么短的时间内烤出这么美味的点心。

"闻起来真香啊！"我用手语对他说，"需要我帮忙吗？"

他递给我一块水果馅饼："尝尝这个。"

真是入口即化。不是黄油的黄油,尝起来一点儿海藻味也没有的酥皮,让我想起梨和橘子的芳香清甜的果馅。不过,它们有可能都是用尼摩水下花园里收获的作物做成的。

如果我一直生活于此,估计我的胆固醇水平要高出天际了……兴许,尼摩也发明了降胆固醇的妙法?

"真好吃。"我说,"玛丽·贝莉也会为你感到骄傲的。"

朱庇特平静地向我比画道:"我爱你。"接着,他又摇摇摆摆地向厨房走去。我拎起一篮糕点,回到客房,带给我的朋友们。

只见埃斯特和内林哈已洗漱完毕,穿戴齐整。我人不见了,她们似乎并不担心。她俩知道我有每天清晨去潜水的习惯。

"来点猩猩烤的点心?"我提议道。

"好啊。"内林哈拿了一个半圆馅饼。她上下打量着我:"真高兴,你没有被湖里的水下机关击中。"

她一句话让我觉得自己又笨又傻,因为我压根儿没想到这一点。

埃斯特啃了口仿苹果馅饼的酥皮。她今天穿着粉色的衬衫和粉色的紧身裤。我猜,这代表她今天超级紧张,因为粉色是最能安抚她心情的色彩。她打湿后梳理整齐的金发,已经半干,向不同方向支棱着。她的头发就像她的思绪,总是我行我素的。

"昨晚,"她盯住我的脚尖说,"你还记得昨晚我说过鹦鹉螺号很危险吗?我猜是它杀死了你父母。"

我点点头。

这种话我怎么可能忘记。

"我想,我现在弄明白了。"她说,"听了昨晚卢卡和奥菲利亚的谈话之后，我认为你不应该——"

有人在敲门。

奥菲利亚探头进来："啊，很好，你们都起来了。"

她的语气让我隐约感觉到她其实早已知道一切。这座基地里一定到处装有摄像头，包括这间客房在内。

埃斯特脸唰一下红了。托普蹲在她前面，似要保护她。它仰头盯住奥菲利亚，仿佛在说：她是我的人。

"准备好了吗？"奥菲利亚问我，"你的朋友们也要一起吗？"

我过了片刻才反应过来。当然了。她是指我有没有准备好去见鹦鹉螺号。朱庇特的馅饼在我胃里一阵翻腾。"呃……"

"是的。"内林哈说，"我们也去。"

"我希望她们一起去。"我看看埃斯特，"如果可以的话。"

埃斯特点点头。她的耳朵像火焰神仙鱼一样通红。

奥菲利亚镜片后的眼睛看起来有些悲伤。或许，她是想起了我的父母。"好吧。"她说，"请随我来。"

托普跟在我们身边一路小跑着。它是唯一一看起来不紧张的。奥菲利亚带我们沿着一条圆形隧道往里走。这隧道似乎是由一台巨大的钻机一气呵成打通的，直抵火山的正中央。

"卢卡也来吗？"我问。

"他已经在那里等着我们了。"奥菲利亚说。

我很想追问"那里"到底是哪里，但我有预感，我很快就会知道答案的。我在想，我是不是应该等杰米尼陪我们一起去。可以想见，他之后会拿这事质问我。不过，我也不太确定，一个全副武装、尽职尽责的保镖能否让我在这个早上更加安全。

在隧道的尽头，有一道金属门，让我想起那种老式的银行金库大门。

"这……这门以前就有吗？"我问，"我是指，在尼摩船长的时代？"

奥菲利亚好奇地看着我："你为什么这样问？"

我得细想一下。这扇门的镀层和轮轴都没有明显的磨损迹象，设计风格也类似于我之前见到的替代科技装置，比如LOCUS和莱顿炮，但这扇门似乎散发着一种沉甸甸的威力。

"它看起来很古老，"我说，"是真的真的很古老。"

奥菲利亚淡淡一笑，说："观察得很仔细嘛，安娜。从这扇门开始，我们就进入了尼摩的原始基地。尼摩去世后不久，这扇门就被赛勒斯·哈丁给封上了。它一直处于封闭状态，直到两年前，我们考古挖掘出它，你父亲才再次将它打开。"

埃斯特紧紧抱住自己颤抖的双臂。"可是火山喷发毁掉了整座岛屿，《神秘岛》里是这么写的啊。"

"是的，不过……"奥菲利亚透过眼镜看着我们，说，"哈丁和潘克洛夫在和儒勒·凡尔纳对谈时，可能改动了部分事实。如果人们都相信整座岛被毁了，探险家和寻宝者们就不会费尽心思来寻找它了。"

"所以书本撒谎了。"埃斯特听起来有些生气，仿佛她细致整理的卡片全背叛了她，"那就解释了……"

她打住不讲了。在隧道昏暗的顶灯下，她的皮肤看上去不再是健康的粉色，而是一种焦虑的珊瑚红色。

"这是什么金属？"内林哈问我们的东道主，"它不是铁，也不是黄铜。看上去似乎不会被腐蚀。"

"很妙，对吧？"奥菲利亚赞同道，"我们也想不出更好的名字，就叫它'尼摩合金'吧。我们至今未能成功复制出这种金属。不过，我们可以将它重新加以利用和改造，用在我们自己的替代科技武器上。据我们所知……"

她开始详尽地分析这种合金的抗拉强度、延展性和密度，我相信世界上能听懂的人寥寥无几。不过，内林哈算其中之一。在奥菲利亚滔滔不绝地讲述时，我转向埃斯特，悄悄地问："你还好吧？"

她在咬大拇指。我真想把她的手从她嘴里拔出来。

"到了里边，要小心。"她说，"我想，最好你先主动和它搭话。"

我不太明白她的意思。会多种语言也有一个问题，就是你有时会拿不准一个词语的意思。埃斯特说的是"和它搭话"吗？在英语中，"它"难道不是一个中性代词吗？难道我们使用的不是英语？

我正准备问："和谁说？"

"安娜，"奥菲利亚打断道，"可否劳驾？"

她指向那扇大门。门中央有一个巨大的圆形齿轮板，活塞向四周伸展着，就像车轮的辐条。在齿轮板的中心，主轴孔处，有一个用尼摩合金制成的半球，大小与休伊特教授那张海图上的基因识别器相仿。

"我吗？"我问，仿佛她是在对另一个安娜说话。

"当然，我也可以打开它。"奥菲利亚从口袋里摸出一张类似门禁卡的金属卡片，"你父亲当年把门打开之后，我们也能用应急装置打开这道锁了。但既然它的密钥就是你的DNA……"

她停下来等我。我不知道她是在考验我，还是想让我证明自己。我想起第一次碰触尼摩的基因识别器时，那让人不舒服的暖融融的电流顺着我的胳膊流过。我又想起自己的梦境——那种恐惧无助的感觉，快要溺水时，德夫伸出手抓住我，海水即将灌满我的肺部。我是世上最后一名达卡了。

我把手放在那个长得像轮盘的锁上。它并没有产生像上次一样的电流。而是慢慢旋转着，缩回活塞。空气在门的边缘发出咝咝声，仿佛我打开了一个密闭的真空。门本身虽纹丝未动，但我猜，如果现在用力一推，它应该就打开了。

奥菲利亚小心地举起手。"在我们进去之前，我要提醒大家，我们到了里边，一定要保持冷静，最好避免突然动作和大声喧哗。尤其是你，安娜。靠近鹦鹉螺号，应该是安全的。我和卢卡每天都从这个洞穴进进出出，从来没有发生过意外。"

意外。这个词真够轻描淡写的。鹦鹉螺号可是害死过我的父母啊。

"但你们依然很担心，"我指出道，"因为我是……那次事故之后，第一个接近这艘潜艇的达卡家族的人。"

奥菲利亚铁丝似的辫子在昏暗的灯光下闪着幽光。"过去两年，我们已尽最大的努力清理修复了这艘潜艇的系统。"

"等等，"内林哈说，"你们上过船了？它还有系统可以清理？"

"你们看了就知道了。"奥菲利亚说,"潜艇的大多数高级功能都处于休眠状态,因为……是的,操纵它们,需要一名活着的达卡家族后人。塔隆和西塔所遭遇的,很可能是一次故障,一场误会。虽说如此,我们依然无法确定——"

"一场误会?"我不是故意喊出声的,可她在谈论我父母的死亡。我做不到保持冷静。

奥菲利亚面露难色。她转向埃斯特。

"亲爱的,要不你来解释一下吧?"奥菲利亚说,"我看得出来,你已经弄明白了。"

埃斯特拽着自己的衬衫,说:"安娜,就像我说过的,你父母的死并不是意外。是这艘潜艇杀了他们。我很抱歉。"

我双腿发软。"你说得好像它是蓄意杀害了他们似的。"

"它孤零零地在海底待了一百五十年,"埃斯特说,"一定很生气吧。尼摩抛弃了它。"

"尼摩也死在了潜艇里边。"奥菲利亚冷冷地说。

"更糟的是,"埃斯特说,"从此再也没有人为它维护系统了。"

"生气?"我仍然不愿听懂,"感到被抛弃?一艘潜艇,怎么能够感到……?"

一阵恐惧如冰冷的潮水席卷而来。有些事情我就是不愿去面对,即便所有的证据已摆在我面前。"不,"我说,"你们不会在开玩笑吧。"

"不,亲爱的,这不是玩笑。"奥菲利亚说,"尼摩船长发明了我们今天所谓的 AI——人工智能——的原型。鹦鹉螺号是有生命的。"

第三十一章

我的一生似乎都是为了等待这一刻。

我的父母为此牺牲了一切。我失去了学校和哥哥。我的同学们冒着生命危险穿越太平洋。达卡家族、哈丁家族和 HP 培养的一代又一代人，用肩膀托举起我，憧憬着有朝一日，尼摩船长的后人能够再次登上他的潜艇。

而我想做的，却是逃跑。

在潜水时，你要学会平衡耳道压力，做法是捏住鼻子，轻轻往鼻腔里吹气。你潜得越深，越需要做这个动作。否则你的脑袋将像一罐被放进冷冻室的苏打水一样，"砰"一下爆炸。（温馨提示：千万别把苏打水放进冰箱的冷冻室。）

我真希望有什么办法能帮我的大脑平衡情感压力。我陷得越来越深，压力也越来越大。光捏捏鼻子，可没法帮我适应这接踵而至的痛苦和打击。

起初，我以为我的父母是死于一场事故。随后，我被告知，他们其实是在探寻一件具有科学价值的宝贵历史文物时丧命的。现在，我又被告知，这件文物是有生命的，是它杀害了我的父母——蓄意与否，不得而知。天哪，真是无奇不有。

哦，对了，它现在就在门后。我愿意和它见一面吗？

我已记不清自己是怎么迈过那道银行金库似的大门的。我的情绪在愤怒和恐惧之间拉扯。我记得奥菲利亚说："来吧。"

内林哈挽住我的胳膊，说："有我在呢，宝贝儿。我们走吧。"

接着，我们就进入了火山内部的一个休眠的喷气孔里。陡峭的石壁高耸而上，形成一个锥形。黑色的岩石在熠熠闪光。我感觉自己仿佛正置身一个巨型的巧克力液滴里。没有地面，只有一道长长的栈桥伸进一片宽阔的圆形湖。

在我们头顶上，一群机械蜻蜓正在空中嗡嗡飞过，金属翅膀在它们宝石般的眼睛发出的微光中忽隐忽现。它们在这里是为了监视我们，还是为我们照明呢？或许，这里就是它们的栖息地。它们无事可做，不用引船入环礁，或带领一群迷路的新生参观基地时，就在这里休整。

湖面也从上空被照亮了。大团大团的浮游植物在水的深处闪烁着微光。我见过生物性发光的花朵，但它们通常是蓝色的。而这些不知名的小小的生物形成了成千上万如星空般灿烂的橘色、绿色、红色和黄色光源，似乎整座湖泊的生物群都在举行一场盛大的富有色彩的胡里节①。我很想知道，爸爸妈妈是否也看见了这番胜景，他们是否和我有同样的感受。他们离开人世时，身边是否有这片梦幻般的星云相伴？

---

① 胡里节，印度传统节日，又名洒红节、五彩节等。在这一天，人们会相互抛撒涂抹五颜六色的彩粉。——译者注

埃斯特在我身边发出轻微的呜咽声。托普进入高度戒备状态，蹲坐在埃斯特前面，汪汪吠叫着，似乎在说：嘿，别担心，有可爱的本汪在。内林哈则低声吹了个口哨，说："我的天哪。"

我顺着她的目光向栈桥的尽头望去，看见了停泊在远处的潜艇。

鹦鹉螺号不同于以往我见过的所有潜艇。我甚至很难把它看作一艘潜艇。

诚然，我从未踏上过一艘真正的潜艇。在 HP，这门课程安排在高二下学期。但我见过也研究过各类潜艇。大多数现代潜艇外观像一条光滑的黑色圆管，表面几乎没有任何突出的结构——只有船身轻微的曲线，以及凸起的指挥台或"瞭望塔"。美国海军最大的潜艇从艇首至艇尾长约六百英尺，足足有两个足球场那么大。

鹦鹉螺号差不多是它一半大小。尽管如此，它仍是一艘很庞大的潜艇。它的外观是圆筒形的——我记得儒勒·凡尔纳将它描述成一支巨大的雪茄烟。但它不是黑色的，也一点不低调。它的外壳是由紧密联锁的尼摩合金板制成的，像鲍贝壳般闪烁着光泽。两侧遍布繁复的线圈，并缀有刚毛状的簇状细丝和一排排凹痕，使我联想到苏格拉底皮肤上的中空突起，其作用相当于电流感应器，使它能够感知外部环境的变化。

我难以想象如此复杂精巧的外壳是如何从十九世纪一直完整保留至今的。它看起来就像某种海洋生物的皮肤——介于狮子鱼和海豚之间。

更让人不安的是鹦鹉螺号的一对"眼睛"。我实在想不出还能怎么称呼它们。艇首有两个凸出的透明椭圆球，装有格状的金属梁，活像昆虫的复眼。

我从内心反感这个设计缺陷。潜艇上装窗户？还是大圆顶窗？流体动力阻力会减缓航速。如此复杂的艇身设计也将使其很容易被声呐发现。最糟的是，一旦潜艇抵达真正的深海，这些窗户将直接爆裂，导致舱内被淹，所有人命丧黄泉。倘若与装有爆炸性武器的现代舰船开战？得了吧，你还不如在一个大玻璃瓶里打仗呢。

"这个不应该存在。"我说，"它根本不适于航海。"

奥菲利亚耸耸肩。"然而……"

然而事实是：这艘替代科技的航海艺术杰作历经一个半世纪的风霜，仍完好地停泊于这座火山的中央。我记得《海底两万里》中有一个骇人的情节：被鹦鹉螺号袭击的幸存者称，他们看见了一双巨眼，在水下闪闪发光——那是某种海怪的眼睛。

我不得不承认，如果我是十九世纪的一条木制三桅商船上的水手，看见这艘外形古怪的潜艇从水下急速向我冲来，我也会吓得尿裤子的。

"可它状态良好，"内林哈说，"你们在短短两年内就修好了它？就你和卢卡两个人？"

奥菲利亚哼了一声。"怎么可能？潜艇外壳需要大清洗和很多局部的小修小补。好在它具有自动冲淤功能。尼摩去世后，潜艇就一直停在这片湖底，埋在淤泥之中，处于休眠状态。"

"就像非洲肺鱼一样。"埃斯特说，突然，她回到了熟悉的领域，"它们能不吃不喝，以休眠状态藏于地下，活好多年。"

奥菲利亚似乎对这个解释很满意。"你说得没错，埃斯特。鹦鹉螺号进入了自保模式，几乎处于休眠状态，利用电流以及船体周围的水流循环来维持系统的完整性。但这并不意味着它没有坏损之处。有许多漏水的地方。潜艇的内部……"她用手掩住鼻子，仿佛忆起了某种难闻的气味。

我身体来回摇晃着，尽管脚下的木板并没有在晃动。我的目光掠过长长的栈桥。码头的对面，是一排工作站和补给棚。它们让我莫名想起圣塔莫尼卡码头上的商店。我突然很想笑出声来。不知在登上鹦鹉螺号之前，我们是否可以每人买上一份蛋筒冰激凌或棉花糖呢？

"卢卡他……已经在潜艇上了？"我问。

奥菲利亚点点头。"他每天凌晨四点就开始工作。如果我准许的话，他恨不得睡在鹦鹉螺号上。"她担忧地看向我，我想大概是因为我露出了惊慌失措的表情吧，"我们今天不必登艇，安娜。第一次，你远远地看它一眼就行了。"

内林哈看着我，仿佛在说：好吧，没问题，可是，就让我们上去看一眼嘛，求你了，求你了，求你了。

我一点儿也不想靠近那艘杀害了我父母的潜艇。卢卡怎么能够做到凌晨四点就独自一人待在里面？我宁愿睡在一间有斧头杀人魔的鬼屋里。

但与此同时，知道卢卡在潜艇上，给了我极大的勇气。这让我觉得有点可笑。如果他能做到，我为何不可？

"它是怎么杀死我父母的？"我问，嘴巴里仿佛塞满了沙砾，"到底发生了什么？"

奥菲利亚叹了口气："我们成功地挖掘出了这艘潜艇，把它停泊在现在你看到的地方，虽然当时它看起来更像一座泥岛。你父亲想立马打开舱门。他或许……有点莽撞了。门为他打开了。他迫不及待地冲了进去，刚迈过门槛就……"

奥菲利亚的声音哽咽了。我意识到，我在强迫她回忆自己人生中最痛苦的时刻之一。可我需要知道事情的经过。

"就怎么了？"我问。

"被一股电流击中。"她说，"他立刻没了心跳。我怀疑他甚至还没意识到是什么击中了他。可是，你母亲……"奥菲利亚愤怒地眨眨眼。她的目光和她佩戴的铁框眼镜散发的光一样冷冽。"她冲进去帮他，结果刚拉住他就……"

天哪，我可怜的母亲。尽管她接受过训练，可她的本能却让她冲进去，拉住我的父亲，希望把他带离危险。在她触碰到我父亲的那一刻，电流也穿过了她的身体……或许没有一击毙命，但却造成了严重的内伤。

"我们救不了她。"奥菲利亚说。她声音里的疲惫告诉我，她已经竭尽全力，用上了毕生所学，可我母亲的死仍是缓慢痛苦而不平静的。

"我很抱歉，亲爱的。"奥菲利亚说，"她最后的心愿……"

"是火葬。"我猜测道。我脖间的黑珍珠仍温热着。我记起卢卡昨晚说过的一句话。"尼摩的水下花园……你把他们的骨灰撒在了那里？"

奥菲利亚低下了头。"我也希望我们能多留点什么给你和德夫。可当时的情形……太复杂了。"她指了指我的黑珍珠项链，

"西塔把它落在了我们的科考船上。她下水时没有戴上它。因此，它才得以保留下来，我们才能够让人将它给你带回去。"

我以为我心中的愤怒会演变成一场滔天的海啸。我以为我会咆哮着穿过码头，对着奥菲利亚和潜艇狂摔东西，对着整个世界大声尖叫。

然而，这一切并未发生。我看向鹦鹉螺号。我感到一阵郁积的愤懑甚至憎恨。与此同时，我也更加确信，我的命运和这艘怪怪的潜艇是紧密相连的。我必须让我父母的牺牲变得有意义。

"好了，"我说，"入口在哪里？"

我真看不出来。

没有指挥台，没有肉眼可见的舱门，没有船舷。甚至连跳板也没有。

奥菲利亚带我们来到潜艇的中部。埃斯特主动拉起我的手。这真的太不像她了。她的手掌温暖、湿润。我也不确定，我们俩到底是谁在安慰谁。不过，有她在我身边我很欣慰。我突然意识到，这是自尼摩去世以来，哈丁和达卡首次携手走进这个洞穴。

过了片刻，潜艇的一侧裂开了一道鱼鳃似的狭缝。金属藤蔓伸展出来，逐渐编织成一架阶梯。在梯顶，如眼睛睁开一般，船体上打开了一个圆洞。

我耳朵里一阵轰鸣。过了一会儿才意识到奥菲利亚刚刚问了我一个问题。

"你说什么？"我问。

"要不我先进去？"她重复道，"这样可能更安全，如果——"

"不，我来吧。"我说。

内林哈不安地挪了挪脚。"安娜，你确定吗？"

我向前一步，踏上阶梯。

我快被自己的情绪淹没了，身体里的每个细胞都在告诉我："快逃！"但我想，我明白我的父母哪里做错了。我知道该怎么做了。

我的父亲是一名"鲨鱼"。奥菲利亚既是一名"虎鲸"，也是一名"鲨鱼"。卢卡是一名"头足"。他们所有人都把鹦鹉螺号当成了一项奖品，等待开启和发掘。我母亲西塔是四人之中唯一的一名"海豚"。可我严重怀疑，在他们从地下挖出鹦鹉螺号的那一刻，她根本没来得及用海豚的方式去思考和行动。我父亲太冲动了。他急忙忙地冲了进去，结果断送了性命。我母亲也为救他搭上了自己的生命。

"你好，鹦鹉螺号。"我用本德尔汗德语说。

这是尼摩的方言。他从小说这种语言长大。还有英语。那时印度仍在英国的殖民统治之下。假如尼摩与他的造物对话，我想，他一定会选择自己在睡梦中使用的语言。

"我是安娜·达卡。"我对着一道空门讲话，却丝毫不感到难为情。反正我和海豚、狗、红毛猩猩，甚至兰德学院的学生都说过话。与之相比，和一艘古老的潜艇对话，并没有傻到哪里去。

"我知道，我父亲唤醒你时，你发飙了，你大开杀戒。"我担心鹦鹉螺号会听出我声音里冰冷的愤怒，但我决定还是实话实说，"你杀死了我父母。我想我永远不会原谅你。但我也理解你，你可能觉得困惑、害怕和愤怒。"

潜艇一言不发。这是当然。

"我的祖先，"我继续说道，"那个自称尼摩船长的人，他抛下你，让你独自一人待了很久很久。对此，我很抱歉。其实……我是达卡家族最后的传人。我也和你一样，独一无二却无依无靠地活在这个世上。我们是彼此最后的机会。我希望得到你的允许，进入舱内。我保证，我会尽我所能地尊重你、听从你。如果你也能平等地对待我，不杀我的话，就再好不过了。"

至于这艘潜艇有没有在听，是否听懂了，就不得而知了。

它的外壳上有小小的铜耳朵吗？作为人工智能，它能够理解人类的话语吗？

要想找出答案，只有一个办法。

我走上了阶梯。

我没有立刻被电流击晕。我想这是个好兆头。

"谢谢你。"我对鹦鹉螺号说，"我要进来了。"

说着，我迈过了父母生前走过的最后一道门槛。

第三十二章

有两样东西，我怎么也无法与潜艇联系在一起：优雅和空气清新剂。

进入舱门，一道旋梯向下通往一座恢宏的大厅。这更像游轮，而非潜艇的设计。我甚至有点期待，会有一位穿制服的侍者为我端上一杯热带饮料。

黑色的墙壁像抛光的乌木一样闪闪发亮。墙上镶着金色的金属横梁。在大厅的另一边，第二道旋梯通往更下一层。大理石（至少看起来像大理石）地板的正中央，嵌有一个盾形纹章：黑色的圆圈里，是一个大大的金色手写体字母 N，环绕着金色的鱿鱼。下面是一句座右铭：MOBILIS IN MOBILE。

这是一句拉丁语。很难翻译。大致意思是"穿过无常"或"动中之动"，不过，这两种译法似乎都没说明白。

亲眼见到这句座右铭的一瞬，我心中一凛。我记得我在《海底两万里》中读到过这句话，就在八年级的那个夏天，父母最后一次离家之后……在我得知自己成为孤儿之前。我的人生正在无常中变化着，而我当时竟毫不知情。

如今，我站在真正的鹦鹉螺号上。赛勒斯·哈丁和博纳文图拉·潘克洛夫曾站在这里。还有尼德·兰德和皮埃尔·阿龙纳斯。他们不只是儒勒·凡尔纳小说中的人物，而且是真实存在的人。

我的脑袋一阵眩晕。空气清新剂也毫无帮助。它们是那种洗车店出售的廉价货——圣诞树形状的香片挂件，有的悬挂在旋梯栏杆上，有的粘贴在金属墙梁上。浓郁的松木香和香草香，为了霸占我的鼻孔，正激烈争斗着。

在这两种香味之外，我闻到了一丝发霉和腐烂的味道。卢卡和奥菲利亚已经尽力了，可鹦鹉螺号闻起来仍像一座朽烂的渔码头和某个老太太的房间。过敏体质的罗比·巴尔肯定吃不消。

托普似乎觉得大厅里的气味很好闻。它翘起鼻子，拼命嗅闻着空气，仿佛鼻尖上顶了一个圆球。内林哈仔细研究着墙壁，没有伸手触摸，只是用目光追踪通气管的走向。埃斯特站在盾形纹章的中央，向左向右各转了一圈，仿佛在为自己解绑似的。

"这艘潜艇很生气，"最后她说，"它在生你的气，对吗？"

我不知道该怎么回答。我的感官已经超载了。我确实感觉到空气中弥漫着一丝沉重的气息，仿佛暴雨将至。我只是与鹦鹉螺号达成了暂时的停战协定。我怀疑，此刻它正紧盯着我，等待我的下一个举动。我们还不是朋友。不，离朋友差远了。

"这里真漂亮。"我说，"骇人。但很震撼。"

"也很愤怒。"埃斯特坚持道，"你要小心，安娜。"

奥菲利亚是最后一个走下楼梯的。舱门在她身后关上了。

"到目前为止，一切顺利。"她冲我露出一个鼓励的微笑，可她看起来依然很紧张。她身体里的每一块肌肉，似乎都在随时准备战斗。我猜，如果此时有一串鞭炮在她身后炸响，她铁定会吓得蹦到天花板上。"走，去找我老公吧。"

至少，这件事没什么难度。

从艇尾远远传来某人吹口哨的声音，时不时被电钻声打断。

"卢卡！"奥菲利亚的叫声差点儿让我跳起来。

卢卡的声音则像是从一口深井里传出的回声似的。"这儿呢，亲爱的！在机舱里！这里很安全！"

奥菲利亚对我们挑起一边的眉毛说："这是他说的。希望这次他没有说错。"

内林哈皱眉道："我以为你说过，这里已经没有你们所说的那个什么……安全隐患了。"

"大的隐患确实排除了，"奥菲利亚说，"但鹦鹉螺号有点……脾气暴躁。这边走。"

哦，棒极了。我们正一步步深入一艘坏脾气的潜艇腹部。

奥菲利亚带领我们沿着船中央的走廊向艇尾走去。

走廊两侧的墙上挂着镀金的画框。至少我猜之前它们确实是画。现在只剩下发霉的画布。瓷砖地板上布满条状污迹，看上去像是某人扯走一张腐烂的地毯时留下的。天花板上，青铜色的椭圆形灯具发出微弱的橘黄色灯光，很有万圣节的氛围。

我们在经过一扇扇敞开的大门时，总忍不住驻足观望。

左舷侧：一间正式的宴会厅，有一张红木餐桌和八把配套的高背椅。餐边柜里摆放着闪闪发光的瓷器和银器。桌下是一张富有东方风情的地毯，已腐烂发霉。

右舷侧：一间图书室，摆满落地式书架。看到这么多发霉的图书被水泡烂，彻底损毁，我真心疼。两把破损的皮质扶手椅，分别摆放在燃木壁炉两侧。（这是认真的吗？烟往哪里排？）远处的墙上，一扇长长的椭圆形窗户，展现出一片五彩斑斓的水下浮游植物的世界。

我突然想到，潜艇的"骨架"仍相当完好。而尼摩带上潜艇的所有饰品和摆设，就没有那么好运了。这艘潜艇让我想起那些古老的雕塑，装饰的油彩、花纹、布料，渐渐朽烂、褪去，最后只剩下石头，恒久长存。

我们经过船员宿舍。这里与我想象中现代潜艇里层层叠起的棺材大小的铺位不同，每间宿舍里都有四张大床——每个人享有的空间比我们在拉克希米号上的更宽敞。对于潜艇而言，这真是太奢华了。

内林哈指着一张床说："我也要睡在这儿。"

奥菲利亚哼了一声，说："你简直和卢卡一样不着调。"

"我听见你说我坏话了！"卢卡笑嘻嘻地出现在走廊尽头。他身穿油腻腻的工作服，手中拿着一把管扳钳。"安娜，你来得正好！你帮我劝劝鹦鹉螺号，今天不要一大早就这么耍脾气，好吗？有一扇暗门，我超想打开的，死都想打开！"

第三十三章

　　鉴于我们整个家族与这艘潜艇的过往，我真希望卢卡没有随口讲出"死"这个字。

　　不过，我和内林哈待在一起这么久了，十分清楚"头足"们在面对自己解决不了的技术难题时，会有点偏执和极端。而这世上没有比鹦鹉螺号更具挑战性的技术难题了。

　　卢卡带我们走下另一段楼梯，走进机舱。在大多数潜艇上，机舱都是一个拥塞、燥热的空间，堆满各式机器，氧气严重不足。不过，不出所料：鹦鹉螺号与众不同。

　　四壁全嵌着如明镜般的尼摩合金板，使得整个空间显得比实际更加宽敞明亮。墙面反射出我的身影，一个又一个安娜，与我隔空对视着。我隐约记得，电影《查理和巧克力工厂》（我父亲超级喜欢这部电影）中有一个类似的场景。我觉得，此刻我也应该戴上太阳镜，穿上防护服，和爷爷乔一起牵手走过这个房间。

　　靠近舱门和右舷侧的墙边，摆放着成排的巨大圆柱体。第一眼看过去，我还以为它们是鱼雷的发射管。接着，我听见它们同步发出轻微的响声。它们一定是推进装置的一部分——某种活塞。

房间中央立着一个岛台，有四个控制台。仪表、面板、操纵杆的设计都是如此精巧，让我不禁联想起那些精致的瑞士手表。只有几台显示器亮着，指针在微微地颤动。大多数都处在停机状态。

内林哈一边念着各式铜牌上的文字说明，一边兴奋地啧啧称奇。我真担心她会开心到原地爆炸。

卢卡咯咯笑着说："我理解。我第一次走进这个房间时也是同样的反应。"

"这个。"内林哈指着一个不祥的红色按钮说，"超空泡驱动。没开玩笑吧？"

奥菲利亚抱起双臂。"只要我们能修好它。是的，看样子尼摩已经做到了。"

"超空泡……？"我知道，休伊特教授在课上讲过这个术语。我开始在心里默念"超级无敌霹雳非常快乐得不得了"，但我很肯定这是另一个概念。假如休伊特上课时多补充一句"顺便提一下，这项技术是真实存在的，有朝一日，你们得靠它活命"，我可能会听得更认真吧。

"超空泡驱动是更高级的船舶推进技术。"内林哈解释道，"世界上最强大的海军都在争相研究这项技术，但目前仍未实践成功。在潜艇的艇首周围制造一个气体空腔，这样水的阻力就减为零了。接着，砰！你发动引擎，然后……从理论上讲，你可以在任何深度以极限速度穿越大洋，就像一颗子弹，而非舰艇。"

埃斯特打了一个寒战。"这便解释了书中的尼摩如何能够跨越那么远的距离。他经常在世界上的各种地方冷不防地出现。他们永远抓不住他。你们这会儿不觉得冷吗？"

我其实感觉挺热的。或许，这是因为我正因眼前的一切而热血沸腾，想到这间机舱里蕴藏着多少力量，而鹦鹉螺号又能够多么轻松地一举终结所有的难题，只需快速一击。

"那扇门后……"卢卡指向房间后面的一扇用铆钉固定的椭圆门，门上有一个小小的舷窗。"就是冷聚变反应堆。直接从海洋中提取氢。真正的永动力，且环保零污染。以防万一它出现了故障……"他又指向右边一扇一模一样的门，"内林哈，你一定难以置信吧……备用发电机是燃煤的。"

内林哈惊得被呛到："什么？"

"是的！"卢卡得意地笑道，"尼摩在科学上直接跨越了一个世纪。他从蒸汽动力直接跳到了冷聚变！我曾经想用更先进一点的东西来取代这些维多利亚时代的煤燃烧器，但是——"

船内突然响起一阵如同呻吟般的嘎吱声。

托普汪汪地吠叫起来。

我看向奥菲利亚，脸上露出惊恐的表情："刚才那是……？"

"鹦鹉螺号在耍脾气。"她说。

"她不喜欢你们谈论改造的事情。"埃斯特仔细观察着天花板，仿佛她发现了一些隐藏的星宿符号。

尽管人们在称呼一艘船时，通常都喜欢使用"她"，可我总觉得，埃斯特在说"她"时，道出了一些有关鹦鹉螺号的更本质的东西。所以我决定，在潜艇上时，我要时时把埃斯特带在身边，并认真对待她发出的每句警告。

"那鹦鹉螺号喜欢什么？"我问。

埃斯特用手抚过仪表盘："她喜欢我们帮她打扫、维修。她喜欢这种感觉。"

"哈，看到了吧？"卢卡挑起一边的眉毛，看向奥菲利亚，"这就是她为什么那么喜欢和我待在一起。"

"她是在忍着你，"奥菲利亚说，"她知道你对她有用。"

"亲爱的，你这是在嫉妒。"

内林哈继续研究着控制面板。她大声读着每一块铜牌上刻着的花体字："向量推进器。动态定位系统。循环镇流器控制阀？哇，太不可思议了！鹦鹉螺号，我爱你！"

船默不作声。但我猜她肯定在想：是啊，我知道，我很厉害。

我无法代入内林哈的激情。不管怎么说，她都是那条害死了我父母的船。我试着克制自己的情感，尽我所能地去理解祖先创造出来的这艘古老、神奇、具有生命的潜艇。但我身体的一部分抑制不住地想抓起卢卡的扳手，把周围的一切砸个稀碎。

我转回注意力："卢卡，你说过有一道暗门？"

"是的，就在那里！"卢卡把我领到一处隐藏在巨大活塞后面的舱门。这其实算不上一道门，更像一块盖板，大小只够一个小孩的身体勉强挤过。没有明显可见的门锁或把手。

"你知道里面是什么吗？"我问。

卢卡犹豫了，于是奥菲利亚替他答道："我们在潜艇上发现了好几处类似的暗门。我们怀疑，它们通向鹦鹉螺号的核心处理器……也就是她的大脑。在海水里泡了一个半世纪之后，她的其他系统都需要大修大整，我们怀疑她的核心处理器，也出了各种问题……"

"她不愿意别人捣鼓她的脑袋，"卢卡说，"当然，也可以理解。我不会强行打开这个门的。"

"是的，"埃斯特赞同道，"那样做不好。"

"但假如我们能够清理一下这些地方，"卢卡意味深长地向我递了一个眼神，"我相信这对我们所有人都有帮助，尤其对鹦鹉螺号。"

我明白了他的意思。我们都知道，这艘潜艇的高级思维能力可能严重受损了。这或许就是她在我的父母唤醒她时突然大开杀戒的原因。修复她的大脑能够让她变得更友好、更温驯。

另一方面，这也可能让她变得更愤怒、更危险……

托普嗅了嗅舱门，它似乎很想闻闻潜艇脑袋的味道。

"埃斯特，你有什么建议吗？"我问。

"小心为上。"她说。

"好建议。谢谢你。"

"不用客气。"

埃斯特的超能力之一：她能够对别人的挖苦无动于衷。

我把手放在舱门上。"鹦鹉螺号，我们想打扫一下里边，"我用本德尔汗德语说，"我们会很小心的，不会伤到你的。可以吗？"

门板咔嗒一声开了一道小缝。

"太棒了！"卢卡眉开眼笑道，"我可以进去吗？"

我站到一边。卢卡用力拉开舱门，随后，一股令人反胃的气味扑面而来，让人想起《加勒比海盗》中戴维·琼斯的储物柜。托普疯狂地摇动着尾巴。

卢卡伸手进去，拽出一大团黏糊糊的东西。海藻？海草？甲壳动物的粪便？我无法判断。

"看到了吗？"卢卡高高举起他拽出的东西，仿佛那是一颗金蛋。他的手臂上满是黑乎乎的黏液。"鹦鹉螺号在这种情况下还能运转，真是一个奇迹！哦，安娜，想象一下，当我们把她清理一新，她能够发挥多大的潜能。你是关键——"

轰——！

声音震动了地板，震得我眼窝发麻：那是一声深沉、充满回响的降 E 大调，持续了整整一个音符。卢卡扔掉了手中的"金蛋"。内林哈双腿分开站立，仿佛要准备迎接一波惊天巨浪。奥菲利亚则把身体紧紧贴住墙壁。

声音消失了。我等待着，可它没有再次响起。"那听起来好像……"

"管风琴的声音。"卢卡惶恐不安地说。

"这种事从来没有发生过。"奥菲利亚喃喃道。

"什么事？"我问。

卢卡和奥菲利亚彼此对望一眼。他们似乎在通过眼神默默而焦急地争论着下一步该怎么办。

"我想，"奥菲利亚终于开口道，"是时候向安娜展示指挥舱了。"

第三十四章

假如你拥有一艘替代科技的超级潜艇，你想往里搬的第一件东西是什么？

当然是一台管风琴啦。

鹦鹉螺号上的种种奇观已彻底颠覆我对现实的想象。在我们进入指挥舱时，我的想象力彻底举白旗投降了。事实上，一台管风琴——如今早已奏不出音符——占据了房间右舷侧的整个空间。但指挥舱的奇特之处远不止此一项。

艇首的那双"眼睛"，占满了指挥舱前部的空间。那凸出的、装有金属网格的透明椭圆球体，可以让我们一览无余地看见艇外岩穴里的风景。我一时恍然，以为自己正置身一座水下植物园……或者鱼缸内。

"这些窗户其实并不是玻璃做的。"卢卡告诉我，"据我们所知，这是一种透明铁聚合物，是在极高的温度和压强环境下炼造的。"

"比如在深海之底，"内林哈猜测道，"靠近火山口的地方。"

卢卡用手点点鼻尖，说："没错，亲爱的。或许尼摩利用相似的工序，顺带锻造了他的壳板。他是怎么做到的，我们不得而知。这是另一个未解之谜。当然，儒勒·凡尔纳在写小说时，不知该怎么称呼这种材质，于是就叫它'铁'了。"他用指关节敲了敲离我们最近的一根尼摩合金梁，继续说："显然并不是铁。"

在指挥舱的前部，四座控制台呈马蹄形依次排开。正如机舱里的那些，每个仪表盘都如瑞士手表一般精巧，刻有花体字的指针和开关。这里的每座控制台上都装满了正处于休眠状态的 LOCUS 结点。控制台的边界饰有充满艺术感的花纹图案：海豚、鲸和飞鱼。

整艘潜艇简直是一件手工定制的艺术品。她永远无法被复制，更别提被批量生产了。我突然开始明白，鹦鹉螺号是多么独特的存在，她的复原为何对 HP 和兰德学院意义重大。在这趟航程中，我已经见识到六种足以改变世界的先进科技——假如鹦鹉螺号允许我们将她拆开，研究她的内部构造。当然，我想她肯定不会答应的。

"还有这里，"卢卡一边说，一边抓住一把靠背椅，那显然是船长的椅子，"这里就是我们发现尼摩船长尸体的地方。"

"啊！"奥菲利亚拍了一下他的胳膊，"他们用不着知道这些！"

"好吧，我以为安娜会想知道这一点。他是死在自己的岗位上的。抛开道德上的顾忌，我们曾经考虑从他的骨骸里提取一些 DNA，但是，唉，鹦鹉螺号太精明了，她不允许任何人用任何鬼把戏来操控她的系统。她要选择自己的船长，而那名船长必须是一位活着的达卡后人。"

奥菲利亚捏了捏鼻子，说："安娜，亲爱的，真对不起。我老公说话有点不知分寸。"

我看着那把船长椅。那是一把巨大的"L"形金属座椅，带有旋转底座，就像那种老式的理发椅。两边扶手上各嵌套着一个像拉克希米号上的基因识别器那样的半球形手柄。椅套似乎是黑色真皮的，泛着光泽。

不知为什么，想到我高祖的尸体被人在这里发现，并没有如想象中那般扰乱我的心绪。在某种意义上，整艘潜艇都是他的坟茔，他尘世的躯壳。

我用手指抚过椅背上柔软的皮革。"这椅套是新的。"

"是的，没错，"卢卡回应道，"只剩金属部分保留了下来。原来的皮革已经彻底坏损，无法修复。另外，你祖先的遗体在这把椅子上坐了一个多世纪……"他瞅了一眼奥菲利亚，怕她再打他，"我们把尼摩船长的骨灰撒进了大海。接着，我修复了这把椅子。用的材质提取自海藻。幸运的是，我认识一位佛罗伦萨的朋友，他是一名优秀的皮革匠。众所周知，意大利的工艺是最好的。"

奥菲利亚朝他翻了一个白眼，说："当然，我们曾经试图激活潜艇上的各种系统。但这把船长椅似乎连接、统管着一切关键功能：驱动、武器、导航、通信。"

她边说边依次指向前边的四座控制台。然后，她面向我，似乎在等待……

毫无疑问，她是想让我坐上那把椅子。她虽不愿强迫我，但她内心一定充满了好奇，特别想看我握住那对手柄之后会发生什么。即便是卢卡和奥菲利亚，这两个对我如此友善、亲切的人，也很难做到把我当成常人而非一个全能的奇迹工具来看待。

我深吸一口气。我不想坐那把椅子，它不是我的，不是我靠自己的努力争取的。我正在想该怎么礼貌地回绝，这时，埃斯特为我解了围。

"你们不应该从这里开始。"她说。她之前一直沉默着，站在指挥舱的中央，仔细观察着每一个细节，又或许是在听潜艇的心情，"你们应该从那里开始。"

她指向那台管风琴。我一直克制着，不去想那台巨大的音乐装置，以及它为什么会突然自己奏起一个音符。

不知为何，它出现在指挥舱里甚至比那把坐过死尸的船长椅更让我毛骨悚然。在驾控台前演奏管风琴怎么听也不合逻辑。但再一次，埃斯特对这艘船的理解似乎超越了逻辑，触及了更深的层面。

我走向那闪闪发光的金属管丛林。

那四排键盘已经很旧了，但依然很漂亮。白色主键看上去像鲍贝壳。黑色次键则散发出如我母亲的黑珍珠那般的光泽。和音管一样，拉栓和脚踏板也是用尼摩合金制成的，上面雕刻着鱼群戏浪的图案。

坐凳的天鹅绒垫套已经发霉变黑。木质椅腿看上去也快要断了。

卢卡咳嗽了一声。"我恐怕不太懂管风琴，"他心虚地说，

"我只是尽可能地把它擦干净了。但更精细的部件还有待修理。我敢肯定，它需要调音……也不知道该怎么给管风琴调音。"

"我也毫无概念，"我承认道，"我上过钢琴课，但……"

记忆将我带回小学时候。

我记得每次弗拉纳根太太来我们家，给我们上一周两次的钢琴课时，德夫都会拼命抱怨。他讨厌弹钢琴。这不是体育运动，不是去户外。他没法靠踢、打、摔来解决问题。

然而，父母依然坚持让他上课。

"你未来要靠许多技能生存，"我记得父亲说，"包括弹奏琴键。"

我之前从不理解。我以为这只是父母给德夫的又一道奇怪而神秘的诫命。而我上钢琴课纯粹是陪太子读书。就像其他许多时候一样。反正弗拉纳根太太来都来了，不如买一赠一，连带把我也教了。

德夫总是比我强。抱怨归抱怨，他真的很有天赋。他从来不用练习，上来就能弹奏，听弗拉纳根太太弹一遍，就能完美地模仿她的演奏。但他的懒惰和缺乏耐心快把她逼疯了。尽管如此，依然挡不住他能学会她教给他的任何东西。

至于我，我一直慢慢地学着，认认真真、一板一眼地，就像在学另一门语言似的，把每首歌当成一个需要用图解法表示的句子。

如今，我不禁怀疑，我们的父母是否早就知道这台管风琴的存在。凡尔纳也在《海底两万里》中提到过它，不是吗？难道他们让德夫学琴，有更具体的目的，而非仅仅为了让他能在晚宴上弹奏几首好听的曲子？

"这里德夫来过吗？"我问。

奥菲利亚一脸震惊："当然没有。那样风险太大了。"

卢卡赶紧补充道："亲爱的，如果不是万不得已，你也不该出现在这里的。"

我想，我依然不该出现在这里。我只是一个安慰奖得主，是哈丁－潘克洛夫学校的最后防线，一个替补四分卫而已。

"当然，德夫也想来看鹦鹉螺号，"卢卡继续说道，"他在你这么大的时候……嗯，在他被告知事情的真相后，他迫不及待地想来看看，学校费了老大的劲才劝住他。他当时立马就想过来。后来，他又讨价还价地说，从 HP 一毕业，他就要过来。最后，他终于听进了劝说，答应先上大学，给我们四年时间，先修复这艘船，弄清楚它是怎么运作的。这四年时间里，他也能学习更多知识，变得更加成熟。"

我的大脑试图处理这些信息。我想起过去两年里，是有好几次，德夫变得特别暴躁易怒。不过，那会儿我们刚刚失去父母，我自己也整日郁郁寡欢的。

我可以想象，德夫多么迫切地想见到鹦鹉螺号。他最后竟然听进了劝说，乖乖答应去上大学……这倒有点难以置信。当然了，他也对毕业表现得很兴奋。他一直期待着大学生活。不过，现在知道了鹦鹉螺号的存在，我不禁怀疑，他是否在暗自愤恨还得再等四年时间。

我真希望自己就此和他沟通交流过。不过，一切为时已晚。

"你应该弹奏一曲。"埃斯特说，"我觉得鹦鹉螺号会很开心的。"

就像另一门语言……

我站着，将手放在最下一排键盘上。琴键冰冷，如空调的通风口。

我已经多年没弹过琴了……自从父母去世后，我们的房子卖掉了，旧钢琴也处理掉了。我还记得什么曲子吗？

我决定试试弹奏巴赫的《D小调赋格曲》。那是首为管风琴而作的曲子。我曾经每年万圣节都弹奏它，因为它听起来很诡异。以慢节奏演绎，它还别有一番如泣如诉的韵味。这首曲子够老，尼摩一定也会弹。他甚至有可能在这台管风琴上弹过。

我缓缓敲出第一小节。音色虽暗沉，琴声却回荡在整艘船上。

第二小节：我漏掉了一个节拍，错按了一个D音，不过，我继续弹了下去。一串琶音将我带至第一个完整的和弦。我让它自然流出，震撼地面。我抬起手，正准备进入下一小节时，内林哈大喊道："安娜，快看！"

我转过身来，看见卢卡和奥菲利亚正目瞪口呆地看着指挥舱上的灯一盏盏亮了起来。控制台面板也被点亮了。四个LOCUS全息投影，悬浮于控制台上空，犹如一排幽灵般的行星。艇首上那双"眼睛"的边缘，亮起了一圈紫色的灯光。船长椅的底座也亮起了类似的气氛灯。

看来鹦鹉螺号很喜欢巴赫。

"安娜·达卡，"卢卡无比虔敬地说，"今天将是历史上最美好的一天。"

第三十五章

卢卡口中的美好，意味着你会忙到没时间坐下来。

整个上午，我都在带领同学们参观鹦鹉螺号。分批参观，一次只带几个人。每趟带人进去之前，我都会先和鹦鹉螺号打好招呼，让她知道发生了什么。埃斯特担任起潜艇的翻译官，提醒所有人要考虑这艘潜艇的感受。我不知道同学们怎么想，不过，他们都愿意迁就我们。托普跟在我们身边，见到什么，都会凑上去闻一闻。

到了午饭时间，新生们至少都参观过一遍了。所有人身上都微微散发着松木和香草空气清新剂的香味。好在我们中没有一人被电流杀死，也没有一人因灰尘过敏。我把这看成一大胜利。

我们聚在林肯基地的餐厅里吃午饭。我太疲惫了，以至朱庇特精心烹制的芝士蛋奶酥也食之无味了。不过，我的同学们大多情绪高涨。他们在这里感到很安全，有这么多替代科技武器，还有 HP 的两位导师，保护着我们不受外界侵扰。他们还能吃上美味的饭菜。鹦鹉螺号也比预想中更顺利地被唤醒了。还有什么不开心的呢？

大家甚至热烈响应了卢卡的计划：午饭后，就派我们去潜艇上干活儿。二十个人一起打扫清理，总比一两个人的速度快。只要鹦鹉螺号愿意，我们会把那些发霉的家具统统扔掉，把黏腻的内部线路和管道系统全部清理干净，擦洗……嗯，所有的一切。这让我想起《汤姆·索亚历险记》中的那一幕，汤姆说服了他的朋友们，以至于所有人争相付钱给他，为了得到帮他刷篱笆的乐趣和优先权。但我想，为了完成工作，这也不失为一种好办法吧。

医务室也传来了好消息。尽管休伊特教授仍处于昏迷状态，但他的状况已经稳定下来，多亏了奥菲利亚在鹦鹉螺号的实验室里反向设计出来的实验性药物。

我私下里问她有没有治疗痛经的药。虽然我这个月例假已过，但它们会卷土重来。

奥菲利亚叹口气，说道："假如尼摩船长是个女人，那一定是她发明的第一样东西。只可惜啊，没有。只有普通的止痛药。等潜艇恢复所有功能后，我们再让她帮我们设计一些更有针对性的药物，好吗？"

餐桌上，唯一郁郁寡欢的人是杰米尼·吐温。他坐在我对面，闷闷不乐地用叉子戳着他的蛋奶酥。

"喂，蜘蛛侠，你还好吗？"内林哈问他。

杰米尼皱起眉头说："你们今早不该在我不知道的情况下擅自上船。万一发生了不测呢？"

"好吧，"内林哈说，"我知道你肯定会像一位真正的英雄，拔出枪来，射瞎潜艇的双眼，替我们报仇！幸运的是，我们离了你，不也活得好好的嘛。"

杰米尼盯着餐桌，仿佛在祈祷老天赐予他耐心："我要去看看休伊特教授。"

他站起来，转身离开了。

我把一只手放在内林哈的手腕上："没必要这么针尖对麦芒的。"

她露出惊讶的表情："什么针尖对麦芒？"

我叹了口气，站起身来，去追杰米尼。

我在医务室里找到了他。他正环抱双臂，靠在墙上，望着休伊特教授失去知觉的身体发呆。富兰克林在忙前忙后地检查这位教授身上连着的各种仪器和输液瓶。他看见我脸上凝重的表情，说："你们俩能帮我看会儿病人吗？我去简单吃个饭。"

他急匆匆地走开了。

"杰米尼，对不起，"我说，"我今天早上应该等你一起的。我保证，从今往后，再也不会把你落下了。"

他眉眼稍稍舒展开来："那就好。我也不知道为什么，安娜……我总觉得哪里不对劲。我们不应该放松警惕。"

我也希望自己能够像内林哈一样，不把他的担忧放在心上。可我也同样感到了不安，仿佛错过了某个重要的警示，就像学校被毁的那天早上，安全网忽明忽暗地闪烁一样。

我端详着休伊特教授的脸……他的脸色依然苍白，皮肤近乎透明，但脖子和颧骨上的黄疸似乎已经褪去。他的头发也洗过梳过，看起来非常蓬松，就像一头老狮子的鬃毛。

"他是我的导师，"杰米尼喃喃道，"也是这个世界上对我来说最像父亲的人。"

我感觉我们仿佛正在一条紧绷的钢丝上行走。杰米尼的声音充满了痛苦。我从来没有把休伊特教授当成一个父亲的角色来看待。不过，他是杰米尼的导师，也是德夫的导师。休伊特的状况，一定牵动着杰米尼的心。

我不知道该怎么抛出我的下一个问题。事实上，我根本不确定自己该不该开口，但杰米尼似乎在邀请我发问。

"你见过自己的父亲吗？"

他吐了口气，干巴巴地笑道："我父母都还健在呢。上次我听说，他俩住在俄勒冈。"

我的第一反应是：哦，那儿离 HP 不远嘛。但杰米尼说起"俄勒冈"的语气，就仿佛它和土星一般遥远。

"他们和你不亲。"我猜道。

他松开细长的双臂，手背在身后，似乎在说：我也拿他们没办法。他和平常一样，穿一身黑衣——黑牛仔裤，黑 T 恤，连皮带和枪套也是黑的——就像一个奔丧的牛仔似的。

"你知道我为什么叫杰米尼吗？"

"因为你一直带在身上的双枪吗？我听说你的真名叫詹姆斯，昵称就是吉姆，所以也叫杰米尼……"

他摇摇头："那个说法虽不正确，但人们这么说时，我从不去纠正。我的真名就叫杰米尼·吐温。我的父母是一对……现代嬉皮士，我猜你们会这么讲。他们喜欢占星术、水晶、塔罗牌等，唯独不喜欢做父母。我小的时候，他们把我和哥哥丢给了在普洛佛的外婆。外婆抚养我们长大，带我们去教堂做礼拜。哥哥比我大六岁。他去巴西参军时……"

他一直盯着休伊特教授的心电监护仪上的数据。"我想说的是，我生命中亲近的人不多，但他们每个人对我而言都无比珍贵。对于那天在学校餐厅里让她难堪的事，我已经多次向内林哈表达过歉意。我只是……太想念我哥哥了，迫不及待地渴望结交新朋友。但我明白了她为何会记恨我。"

我突然感觉气闷胸痛，仿佛正在一口受污染的玻璃缸里呼吸。内林哈是我最好的朋友。她受伤，我心疼。但我竟从未站在杰米尼的立场上考虑过这件事。而且我根本不知道，他曾就"奖学金学生"事件向她道过歉。

"记恨倒不至于。"我说，"这一周里，内林哈已经在两件事上赞同了你。奇迹会发生的。"

杰米尼耸耸肩膀。"我想是吧。我只是……我只想让大家保持团结，安娜。我需要 HP。休伊特教授曾经告诉我……他相信学校会从废墟里重生的。他给我分派了这个任务，让我保护你，因为只有你可以让这一切发生。"

我的心顿时变得如朱庇特的一块蛋奶酥那般柔软。"杰米尼……我知道，现在是非常时期，但不能仅仅因为我姓达卡，就一直让我来当领导吧。"

他盯着我："你在开玩笑吧？安娜，我亲眼看到你在拉克希米号上的指挥舱里破解了那个密码。你把所有人团结起来，取得了许多成绩。过去三天里，我亲眼看着你率领手下的船员，动员大伙儿，发挥每个人的聪明才智，让我们在一起和睦相处。

在我们失去信仰时，是你给了我们一个前进的目标。这一切无关你的 DNA，而在于你。我很高兴由你来领导我们。"

我猜，此刻我的耳朵一定和李安的一样红。这倒不是因为我在说谎。我向来不擅长接受赞美。我总觉得别人夸奖我，是出于礼貌，或者安慰。但杰米尼不一样，他向来直言直语。而他刚刚用一连串我做梦也没料到的赞美之词击中了我的内心。"哦……谢谢你。"

门口传来富兰克林的咳嗽声："我不是有意偷听的。不过，杰米尼说得对。现在，我要给病人换导尿管了，如果你俩不介意的话。当然，除非你们愿意留下来帮忙。"

富兰克林真懂得如何清场。于是，我和杰米尼一起离开医务室，往餐厅走去。他紧紧跟在我身后。有史以来第一次，我很高兴有他陪在我身边。

第三十六章

那天下午，我们有史以来第一次让全体船员一起登上了鹦鹉螺号。

我很担心鹦鹉螺号的反应。各类电动工具、吸尘器的噪声，以及孩子们的大呼小叫，大概这艘潜艇自维多利亚女王还是印度女皇的时代就没有听过这么吵闹的声音了。"鲨鱼"们排成一条长龙，接力式地清洗黏腻物、处理损毁的家具和霉烂的装饰品。几个小时后，栈桥上的那堆破铜烂铁，变得如同从鲸鱼肚子里吐出来的垃圾一样壮观。

虽然船上吵吵闹闹、熙熙攘攘的，但埃斯特告诉我，鹦鹉螺号其实心情很好。

"她喜欢艇上又有了船员，"埃斯特对我说，"她喜欢被人照料的感觉。"

我也为此感到欣慰。我可不希望让我的朋友们再度身处险境。与此同时，我不禁开始隐隐担忧。我们真的要这么照顾这艘潜艇吗？她既然那样对待我的父母，我还能信任她吗？我真想听听尼摩船长的回答。他死在自己的潜艇上，是因为太过爱她，还是因为她已变作了他的囚牢？

幸运的是，我根本没有时间胡思乱想。船员们让我一刻也闲不下来，几乎每六秒就有人过来找我，让我帮忙打开各种机关。我们又有了不少新发现，比如武器舱，里面有四枚已经非常陈旧，但估计依然十分危险的替代科技鱼雷。我们打算暂时将它们搁置一旁。但愿它们不会自己爆炸。

潜水装备室里有十二套用尼摩合金制成的潜水服、潜水头盔和潜水背心。将它们全部清洗干净，弄清楚它们是怎么使用的，测试它们的性能，估计得花一个月时间。

在潜艇的最下一层（总共有三层），我们发现了一个区域，里面停放了一艘迷你潜艇。

"那应该是救生艇。"奥菲利亚对我说，"嗯，这个我们还没试过。"

她耸耸肩膀，吹一口气，把一缕银发从眼前吹开。我慢慢开始理解她和卢卡在鹦鹉螺号上的工作有多么艰巨，而未来等待完成的工作量依然如此庞大。

这艘小艇本身也很迷人。它有可供两人乘坐的座位，被一个透明的圆顶罩住。这圆顶的轮廓，比指挥舱上的那对"眼睛"更加圆润。船体的线条也相当流畅，符合流体动力学，胸鳍部装有小小的稳定器，尾部呈锥形的锯齿状。看样子，它是模仿蓝鳍金枪鱼——世界上游速最快的鱼之一——设计的。至于它是如何驱动的，我实在想象不出。因为我没看见小艇上有安装引擎的空间。

在对潜艇进行外部检查时，水肺潜水员凯和蒂娅在潜艇的腹部发现了一个巨大的空腔，就像长须鲸张开的大嘴，或战斗机的进气口，但没人能琢磨出它的用途。像对待其他大多数新发现一样，我们决定先不去乱碰它。

到了晚上，船员们都已筋疲力尽，但大家依然情绪高昂。我们重新开始幻想 HP 的未来，就在林肯基地。我们可以花一个夏天的时间在鹦鹉螺号上工作。如果需要更长时间也没问题。我们会慢慢了解这艘潜艇所有的秘密，并运用它的尖端科技建立起兰德学院无法匹敌的优势。然后……嗯，然后我们就有了选择的权利。我们就可以不用再东躲西藏，可以告诉我们爱的人我们还活着。我们可以重建学校，让兰德学院为他们的所作所为付出代价。

我虽不确信这些美好的梦会实现，一如我不确信鹦鹉螺号，但我还是微笑着点点头，让他们继续讲下去。我想起杰米尼的话……他很高兴由我领导，可我为什么会如此心虚呢？

晚餐，我们的红毛猩猩大厨为我们精心烹制了自制海藻汤团，配上奶油柠檬蒜蓉酱，甜点是提拉米苏蛋糕。因为很显然，我们都十分需要糖和咖啡因。

后来，朱庇特竟慷慨到允许船员们关掉电视上的《英国家庭烘焙大赛》节目，好让他们痛痛快快地打一局任天堂的掌机游戏。其他人则随卢卡回到鹦鹉螺号上，完成一些夜间的"细节工作"。我也不知道这是什么意思。恐怕明天一早醒来，我会发现鹦鹉螺号的外壳上用喷枪画满了火焰。

我一直到睡前才看到内林哈。埃斯特已经在床上打上呼噜了，我们这位"头足"朋友才回来。她开心地咧嘴笑着，浑身上下都是油腻腻的机油。

"明天，"她小声对我说，"卢卡说我们可以带鹦鹉螺号溜达一圈，如果她愿意动的话。"

我想，我应该感到激动。我将有可能实现自十九世纪以来，每位达卡家族的人都梦寐以求的愿望：让鹦鹉螺号重新起航。

"哇，"为了配合内林哈，我让自己的语气尽可能显得热情，"那太棒了！"

然而，入睡时，我却比以往任何时候都更加心神不安。

我感觉似乎有人撬开了我的脑袋，开始清理里面多余的黏物。我也不确定自己是否欢迎他们，帮我移除我生命中的碎片和残渣。他们的修理完成之后，我还是我吗？

入睡后，我做了更多关于被困和溺水的噩梦。只不过这次我的水下坟墓看起来更像鹦鹉螺号指挥舱的模样。

第三十七章

第二天早晨，我又一大早起来去潜水了。

苏格拉底已不知去向。事实上，整座潟湖里，似乎都没有海豚的身影。这加剧了我不祥的预感。

早餐时，同学们个个都兴致勃勃的。让鹦鹉螺号重新起航，这将是我们做过的最具挑战性的事情了，我几乎可以闻见空气中弥漫的肾上腺素的味道，与朱庇特的蓝莓松饼的香味混杂在一起。

黄林奇向我们汇报，昨晚休伊特教授在睡梦中放了一个响屁。显然，这意味着他的身体状况有所改善。她开玩笑说，他很快就能坐起来，重新给我们上课了。库珀·邓恩声称自己昨晚做了一个梦，梦到了如何修理鹦鹉螺号的鱼雷。他的"鲨鱼"伙伴们都调侃他，说他的脑子只有在睡着时才最灵光。凯·拉姆塞自从姐姐在学校袭击中丧命后就没笑过，这会儿，她竟也被罗比·巴尔的一个笑话逗乐了。这笑话是关于换一个电灯泡需要多少名核工程师的。典型的"头足"式幽默。我反正搞不懂。

有些船员在窃窃议论着这艘老潜艇有多么吓人。不过，这话题让他们越聊越兴奋。有几人还在八卦尼摩船长的尸体是在哪里被发现的，以及我的父母是在哪里遇难的。他们在聊这些时，故意避开我，不想让我听见。可是不幸，我读得懂唇语。

所有人似乎都认为，我们重启鹦鹉螺号的旅程一定会圆满成功。

"你身上流淌着尼摩的血液！"吉雅·詹森说，而她几天前还在质疑我对拉克希米号的指挥权。

甚至连深知替代科技有多么变幻莫测的内林哈，也一副泰然自若的样子。"我们就要驾驶这个星球上最古老、最复杂的潜艇了，"她说，"你难道一点儿也不兴奋吗？"

我不知道该如何回答她。这些天来，我已分辨不清什么是兴奋什么是恐惧了。

吃完早饭，收拾干净（因为脏碗和时机一样不等人），我们在鹦鹉螺号上集合，开一个潜水前的短会。"头足"们带上了他们的工具箱。"鲨鱼"们带上了他们的武器。杰米尼·吐温身上挂满了枪支和各种危险的武器，仿佛他是准备和一支美人鱼大军作战。

他看见我吃惊的眼神，耸耸肩膀，仿佛在说：谁知道会发生什么呢。

鹦鹉螺号和昨天相比倒没什么变化。艇首也没有被喷上火焰图案。谢天谢地。她那巨大的昆虫般的眼睛，在洞穴幽暗的微光中闪烁着。在她的四周，五彩斑斓的浮游植物似乎仍在庆祝它们的胡里节。

这艘潜艇亘古如斯——仿佛存在于时间之外。她既不属于二十一世纪的今天，也不属于十九世纪的过去。我试着去想象，这是一种多么孤独的感觉。如果我的造物主将我抛弃，让我在火山岩洞中沉没一个多世纪，我肯定会疯掉的。

我一直没意识到自己已经走神了，直到卢卡说："我敢肯定，安娜会同意的。"

所有人看向我。

"对不起，什么？"

同学们哄然大笑起来。

"安娜的行为恰好证明了我的观点。"卢卡和蔼地冲我笑了笑，说，"我们无论何时都得全神贯注，一步一步慢慢来。今天，我们的任务很简单。如果我们能够让鹦鹉螺号潜入水中，再浮出水面，就是一大胜利！"

"哦，好的呀，老爸，"哈利玛开玩笑说，"可我们能不能让她在湖里转一圈？"

"我更想看她在开阔海面上的表现！"德鲁提议道。

其他人鼓掌喝彩，表示赞同。

"等等！"我小声问埃斯特，"潜艇怎么从这里驶到海上呢？"

"卢卡刚刚说过，有一个水下隧道，穿越环礁，通往公海。"她一边说，一边匆匆在她的卡片上记下这条信息，"它有可能是一个古老的火山喷气孔。你觉得我应该写喷气孔，还是隧道？"

奥菲利亚拍了两下手，声音又响亮、又尖锐，引起了所有人的注意："新生们！"

大家顿时安静下来。于是，我第一次发现，原来奥菲利亚不仅是一位科学家，也是一名合格的 HP 教师。我敢打赌，她的课一定很难。超级有趣，但也超级难。

　　"好了，"她继续说道，"我们要严肃对待这项任务。鹦鹉螺号已经几乎两百年没有航行过了。我们必须给安娜，还有其他所有人适应的时间。这就有点像学习骑马。"

　　梅多·纽曼皱眉道："这潜艇就是个机器，对吧？你们怎么把它描述得跟一头野兽似的？"

　　鹦鹉螺号似乎并不觉得这个说法好笑。整艘潜艇开始发出嗡嗡声。

　　埃斯特大喊："小心！"

　　巨大的水流从鹦鹉螺号艇首的两侧喷出，呈弧线越过船顶，虽然右舷侧的水流最后安然地落入了湖中，但左舷侧的水流将我们都淋成了落汤鸡。

　　大家惊愕得一片哑然。

　　梅多目瞪口呆地说："对不起啊，鹦鹉螺号！你是一个了不起的生灵！"

　　大家哄然大笑。托普汪汪叫着，甩干身体。我不禁莞尔。现在，我们都知道了，这艘潜艇有自尊心，耳朵灵，还挺懂幽默，因为她并没有杀死我们，而是手下留情。

　　我开始觉得自己的害怕担心都是多余的。鹦鹉螺号并不是敌人。我们很安全。她只不过需要得到尊重而已。我们要做的，只是快速地潜一次水，查出漏水的部位，修好它，然后明天再来，重试一遍。反正我们有大把时间。

就在这时，苏格拉底突然在潟湖中央一个翻身，跃出水面。然后，它飞溅而下，侧身入水，发出很大的声响。片刻之后，它的脑袋在码头附近浮出水面。它焦急万分地冲我发出"吱吱""嗒嗒"的声音。

"哇，"杰米尼说，"它是怎么找到我们的？"

但这个问题问得不对，他应该问"为什么"。

"一定是出什么事了。"埃斯特手中攥着被水浸湿的卡片说。

苏格拉底往后甩了甩头。这个动作我记得，意思是：快走！赶紧！

我的心一下子沉到了马里亚纳海沟底。我那不祥的预感看样子要应验了。

"所有人！"我大喊，"喂！"

我没有奥菲利亚那种吸引班上学生注意力的本领，但我声音里的紧迫感引起了大家的重视。所有人都看向我。

内林哈锁紧眉头，先看看海豚，又看看我。

"怎么了？"她问，"你没事吧？"

我的双手在颤抖："大事不妙。我想，阿龙纳斯号找到我们了。"

第三十八章

我的话比鹦鹉螺号的水流更迅速有效地浇灭了大家的兴致。

在起初的混乱之中，全班同学都围着我问"什么？什么？"，而我不得不努力解释，为何我笃定，我们被阿龙纳斯号发现了。不知为何，"是海豚这么告诉我的"说法，不足以打消大家的疑惑。与此同时，埃斯特和托普试着采访苏格拉底，但进展并不顺利。这只海豚情绪太过激动。从它的肢体语言来判断，它想向我们传达的唯一信息是：趁现在快走！

最后，奥菲利亚恢复了秩序。她给每个学院分派了不同的任务："鲨鱼"们去检查小岛的防御电网；"头足"们派出无人机去侦察勘测；"虎鲸"们负责监视通信系统和 LOCUS；"海豚"们再去拉克希米号上搜查一遍，寻找跟踪装置。

"四名级长，"奥菲利亚说，"请随我和卢卡来。"

我们的东道主带领我和富兰克林、蒂娅、杰米尼登上鹦鹉螺号。

这一次，我一走进指挥舱，控制灯就自动亮了。卢卡三步并作两步来到通信控制台前，操控起 LOCUS 装置来。他仅仅把手放在"金属网球"的两边，就能把它转过来。我们在拉克希米号上使用 LOCUS 的三天里，根本没有想到还能这么操作。

"我什么也没看到。"他说。

"再仔细看看，"奥菲利亚说，"把 LOCUS 的搜寻半径调到最大。"

"我当然已经把半径……"卢卡话说到一半，停了下来，他调整了控制台上的一个旋钮，"好了，半径已经调到最大，还是什么也没有。"

"我们在一座火山里。"杰米尼说，"这肯定会影响鹦鹉螺号的感应器。"

卢卡淡淡地笑了："影响并没有你想象中的那么大。即便隔着数百米厚的岩层，这些装置仍然比基地里的所有设备更加灵敏。"

"但假如阿龙纳斯号有动态伪装功能，"我说，"这也很有可能……"

"那样的话，我们应该能看到热量变化。"奥菲利亚眉头紧锁道，"但也许要等它靠近之后，很近很近。蒂娅，无人机上线了吗？你应该能够通过导航控制台查到了。"

"呃……"蒂娅拨弄了几个旋钮，调整了 LOCUS 的探测范围。即便对于一名优秀的"头足"来说，要学习掌握一个新的界面，也得花费一点时间。"我没有……等等。"

她按了一个切换键，一簇簇紫色光点出现在全息投影屏上。"是的，它们已经分散开来，展开搜索了。但如果阿龙纳斯号真的就在外边，无人机不会暴露我们的位置吗？"

"如果阿龙纳斯号真的在外边的话，"卢卡冷冷地说，"那就意味着他们已经知道我们在这儿了，我们的麻烦可就大了。"

我握紧拳头。我讨厌这个想法：有可能是我们把敌人带进了这座世外桃源。"他们怎么能追踪到我们呢？我们明明已经把拉克希米号搜了个底朝天。我们还打开了动态伪装，保持了绝对静默。休伊特教授交代的，我们一样不落地照做了……"

即便这么说着，我的信念也渐渐开始动摇。休伊特可能一直在暗中为兰德学院做事，是他把我们引入了圈套。或许，船上还有其他叛徒，他们趁我们不注意，对外发送了信号。这些事情光想想，我就觉得闹心。

"这我们就不知道了。"卢卡说，"很显然，兰德学院对他们的许多技术都保密了。狄奥多西刚来 HP 时，警告过我们，他设计的潜艇将能够与鹦鹉螺号匹敌，但他相信，没个十年二十年，兰德学院造不出这艘潜艇。如果他们在我们不知不觉间，已经加班加点地造出了这艘潜艇呢？"

杰米尼扛着他的枪，说："可林肯基地也防守严密，不是吗？我们在来的路上，看见了许多炮台。"

"是的，我们做好了防御准备。"奥菲利亚说，"我们可以阻挡一支常规海军发动的任何形式的进攻。但我们不确定阿龙纳斯号究竟有多大能耐。我们不得不往最坏处打算。"

富兰克林紧张地握紧双手。他染成靛蓝的那缕头发，在指挥舱的灯光中，似乎变成了紫罗兰色。"我们都看到了阿龙纳斯号对 HP 造成的破坏。如果那些弹头击中了这座岛怎么办？"

"等等，"蒂娅说，"六号和七号无人机刚刚熄灭了。"

奥菲利亚赶紧来到她身边。"你试过重新——"

"当然。我已经派出五号和八号无人机,去探测那个区域……现在,它们也灭掉了。"

"难道是电磁脉冲武器?"杰米尼问。

"有可能,"卢卡说,"四架无人机同时出故障不太可能。一定是那个区域有什么东西不想被发现。"

"相对位置?"我问。

"西北偏北约三公里。"蒂娅反馈道。

"那我们最多只有几分钟了。"奥菲利亚说。

她和卢卡四目相视,然后似乎达成了无声的默契。

"安娜,"卢卡说,"你得把鹦鹉螺号带走,带到远海去。她不能落入兰德学院手中。"

杰米尼仿佛被人推了一下似的,后退一步,说:"等等,我们还不知道这艘潜艇能不能动呢。"

"你刚刚还在教育我们,要一步一步慢慢来!"富兰克林同意道。

"现在我们没时间了,"奥菲利亚说,声音中充满焦虑,"如果阿龙纳斯号在拉克希米号上安插了跟踪装置,那么他们的目标应该是林肯基地,而不是鹦鹉螺号。岛上的防御足够拖住他们一段时间。趁这段时间,你们赶紧逃走。"

"我们可以留下来,帮你们击退他们!"我说,"为什么要冒着风险离开呢?"

我知道我说这话的真正动机。和鹦鹉螺号无关。

我曾离开德夫,任 HP 在他身边坍塌。我不忍看见相似的惨剧在林肯基地上演。我不能再次离开，再次眼睁睁看着我关心的人被死神带走。

"亲爱的，"卢卡说，"最大的风险是这艘潜艇落入兰德学院手中，那将威胁到全世界的安危。鹦鹉螺号会听从你的。我对她的适航性有信心，她的主推进系统应该没问题，动态伪装功能也是正常的。"

"是的，"蒂娅说，"我们昨天检查过。"

"航行和隐身对她来说都不成问题。"奥菲利亚总结道，"不过，她的远程武器已经没有功能了。如果要作战的话，她就没办法了。"

"没错。而且，"杰米尼说，"她一半的武器系统，我们都不知道该怎么操控。还有那些鱼雷……"他伤心地摇摇头。

"所以，"奥菲利亚说，"如果留在原地的话，鹦鹉螺号简直就是一个等着被领走的奖品。到海上去，她至少还有一线生机。"

灯光微微变暗了。从下甲板上传来一阵沉闷的声响。我不禁觉得，这就是鹦鹉螺号在咳嗽，试图引起我的注意，似乎在说：嗯，没错，快带我离开这儿。

在洞穴里待了这么久之后，宽阔的海面对她来说一定很有吸引力吧。即便如此，我的心仍在怦怦乱跳。我真希望可以由卢卡和奥菲利亚，或者杰米尼，来指挥这艘潜艇……但我是唯一的达卡家族后人。所以，必须是我。

我恨自己的 DNA。

"如果我们这么做……"我说，"我是说如果，那休伊特教授怎么办？我们也没法带上他。"

"哦，我当然会留下来。"富兰克林说，似乎这是个明显的事实，"我不会中途扔下我的病人不管的。可以让埃斯特当代理级长。"

"可是——"

"我也会留下来，"蒂娅说，"奥菲利亚和卢卡需要人手，帮忙操控岛屿的防御系统。再说了，内林哈才是你最优秀的作战工程师。"

泪水涌满我的眼眶："蒂娅，我从没——"

"没关系的，"她捏捏我的胳膊，说，"我们各有所长。在这艘潜艇上工作……"她紧张地环视四周，"尽管她很漂亮，但这并不是我的强项。"

"我们欢迎你来基地帮忙。"卢卡说。接着，他面向我说道："安娜，从这条水下隧道出去，潜艇会在环礁的南边浮出水面，与阿龙纳斯号的方位正好相反。岛屿正好位于你们和敌船中间。我们会尽最大的努力，引开他们，为你们争取时间。"

我想起休伊特对圣亚历杭德罗码头上的卫兵们也说过类似的话：为我们争取时间。

"但如果他们夺下了这座岛，"我说，"或摧毁了它……"

校园塌陷、没入太平洋的回忆在我的眼底浮现，如一张老照片在银色的显影液中渐渐显现出来。

卢卡冲我难过地笑了笑："亲爱的，不用担心。我还没打算死呢。"

"我也是。"奥菲利亚也冷冷地说。

"当然了，"卢卡赞同道，"你倒是可以把朱庇特带上船。他会很喜欢这趟冒险之旅的，而且他对潜艇上的厨房也很熟悉。再说了，谁知道呢？或许这一切只是虚惊一场！或许林肯基地能够干掉阿龙纳斯号，取得胜利！"

我看得出，他并不相信自己说的话，只是在为我加油打气而已。

所有人都看向我，等待我的决定。到最后，做决定的还得是我，因为鹦鹉螺号只听我的命令。

我转向杰米尼。我等着他告诉我，他也要留下来。哪里有战斗，他就在哪里。

"哦，不，"他读懂我的表情后说，"我的任务是保护你的安全。你去哪儿，我就去哪儿。"

三天前，他若作此回答，我一定感到厌烦至极。我可以想象自己会说：哦，不用了，真的，你去打几枪玩玩吧，我没事的。

如今，我却很感激有他在我身旁，给我支持。令我惊讶的是，渐渐地，他成了一个像埃斯特和内林哈那样，我希望一直在我身边的人，我也不知道这究竟意味着什么。

"好了！"我趁自己改变主意之前说道，"卢卡，你要兑现对我的承诺，不要让自己被敌人干掉。"我深吸一口气，对杰米尼说，"召集船员们，叫上红毛猩猩。鹦鹉螺号将由我来指挥。"

第三十九章

十五分钟后，我们集合完毕。内林哈与我击掌后带领"头足"们进了机舱。"虎鲸"们搬来了成箱的食物和医疗用品，还有朱庇特的一大套厨具。红毛猩猩跟在他们身边，一边摇摇晃晃地走着，一边用手比画着"小心"。

杰米尼派他的"鲨鱼"们前往武器舱，以确保我们的古董鱼雷处于安全状态。接着，他随我以及其他"海豚"们一起来到指挥舱。

李安负责潜水控制。维吉尔负责通信。哈利玛负责导航。这是不用费脑筋的决定，因为她是我们最好的引航员。杰米尼站在了武器控制台前，尽管我们没有多少武器可用。杰克·吴则站在我身边，担任我的传令兵，以防船内通信系统瘫痪。（问题是，我们有船内通信系统吗？）

我仔细打量着船长椅。

我确信，那位佛罗伦萨皮匠为它打造的全新海草皮革垫一定十分舒适。底座四周的紫色氛围灯也非常漂亮。扶手控制装置操作起来也挺简单的：把手放在控制手柄上，然后等待鹦鹉螺号给出回应。

然而，这把椅子仍是我祖先的葬身之所。他的尸体在上面坐了一百五十年。它可谓达卡家族陵墓的中央祭坛。

我必须改变这一切，使鹦鹉螺号再次成为一艘有生命、有活力的潜艇。

我坐上了属于我的位置。椅垫在我背部的触压之下，发出轻微叹息般的声音。

指挥舱内的一切活动瞬间静止了。所有人转过头来，等待我下达指令。我感觉自己就像一个小女孩，在玩过家家的游戏，就像我和德夫小时候经常一起玩的那样。

"鹦鹉螺号，"我用本德尔汗德语说，"我需要启动船上所有的系统。船员们已各就各位。请准备潜水。"

管风琴发出一声轻柔的中央 C 音。接着，是一个高了八度的 C 音，再然后，又降了一个八度，直到听起来就像整个管弦乐队在调音。音量越来越大。船体隆隆作响。地板在我脚下震动。指挥舱内，原先漆黑的仪表盘和测量仪表，闪烁着光亮，恢复了功能。

管风琴安静下来。

"好吧，"李安说，"这跟之前不太一样。"

内林哈的声音从我们头顶上一个水仙花形状的金属喇叭里传来。"安娜，你成功了！看起来我们的动力已经满格了。还有那个超空泡驱动的红色按钮，它也亮了！"喇叭里传来一阵杂音，她正和她的同事们匆忙争辩着，"好的，我知道。我知道。我们不会按下这个按钮的。"

"先别动它，"我说，"我们现在只需要基本推力和深度控制功能。"

我意识到内林哈可能根本听不见我说话。我握住控制手柄："这玩意儿打开了吗？"

我的声音突然从指挥舱内的所有扬声器里传出，在整艘潜艇内回荡。真谢谢你了，鹦鹉螺号。

"机舱？"我重试一遍。这一次，扬声器里终于没有杂音了。

"已就位，"内林哈说，我可以听出来她在笑，"我们都在下面，都清醒着呢。"

我努力回忆该下达的指令以及操作流程。我真希望去年秋天，我有更认真地去听金德博士关于潜艇操作规程的讲座。

"舵手？"

"已就位。"哈利玛说。

"潜水控制？"

"已就位。"李安说。

"通信？"

"已就位，船长。"维吉尔一本正经地说。

"武器控制？"我问杰米尼。

"呃……"他盯着自己的控制台，"也算就位了吧？只有短程莱顿枪可用。这个按钮显然可以使潜艇的外壳通电，可我不知道它能不能……"

面板发出火花，把他的手指电了一下。"嗷！好的，对不起，鹦鹉螺号。武器控制已就位。"

"好了。"我真不敢相信自己正在做的这一切，"线路通畅。

舱门已关。舵手，请带我们出发。缓速前进。"

"缓速前进，好的。"哈利玛说。

地板震动了一下。水波拍打着巨大的圆顶窗户。我们起航了。

"哇！"维吉尔欢呼道。

哈利玛和李安击拳庆祝。

可我不能高兴得太早。我担心自己接下来的指令会暴露潜艇的上千处漏洞，害所有人被淹死。

"机舱，"我说，"请准备下潜。"

"机舱得令，"内林哈回应道，"好的，准备下潜。"

"船长，这里是武器舱，"德鲁·卡德纳斯汇报道，"我们已准备就绪。"

"这里是图书室，"埃斯特的声音响起，"也已准备完毕。"

"图书室？"我环顾四周，才发现原来埃斯特并不在指挥舱里。我还以为她会一直跟在我身边呢。

"好吧，我总得待在某个地方吧。"埃斯特说，"更何况，朱庇特带了许多好吃的枫糖烤饼。"

托普汪汪叫起来，扬声器里传出一阵杂音。它大概在说：是的，红毛猩猩最棒了！

"埃斯特，请来指挥舱，"我说，"我需要你帮忙解读船的情绪。"

"遵命，船长。"她叹口气道。

"还有，给我带一个烤饼吧。"

"我也要。"维吉尔说。

哈利玛、李安、杰克和杰米尼都纷纷举起手来。

"请带六个烤饼过来。"

"六个烤饼，好的。"埃斯特说，"要不要再配上意式浓缩咖啡？"

我不知道她是不是在开玩笑。"不用了，谢谢。"

也许一杯拿铁……不，算了。

等等。我到底在干什么？

"潜水控制，"我深吸一口气，对李安说，"请把下潜深度设定为三米。管不了那么多了。"

李安咧嘴笑道："好了，船长。不管那么多了。"

窗外，水位渐升，缓缓没过艇首的窗顶。鹦鹉螺号潜入了水中。一个半世纪以来，她第一次凭借自己的力量，扬帆起航了。

就在这时，我们撞上了什么东西。

第四十章

潜艇剧烈震动着，发出尖锐而刺耳的声音。

"停！"我大喊。

那声音持续着，像指甲划过黑板般，直到我们渐渐失去了前进的动力。我颤抖着深吸一口气，怀疑这个世界上最重要的发明是否毁在了我们手里。

"刚才是怎么回事？"我问。

"啊，是我的错。"哈利玛扮了个鬼脸说，"LOCUS 还设定在远程扫描……"

她拨动了一个开关。控制台的全息投影瞬间扩大至一个健身球那么大。一个紫色光点仍在画面正中央，显示出我们所在的位置。这下我可以看清我们周围的景象了。网格状的绿光代表洞穴的岩壁。从湖底凸起六块尖尖的岩石。其中一块，位于我们的正下方，就像死神的手指，杵向鹦鹉螺号的腹部。

我咬紧牙齿。卢卡和奥菲利亚应该提醒一下我们，我们即将穿过这片水下的巨型钟乳石丛林。至少，他们可以把 LOCUS

调回短程扫描模式吧。不过，也怪我们出发得太过匆忙了。

"不，是我的错。"我告诉哈利玛，"是我下达的指令。船有损坏吗？"

她试着弄清楚各种读数代表的意义。鉴于鹦鹉螺号一贯的行事作风，我甚至有点期待控制台上会蹦出一块铜牌，上面用花哨的字写着"疼死了"。

与此同时，指挥舱里的其他船员们都调整了他们的 LOCUS 投影模式。

"哦，天哪，你看，"李安嘟囔道，"这么大的礁石。"

埃斯特端着一盘烤饼冲到指挥舱。托普蹦蹦跳跳地跟在她脚边，仿佛在问：派对在哪里？

"我们触礁了吗？"埃斯特高声问道。

这时，我们头顶上的喇叭里传来内林哈的声音："我们触礁了。"

"谢谢，我们知道了，"我说，"有人能告诉我船受损了吗？"

"损坏倒没有，"内林哈说，"不过，咱们可千万不要重蹈覆辙了。"

"同意。舵手，请带我们远离这根死神的手指。"

"好的，船长。"哈利玛松了口气道。

"我找到了隧道的入口，"哈利玛从通信控制台前说，"在右舵十五度，距离九十米，深度二十米处。"

我不禁暗暗发抖。潜水学校里的第一堂课就是关于水下洞穴的危险性的。它们是最容易让人丧命的地方。

待在潜艇里也并没有增加我们的安全感。万里长征，我们才刚迈出第一步，就差点儿出事。尽管如此，我还是决定保持镇定，因为如果连船长也大喊"我们就要完蛋了"，事情就不太妙了。

"右舵十五度，"我说，"下潜二十米。缓速前进。各位，让我们打起精神，在抵达入口前，别再撞上什么东西了。"

杰米尼哈哈大笑起来。

我瞪了他一眼。

"好吧，这一点儿也不好笑。"他赞同道。

我们又启动了。我仔细察看 LOCUS 影像。随着我们渐渐靠近，隧道入口赫然耸现，就像一头鲸鱼张大的嘴巴。

"距离四十米，"哈利玛宣布道，"深度稳定在水下二十米。"

我瞥了一眼埃斯特，她正端着那盘点心，站在我的右手边。"你感觉鹦鹉螺号心情如何？"

"很平静。"她说，"要来一个烤饼吗？"

平静是好事。是的，我确实很想来一个烤饼。

虽然走廊上并没有传来呻吟、尖叫，或任何惊恐的呼喊，可我在幻想之中，仿佛仍看见了潜艇古老的船板上，有成千上万个漏洞。

"杰克，"我说，"你到船上巡逻一圈，好吗？查看一下各方面的情况。"

"没问题。"他似乎如释重负，终于得到了一个活儿。他抓起一个烤饼，跑开了。

"距离隧道入口还有十米。"哈利玛说，"已经非常接近了。"

"你知道怎么操控这玩意儿吗？"维吉尔问。

管风琴突然发出一声减和弦，吓了所有人一跳。

"我的意思是……你懂得如何驾驶这艘美丽的潜艇吗？"维吉尔更正了说法。

"我觉得我可以的。"哈利玛说，"鹦鹉螺号，请助我一臂之力。船长？"

过了一秒，我才反应过来，她在和我说话。对"船长"这一称呼，我还是不太习惯。

"缓速前进，"我说，"并请小心修正航线。"

"好的。"哈利玛以极轻的动作，操纵着控制杆。

我们刚抵达隧道入口，指挥舱便轻微地震动了一下。气泡如瀑布般从前窗倾泻而下。

我抓紧扶手："怎么了？"

"爆炸了！"杰米尼大喊，其实他声音没必要这么大，"不过，是远处。大约……"他在控制台上操作了一通，全息投影变成了深紫色。"哇，太酷了。"

"是爆炸吗？"我催问道。

"是的。不好意思。环礁北部边缘处发生了一起爆炸。那大概是在一公里之外。或许，是鱼雷？"

"鱼雷造成的巨大冲击波。"维吉尔说。

"是阿龙纳斯号。"埃斯特说。

这个名字比管风琴发出的减和弦音更令人不安。

但愿是卢卡和奥菲利亚将敌人轰了出去，打得溃不成军。但我心里清楚，我们不可能有那么走运。更有可能是，阿龙纳斯号发出了警告，让林肯基地知道，他们要来真的了。还好，洞穴没有塌方。

"继续平稳前行。"我说。

哈利玛带我们进入了隧道。

窗外，群星般璀璨斑斓的浮游植物消失了。在我们头顶上方不到一米处，熔岩洞的壁顶一晃而过，在潜艇指挥舱的紫色灯光照射下闪闪发光。我突然意识到尼摩船长为什么会把他的灯光设定为紫色的了。紫色和蓝色有着最长的光波。在水下，它们是最后消失的颜色。我很想知道鹦鹉螺号的前灯是否也是紫色的。还有古老的雨刮器。

所有控制台上的全息投影突然间全部熄灭了。

"哈利玛，怎么了？"我惊慌地问。

"没事。"她左手稳稳握住控制杆，右手娴熟地轮番调试着控制键，仿佛她已和这个控制台打了一辈子交道，"在我的预料之中。"

"火山熔岩洞的墙壁金属含量极高，"李安告诉我，"它们对我们的 LOCUS 系统造成了干扰。在出隧道之前，我们得靠人工读数了。"

哈利玛默不作声，她正聚精会神地忙碌着，以确保大家的安全。

"战术系统也失灵了。"杰米尼说，"我不知道外面的战况如何了。"

"你找到阿龙纳斯号的定位了吗？"我问。

"没有，也许他们开了动态伪装。"

"那也不是什么坏事，"埃斯特边说边给托普喂了一小块烤饼，"他们有可能也看不见我们。"

说到这……

"机舱，请汇报，"我说，"我们现在情况如何？"

"好着呢，"内林哈说，"该亮的都亮着。该有声儿的都有声儿。我认为我们目前的状态非常好。"

"如果我们有动态伪装功能，现在是启用的好时机。"

"啊……好的，随时待命。"

我们穿越隧道的路程似乎无比漫长，汗水顺着我的后背滑落下来，我的衬衣粘在了那上等的意大利海草皮革上。

没有一个人说话，连托普也安静下来，耐心地伏在埃斯特身边，等待她再赏赐它几口点心。

埃斯特把手放在我的椅背上。"鹦鹉螺号心情不错，"她告诉我，"我感觉她现在很兴奋。"

我也一样。

杰克回来了。在潜艇上跑了一圈后，他气喘吁吁的。"一切正常。"他汇报道。

内林哈通过船内通信系统宣布道："动态伪装已启动，宝贝儿。我是说，船长。船长宝贝儿。"

片刻之后，LOCUS 投影又闪烁着，恢复了正常。

"我们驶出了隧道！"哈利玛如释重负地说。

"是的！"李安说着，为她鼓掌喝彩。杰克则挥舞着拳头，大声欢呼。我们身后的走廊也传来潜艇上其他船员们的欢呼喝彩声。

然而，我们的高兴劲儿持续不过一秒。

"安娜！"杰米尼大叫，情急之下，完全把称呼我为"船长"这回事抛在了脑后，"我定位到了阿龙纳斯号。"他转过头来，神情严峻，"刚刚的爆炸，它不只是击中了环礁的北面，环礁的北边都被炸没了。"

第四十一章

　　杰米尼拨动一个开关。他的战术全息影像瞬间扩大，为我们展示出林肯基地的 3D 画面。曾经的林肯基地，主岛赫然耸立于潟湖中央，被一圈形状近似同心圆的岩礁环绕。然而现在，除了几天前拉克希米号驶过的峡湾，北边的环礁上出现了一个更大的豁口。一大片海滩和荆丛（有一个足球场那么大），沉入了海里，消失得无影无踪。

　　在画面的南部边缘，代表鹦鹉螺号的紫色光点在闪烁。正对着我们，在缺损的环礁北部，漂浮着第二个紫色光点——阿龙纳斯号。

　　武器发射的火光如同流星般划过全息投影的画面，在阿龙纳斯号与环礁炮塔之间交织纵横。岛上的防御系统一个接一个地熄灭了。

　　我的嘴里像含满了湿湿的沙子："杰米尼，你能放大画面，让我看看攻击者吗？"

　　他拨弄了另一个旋钮。突然间，我便近距离地亲眼看见了阿龙纳斯号——至少，看见了它的全息影像。

就像我们之前在休伊特教授那模糊的无人机画面里见到的一样，阿龙纳斯号的外形就像一支箭头，就仿佛兰德学院改造了一架水下适用的隐形轰炸机。它的船体周围有一圈紫色光晕，正如一块海绵般迅速吸走从基地防御系统发射的火光。

"那是什么？"我问，"某种盾牌吗？"

没有人答得上来。大家都惊恐万分地盯着画面中的阿龙纳斯号一步步向岛屿逼近。

维吉尔转过头来："安娜……船长……如果他们用那威力无比的鱼雷轰炸了基地——"

"他们不会的，"埃斯特说，"只要他们以为基地里藏有他们梦寐以求的奖品。"

他们梦寐以求的奖品。

我紧紧抓住扶手。我从未像恨阿龙纳斯号这般如此恨过某样东西。但埃斯特说得对。我和鹦鹉螺号都是这场夺宝游戏里的奖品。我们得避开战斗，远远离开这儿。

"船长，接下来有何指令？"哈利玛虽语气平静，但她握住控制杆的手却在颤抖——通常，这对引航员来说并非好事。

我在想象休伊特教授躺在病床上，富兰克林用身体为他遮挡从天花板上掉落的碎片。我似乎看见了林肯基地的走廊在剧烈晃动，灯光闪烁不定，蒂娅、卢卡和奥菲利亚绝望地在一个个控制面板之间来回奔走，试图在武器系统被敌人损毁的情况下维持火力。

我真希望能助他们一臂之力，可这并不是我们的使命。对于林肯基地，我们也无能为力。

"舵手，往正南方向航行。"我说，"开足马力，不管它有多大。"

"往正南方向全速航行，好的。"

"潜水控制，请把下潜深度设为……"我眨眨眼睛，努力保持头脑清醒。我看了一眼李安控制台上的全息投影："设为二十五米。"

"二十五米，好的。"李安说。

我的胃突然一阵不适。看来潜艇已加速前进，并开始下潜了。

"船长，"扬声器里传来内林哈的声音，"我想，我们应该减缓速度。我看见了一些奇怪的读数……哦，看起来不太妙啊。"

鹦鹉螺号船体猛烈地震动了一下。通过船内通信系统，我听见了"头足"们在惊叫。我们身后的走廊也传来更多船员惊慌失措的叫声。

"这里是武器舱！"德鲁的声音在扬声器里响起，"通气管道里有绿色黏液渗出！"

"这里是厨房！"布丽吉德·萨尔特的声音响起。除她的声音之外，我还听见了红毛猩猩发出焦躁不安的叽里咕噜声。"通风口喷出些烂泥，在朱庇特的锅碗瓢盆上洒得到处都是。他很不高兴！"

"这里是机舱！"内林哈惊呼道，"主发动机全部熄火了。我们被黏住了！我重复一遍，我们被黏住了！"

哈利玛把拳头砸在控制台上："船长，我们这下要死在水里了。"

我低声咒骂着。我还记得第一次来到潜艇上时，卢卡从盖板后掏出的那一大坨腐烂的海草。我想象着，那来自维多利亚时代的海草散发着臭味，从船上的每一处缝隙、每一个管道，如洪水般向我们涌来。我在想什么？竟把鹦鹉螺号当成一艘功能完好的新潜艇对待。

　　"内林哈，"我对着通信台大喊，"我们需要推动力。你能修好吗？"

　　那头的回应是一阵沉默，背景音里有含混的喊叫声。

　　"我去看看！"杰克·吴又快跑着离开了。

　　"哦……"杰米尼从他的控制台连连后退，"不，不，不。"

　　我还以为是有什么黏东西从他的控制台渗出来，但情况并非如此。从他的战术全息画面上看，阿龙纳斯号改变了航向。基地剩下的炮塔在继续朝它开火，可它已懒得再回击。它开始向东，绕着环礁的边缘航行。

　　"它在干什么？"李安嘟囔道。

　　"他们恐怕已经发现了我们。"我说。

　　"怎么可能？"哈利玛追问道，"我们的动态伪装一直打开着。"

　　"或许没有，"维吉尔说，"它可能随动力的失去而关闭了。也有可能，阿龙纳斯号在追踪我们的热量变化，就像奥菲利亚所说的——"

　　"探讨这些已经没意义了，"我说，"不到一分钟，他们就会朝我们开火了。我需要备选方案。"

　　"潜艇上有救生艇，"杰米尼说，"我可以把它开出去，吸引他们的火力，为你们争取时间。如果我可以带着传统武器接近阿龙纳斯号——"

"不，那将等同于自杀。"我告诉他，"我们有类似盾牌的东西吗？"

"类似盾牌的东西……"杰米尼愁眉紧锁地看向他的控制台，"我不知道——"

"鹦鹉螺号，"一个声音从扬声器里传来，如此响亮，吓了我一跳，"这里是阿龙纳斯号。快投降吧！要么就等着被毁灭。"

我认出了那个声音，是我们的"老朋友"和审讯对象——卡莱布·绍斯。

"这家伙怎么还在？"杰米尼嘟囔道，"我以为兰德学院会惩罚失败者呢。"

"他一定是编造了一个漂亮的谎言。"李安猜测道，"或许把黑锅全部甩给了他的同学。"

"呸，"杰米尼说，"我真应该在他的小粉鸭臂圈上戳几个洞。"

"你们在那艘破船上手无寸铁、进退两难。"卡莱布继续说道，"现在投降，我们会放过你们的基地。"

鹦鹉螺号的船体晃动了一下。我想她肯定不喜欢听人叫她"破船"。

"能把他的声音调小点吗？"我问，"他怎么会通过我们的通话系统广播呢？"

"我……我正在查看。"维吉尔说着，开始疯狂地转动着调节器。

卡莱布继续情绪激动、滔滔不绝地讲着，不过音量被我们调小了："我们的目标只是鹦鹉螺号和安娜·达卡。其他人，我们不会伤害你们的。我们对你们会比当初你们待我好得多。"

"他们快到了，"杰米尼告诉我，"现在距离只有一公里了。"

岛屿的防御系统在继续以火力猛攻，试图转移阿龙纳斯号的注意。我们的敌人却不为所动。他们死死盯住我们，就仿佛……

我心里一紧，五脏六腑顿时拧作一团。

"他们一路跟踪的，从来就不是拉克希米号，"我恍然大悟，"他们跟踪的是我。"

"怎么会？"李安不解地问，"难道你的 DNA 带放射性还是什么的？"

通话系统里传来内林哈的声音："船长，我们有一个主意。你可能不会喜欢，但是——"

"如果你不相信我说的，"卡莱布·绍斯打断道，"请听听我们船长的话吧。"

我暴跳起来。"快关掉这愚蠢的广播！"我冲维吉尔大喊。

然而，内部通话系统中传来的敌方船长的声音却让我惊得瘫坐回椅子上。

"你好呀，妹妹，"德夫说，"你干得不错。但现在是时候投降了。"

第四十二章

我还记得自己第一次经历氮麻醉的情形。

我的导师让我背着普通氧气罐，下潜至水下 100 英尺的地方，只为了让我体验"深海眩晕"的感觉。我的视线开始模糊。我开始丧失在潜水计算机上做简单算术的能力。我的内心既充满欢欣，又充满恐惧。我心里明白，如果我继续往深处潜游，这美丽的幽蓝虚空会使我丧命，可我却抑制不住这股冲动。

听见德夫声音的一瞬，我仿佛回到了氮麻醉的状态。

我的思绪乱成了一团麻。我哥哥还活着。我哥哥是叛徒。

我感到释然。我感到恐慌。我似乎正坠向那幽蓝的深渊之中。

"这不可能。"我说。

指挥舱上的船员们都目瞪口呆地看向我。他们都一脸震惊、疑惑……受伤。他们需要解释。又一次，我给不出答案。

"这一定是假的，"我说，"有那种声音合成软件……"

"那就是他本人的声音，安娜。"埃斯特皱起眉头，看向地面，"他还活着。"

"可是——"

"鹦鹉螺号,"德夫说,"安娜,你们没有时间了。我需要听见你说出'投降'二字,否则我们就要开火了。"

"他不会的。"李安说。

"他会的,"哈利玛反驳道,"他就是那个毁掉 HP 的人。"

不会的,我想,不会是我哥哥的。

接着,我记起德夫在最后一天提前送给我生日礼物时对我说的话:你今天就要出发,去参加新生测试了。

他知道袭击发生时,我将已离开校园。他打消了我对安全网事件的疑虑。兰德学院要想破坏我们的安防系统,必须有内应帮助。那时,我一直在怀疑我的同学和休伊特教授……

内部通话系统传来内林哈的声音,打断了我的思绪:"啊,所有人都听见那个声音了吧?船长,有何指令?"

指令……我差点儿笑出声来。我有何资格下达指令?我只是一个愚蠢的小女孩,被她的哥哥耍得团团转。

"你还好吗,安娜?"杰米尼问,他的表情充满了关切和期待,似乎他在等我抓住救生索。

我逼自己呼吸,我不能在这个时候陷进情感的漩涡……因为这就意味着抛弃我的朋友们。"机舱,请待命。"我转向维吉尔,"他们能听见我们吗?"

"不会的,"他说,"是单向传输的。我很确定。几乎百分百确定。"

"他们的方位?"

杰米尼查看了他的控制面板:"半公里之外,六点钟方向。"

他们是怎么找到我们的？我们已经很小心谨慎了。他们跟踪的不是拉克希米号。他们跟踪的是我……

"我希望这条珍珠项链能给你带来好运，"德夫说，"万一，你懂的，你败得很惨或是……"

我愣住了，手指不自觉地摸向我母亲的黑珍珠吊坠。我狠狠扯下它，项链随之断裂。这颗德夫专门为我重嵌过的珍珠，很容易地就从新底座上剥离了。在珍珠下面，金质的底座上，赫然粘着一个小小的替代科技窃听器。

"安娜，天哪。"埃斯特下唇颤抖着说。她虽没有拥抱我，也没有看向我，但她理解我此刻的心情。她十分了解被人利用，甚至被自己的家人当作商品交易是什么样的滋味。

"我能借用一下你的莱顿枪吗？"我问。

她毫不犹豫地把手枪递给我。

我把断掉的项链——链子、底座、珍珠，统统摆在地上。我不能存有一丝侥幸。我退后一步，扣动了扳机。

蓝色电弧射向项链。替代科技窃听器噼里啪啦地被烧焦了，发出紧急照明弹般的亮光。白色的烟卷环绕着我母亲的珍珠。

我嘴里感到一股辛辣刺激的味道。我也不确定这是来自那被烧焦的追踪器，还是我喉咙里涌起的苦涩。

在拉克希米号上那会儿，兰德学院的突击队就尽力避免用莱顿枪射伤我。他们选择用毒药替代。他们意在夺下整艘船：我、休伊特教授的海图、基因识别器，以及所有的一切。如果出了什么岔子，他们的跟踪器也有被损坏的风险。我就是他们的一道保险。是我带领他们——带领德夫，找到了鹦鹉螺号。

哥哥的声音再次在整艘潜艇上响起。他的语气为我而变得亲密、恳切："我向学校发出过警告，安娜。我通知他们赶紧撤离。我也不想让他们死。现在，我不愿再看到任何人丧命了，尤其是你。"

天哪，原来德夫那段模糊不清的录音，不是来自学校的内部通话系统，而是从阿龙纳斯号上发出的广播。

我真想冲他大声尖叫，逼他给出解释。可我现在不愿再与他交谈。

一小时前，我愿意拿全世界，包括鹦鹉螺号，来交换一次与德夫重新对话的机会。现在，我只想离他越远越好。

"机舱，"我说，"你刚刚提到一个什么想法？"

静滞片刻后，内林哈回答道："是的，但你恐怕不会喜欢的……"

"我现在对什么都喜欢不起来。说说看。"

"超空泡驱动，"她说，"这个功能也许还能用。它是通过一个不同的启动系统与引擎相连的——"

德夫的声音盖过了她。"哈丁－潘克洛夫学校并不是我们的朋友，安娜。多年来，他们一直私自占用我们的家族财产。是他们的愚蠢害死了我们的父母。他们在利用你。兰德学院信任我，让我来指挥他们最珍贵的舰艇。他们希望利用我们的技术造福世界。哈丁－潘克洛夫学校却做不到。他们甚至不肯让我看一眼鹦鹉螺号。这是逼他们放手的唯一办法。我很抱歉，但这件事不得不做。现在，我们终于可以拿回属于自己的东西了。你我共有的财产。"

"内林哈，这个超空泡驱动——"我试着不去理睬德夫说的话，可我此刻的感觉，就像刚刚用海蛇的毒液漱过口似的，"你确定它能用吗？"

"不，我完全没把握，"她说，"如果我按下这个红色按钮，可能什么也不会发生。也可能我们会原地爆炸。又或许，我们会瞬间穿越半个太平洋，然后一头撞上某座水下山脉。但除此以外，我们别无他法了，除非你能够让德夫继续讲上六七个小时，给我们争取修船的时间。"

那我宁愿原地爆炸。

"可假如我们成功逃走了，"杰米尼提醒道，"阿龙纳斯号会转而攻击林肯基地的。"

我很清楚这一点。奥菲利亚、卢卡、休伊特教授、蒂娅、富兰克林……我们怎能抛下他们，任他们听凭阿龙纳斯号……德夫的摆布？谁知道我的哥哥现在变成了什么人？另一方面，我也不能舍弃我的船员们。林肯基地的守卫者们交给了我这个使命。他们留下来，坚守阵地，就是为了使之成为可能。

"鹦鹉螺号，请听我说，"我用本德尔汗德语对潜艇说，"我们需要即刻撤离。我们需要找到一个安全的处所。如果我们不——"

"那好吧。"德夫充满痛苦的声音让我忍不住想起了我们的父亲。小时候，每次我俩做错了事，父亲失望的叹息，总是对我们最大的惩罚。"安娜，我们要发射一颗电磁脉冲鱼雷了。它不会致使你们毁灭，只会让你们剩下的系统陷入故障。然后，我们就会登上你们的船。你们阻止不了我们的。你们只是一帮新生，在操控一艘连你们自己都不懂的废船。请不要逼我对你的船员下手。"

杰米尼大呼："水里有鱼雷！还有十秒钟爆炸！"

"机舱！"我大喊，"现在按下超空泡驱动键！"

心跳三次——可什么也没发生。

紧接着，巨大的水幕，在前窗绽开，仿佛我们一头扎进了世界上最强劲的洗车场。潜艇向前猛冲的动力是如此之大，以至于我从座椅上被甩了出去。我的头撞上了金属，发出一声闷响。瞬间，眼前的一切都陷入了黑暗。

第四十三章

我醒过来时埃斯特正穿着手术服站在我身旁。我的太阳穴刺痛，后脑勺儿感觉像被冰冻住了似的。

"你在医务室里，"埃斯特说，"你已经昏迷四个小时了。你需要休息——"

我挣扎着从床上起来，努力站稳。一不小心，我踩到了托普。它汪汪叫着，表示抗议。埃斯特扶住我的胳膊，稳住我。

"这可不叫休息。"她说。

"我必须……船。我们安全了？"

从附近什么地方，传来内林哈的声音："暂时是的。"

我试图集中注意力。造型百变的达·席尔瓦如一阵旋风般出现在门口。她穿着军靴、黑白格子短裙和黑色连帽衫，配上黑色口红，使她整个人看起来就像一名高地突击队员。她的额头上贴着一块美钞大小的白色纱布。

我指着她头上的纱布，不安地问："你还好吧？"

"谁，我吗？我好极了。我们启动超空泡驱动时，我的脸和曲轴发生了点小摩擦。你呢，感觉怎样？"

这真是个好问题。我头疼欲裂，仿佛有五千万吨炸药正在我的脑袋里爆炸。我昏迷了四个小时。至少，这省去了我痛哭数小时的尴尬。我哥哥还活着，原来他是个叛徒，还是个背负了多条人命的凶手。

　　"没事，我会活下去的。"我说，"谁在掌舵？"

　　"呃，杰米尼在指挥舱，"内林哈说，语气比我想象中友好，"但目前没有人掌舵，我们现在是静止不动的。"

　　我试着理清思绪："船员们都怎么样？"

　　"我们有十七人受伤，"埃斯特说，"大部分是轻伤。"

　　"富兰克林和蒂娅不在。我们现在只剩十八名船员了。"

　　"我知道，"她说，"我算幸运的。还好我平衡能力强。另外，朱庇特没事，托普也没事。"

　　托普摇摇尾巴，似乎在说：你可以确认下。

　　埃斯特用手指戳戳我的头皮。她大概是在我脑袋上寻找窟窿。她讨厌与人身体接触，但如果病人是我的话，她愿意屈尊去摸我的脑袋。

　　"你的祖先发明了超空泡驱动技术，"她说，"可他没有发明安全带。我们有三人胳膊骨折，两人脑震荡，一人二级烧伤。"

　　"谁被烧伤了？"

　　"凯·拉姆塞。"内林哈指指我身后。

　　凯正躺在我隔壁的床上昏睡不醒。她的胳膊从肩膀到指尖都裹在纱布里。可怜的凯……我希望这间医务室里有某种高级的皮肤移植技术。

　　我悄声问道："发生了什么？"

"她撞上了冷熔线圈。"内林哈绷紧脸说道，"那玩意儿有时会变得很烫。谁知道呢？"

"下次再启动超空泡驱动前，我们应该系上安全带，"埃斯特说，"或至少先提醒一下大家。"

我不好意思地点点头。即便是这么轻微的动作，也让我疼得要命。"我得回指挥舱。"

"我不建议，"埃斯特说，"你头摔得很重。我用某种类似扫描仪的玩意儿检查了一下你的身体，就像某种适用于人体的LOCUS——"

"这么说，尼摩还发明了核磁共振和断层扫描？"我打了个激灵，希望埃斯特没有在我身上使用过量的某种古老的替代科技辐射，把我变成一条鱼。

"我没有发现炎症，"她说，"不过，我使用的这些设备和药物，我自己都不太懂。"

我明白了，她是想让我休息，可这正好是我无法做到的。

我转向内林哈："潜艇有损坏吗？"

她一摊手，说："你的意思是……我们的潜艇还是完整的吗？推进系统已经彻底报废了。超空泡驱动烧断了某根保险丝什么的。我们还在奋力应对之前的黏物大爆炸。另一方面，我们还有内部电源，还有空气。我们的深度稳定在二十米。船体完整。所以，我们还好。反正我们暂时哪儿也去不了。"

"我们的位置？"

她哈哈大笑道："你肯定不会相信的，我们已经来到了菲律宾海，大约在达沃以东四百英里处。"

我眨眨眼，没反应过来。"你是说，按一下超空泡驱动按钮，咱们就来到了——"

"大约五千英里之外，"她确认道，"其实也花了几个小时。这个过程中你一直昏睡不醒，即便如此……"

"这个距离……坐飞机的话，也得十二个小时吧？坐船的话，得在海上走六天？"

"我说过，肯定让你难以置信。"

问题是，我其实对此深信不疑。我把超空泡驱动技术加入了兰德学院如此渴望拥有这艘"破烂"潜艇的原因清单里。这项专利技术必将颠覆整个世界。

"阿龙纳斯号，"我记起来，神经突然变得紧张起来，"有发现他们的踪影吗？"

"没呢，"内林哈说，"我们的航向与方位都显而易见。假如阿龙纳斯号也拥有超空泡驾驶功能，他们应该早就追上我们了。鉴于他们迟迟没有露面，我想我们可以断定，在这一点上，我们独具优势。"

我松了口气。我们需要所能得到的一切优势。

可另一方面，林肯基地现在落入了阿龙纳斯号手中。我们则困在了大洋中间，没有驱动力，没有盟友，没有可以停靠的海港。

至少在我看来如此……

我记得，我让鹦鹉螺号带我们去一个安全的地方。她是特意选了这么一个地方？还是跑到半路没力气了？

"我们附近有什么？"我问。

内林哈耸耸肩膀。"反正没有可以让我们找到的秘密基地，如果你是指这个的话。帕劳海沟就在我们正下方六千米处。我不想在这里连潜水控制功能也失去。"

我感觉自己已经失去了一切功能。我的脑袋在巨大的压力之下快要炸裂了。为什么到了这里？接下来怎么办？如果我的哥哥是造成这一切的罪魁祸首，而将他引到林肯基地的正是我，我怎么有脸面对我的船员们？

我膝盖一软，欲瘫倒在地。埃斯特赶紧拽住我的胳膊，拉了我一把。

"安娜，你至少应该坐下来。"她坚持道。

"我会的。"我答应道，"我们先到主餐厅去。"我看着内林哈说，"请召集船员们，好吗？还有，埃斯特，如果你手边有某种超级替代科技的阿司匹林片，不妨给我来几粒。这将是一次艰难的谈话。"

第四十四章

这是一次艰难的谈话，也是世上最奇怪的一顿午餐。

餐桌上，只够坐下八人。我们搬来了所有能找到的椅子，将它们靠墙摆放。这些家具都嘎吱作响，闻起来一股霉味儿，但船员们已竭尽所能地打扫了这个空间。古老的红木桌面明光铮亮。头顶上的鲍贝壳吊灯闪闪发光。所有的银器，每一件上面都刻有尼摩船长的饰章，都被擦拭得焕然一新。

朱庇特准备了美味的海藻三明治。他还为我们烤制了一大盘巧克力曲奇饼干。因此，我愈加确信，朱庇特是我们整个团队里最不可或缺的一员。

埃斯特对于伤员数量的报告，一点儿也没有夸张。一眼望去，我们身上的纱布、绷带、石膏和夹板足够装备一名急救员了。

所有人都吃饱喝足后——这顿饭吃得相当沉闷——我才终于开口。

"同学们，我对德夫的事情一无所知。"虽然这次讲话，我提前演练过，可这些话我还是很难说出口，"我以为他死了。德夫所做的一切——说实话，我根本不认识这样的德夫，他竟能对我们的学校和朋友做出这种事情。"

我抹掉眼泪。我认识我的同学们两年多了，可现在，我根本读不懂他们的表情。他们的面庞在我眼前显得模糊不清。我在想，埃斯特一直以来就是这般感受吧。

"如果你们认为我与此事有关，"我说，"我也不怪你们。此时此刻，连我自己都不敢相信自己了。这艘潜艇不是我的。你们可以再投一次票，决定由谁来指挥。杰米尼，或是你们选出来的谁，都可以取代我……我只想说，我很抱歉，对不起。"

那一刻，四周阒寂，只剩下远处空气循环器的嗡嗡声。

"安娜，"终于，杰米尼打破了沉默，"没有人责怪你。"

我睁大眼睛看向他。如果他告诉我海水是紫色的，我反而不会这么吃惊。

"你又不是你哥哥。"他继续说，"他的所作所为并不代表你。你已经一路披荆斩棘，把我们带到了这里，我们才得以存活下来。"他看向大家，"有人不同意吗？有异议的话，请说出来。"

没人举手。

我怀疑这是不是出于同侪压力。杰米尼的话很少有人敢反对。不过，我从大家的反应中看不出有丝毫勉强和不安之处：没人目光躲闪，也没人在座位上扭动。

感激之情如棉被般包裹住我，令我心里暖融融的。我想谢谢我的朋友们，但那似乎还不够。感谢他们最好的方式就是不负他们所望。

"如果你们确定的话，"我擦干眼泪，说，"我们还有很多事情要做呢。船损情况如何？"

他们的汇报让我的头更疼了。我们的待做清单比这艘潜艇还要长。除了清理黏物和修理逃生时损坏的系统以外，关于鹦鹉螺号本身，我们还有上千处不明白的地方。

卢卡和奥菲利亚花了两年时间，试图了解这艘潜艇。他们是 HP 最厉害的专家。如果我们要再次潜行的话，就必须在没有他们的经验、没有基地作为后援、没有任何修理设备的情况下，独自完成他们未完成的工作。而且，我们也没有两年时间来慢慢完成这一切。

内林哈道出了我内心的想法："我们得回去帮帮林肯基地。"

吉雅·詹森不安地挪了挪绑在吊带里的胳膊。看得出，她也不喜欢自己将要说出口的话。

"我只是想指明一点，"她说，"我们的任务是确保鹦鹉螺号不落入别人之手，对吗？如果潜艇有被兰德学院夺走的风险，难道卢卡和奥菲利亚会希望我们回去帮助他们吗？"

当然，她说得很对。我们驾驶的潜艇是有史以来最具颠覆性的科技突破之一：就像火药的发明之于冷兵器时代那般，是往前迈进的一大步。不过，听一名"鲨鱼"建议逃跑，我感觉仿佛被兜头淋了一盆冷水。

"此外，"她继续说道，"我们寡不敌众。德夫这一点说得没错。我们有的只是一艘老旧，甚至功能不全的潜艇……尽管她确实美得令人惊叹……"这最后一句，她对着头顶上的吊灯，说得很大声，"我们也没有接受过培训，不懂得该如何驾驭她。

兰德学院派出的是他们的高年级学生。他们其实应该派毕业生，或在职员工来的，尽管如此……有德夫在他们那边。他们一定是有备而来，为此准备很长时间了。"

我也好奇，为什么兰德学院只派了学生过来，即便是他们最优秀的学生。或许，这是他们学校的文化——像卡莱布所说的，培养学生们独立自主、自力更生的精神？可我仍隐约感到，这件事与德夫有关。我可以想象，对于合作，他提出了自己的要求：阿龙纳斯号必须由他，且只由他一人指挥；兰德学院必须信任他，给他完整的指挥权，以示他们与 HP 不同。或许，在他内心里，他隐隐希望双方力量悬殊没那么大，好让 HP 拥有一线生机……

不，我不能这么想，不能替德夫开脱。他做出了自己的选择。邪恶的选择。如今，倘若他失手了，没能交出鹦鹉螺号，我猜他的新朋友们将马上和他翻脸。

内林哈蹙起眉头，看着她的三明治说："兰德学院杀死了我们的朋友。他们毁掉了 HP。如今，林肯基地也被他们挟持了。我们不能置之不理，一走了之。"

布丽吉德·萨尔特闷闷不乐地推开餐盘。她刚失去了哥哥。她最清楚兰德学院干的好事。"他们想得到的是鹦鹉螺号，不是那座岛。说不定，阿龙纳斯号已经离开了林肯基地，来追我们了。"

听得出，她迫切希望这是真的。她想要报仇雪恨的机会。

"说不定……"德鲁说，"很抱歉这么说，但他们也可能已经毁掉了基地。"

我摇摇头："他们毁掉 HP，是因为那是他们计划中的一环。那会促使我们去寻找，顺便带他们找到鹦鹉螺号。林肯基地则不同。它是尼摩的安息之地。他们会想探索它，以找到关于我们下落的线索，以及这艘船的信息……"

"他们会夺下那座岛，"杰米尼斩钉截铁地说，"因为他们要抓人质。"

我想到那些被我们留在岛上的人们：卢卡、奥菲利亚、休伊特、富兰克林、蒂娅。还有苏格拉底。不过，我不担心它会被扣押，成为人质。

"他们不会把我们的人杀死的，"我试着说服自己，"德夫肯定想从他们口中问出话来。"

现在，我已完全把他当成了我们的敌人。原来，我们的敌人不是一群戴着头套的敌校学生，而是我的亲哥哥。我似乎来到了一个陌生的、我看不懂的世界。不过，我也不想去看懂它。

"我们有多长时间？"杰米尼问。我明白他的意思：在人质失去价值之前，我们还有多长时间？

这我得听李安的意见。她是我们中间最好的审讯者。不过这次，我无法分辨她耳朵是否变红了，因为它们被裹在她头上的纱布遮住了。

"取决于绑架者的耐心程度。"她说，"可以长达数周。我想德夫……兰德学院会希望我们回去。他们会耐心等待。俘虏活着，对他们更有价值。"

我想起在 HP 学到的各种审讯方法。老师们一直教导我们，要避免使用酷刑，因为那有违我们的原则。而且，有些心理战术也能让人崩溃。我怀疑兰德学院应该不会这么仁慈。被俘的每一天都将无比漫长难挨。

"我们不可能等几个礼拜。"我说。

"而且,"埃斯特说,"我们也不可能永远待在这儿。虽然反应堆修好后,我们就有了无穷无尽的动力、水和空气。可再过七天左右,我们的食物就耗尽了。"

托普把头搭在她腿上。我想,它应该是在提醒她,食物很重要,而且相当美味。

"所以,还有一周时间,"内林哈挠了挠她额头上的绷带,"去完成不可能的事。修好发动机,让船重新起航。"

"还要修好那些鱼雷。"德鲁补充道。

"彻底清除管道里的黏物。"杰米尼打了个寒战,"所以,船长,这就是我们的计划吗?返回林肯基地?"

我竭尽全力稳住身子,站了起来:"如果有人认为我们应该做出更理智的选择,比如逃走并躲起来,请现在就提出。"

没人提议这么做。

我爱我的船员们。

"那么,好了,"我说,"我们绝对是哈丁-潘克洛夫学校历史上最优秀的一届学生。我们要在一周内修好鹦鹉螺号,然后回到林肯基地。我们要给兰德学院点颜色瞧瞧,让他们知道他们惹错了人。"

第四十五章

在发表了一通激励人心的讲话后，我躲进图书室吃起曲奇饼干来。

埃斯特命令我在替代科技阿司匹林片生效期间，至少得休息一个小时。（我猜，她是想趁此机会，观察我会不会变成一条鱼。）于是，在其他船员忙得团团转，清洗，修理，搬运成箱的工具和一桶桶的黏物时，我则舒舒服服地躺在一张发霉的扶手椅上，膝上放着一本法文原版《海底两万里》。

在真正的鹦鹉螺号上，读一本关于鹦鹉螺号的小说，这感觉真梦幻。我在想，尼摩在去世前也读过这本书吗？书中的不准确之处，是否有令他不快？反正无论如何，这本书上倒没有"致亲爱的尼摩，爱你的凡尔纳"之类的题词。我特意检查过。

埃斯特坐在我对面的双人沙发椅上，托普依偎在她身边。她把一本书垫在膝盖上，当成写字桌，飞快地在一张张卡片上记录着信息，每写完一张，就扔在托普身上，再开始写下一张。从托普心满意足的呼噜声中，可见它并不介意被埋在这载满信息的纸片堆下。

壁炉里，火苗在欢快地跳动。我不知是谁点着的壁炉，也不懂这壁炉是怎么运作的，烟又排往何处。但它确实让潮湿、阴冷的空气变得好受多了。若不是往窗外望去时，偶尔看见那幽蓝的海水中游过几条白边真鲨，我甚至会忘记我们此刻正身处深海。

我很感激埃斯特的陪伴。我相信她也有许多事情要忙，但我想，她肯定发现了，如果她不盯住我的话，我会立马从椅子上跳起来，投身于工作之中。

"好好休息。"她又提醒了我一次。

然而，当有人在身边不停地提醒你要放松时，你反而无法放松。

就在几天前，我和埃斯特也一起坐在另一间图书室里。那是在拉克希米号上。当时，是我在照顾她。现在，我俩互换了角色。

我随手翻动着书页。在翻到一场水下葬礼的插图时，我停了下来。十二个人，身着老式潜水服，聚在一座坟墓前。我记得这一幕——尼摩船长的一名船员去世了，但我记不清细节了。只希望看到这幅画并非不祥之兆。

"德夫为什么要这么做？"我喃喃自语道，"他怎么可以……？"

我甚至无法用语言说出他的背叛。他对我撒了谎，在我身上安了窃听器，还与敌人合作。他毁了我们的学校，杀害了我们的老师和同学……只为了得到一艘潜艇。

埃斯特放下手中的笔。她看着我头顶上空的一处说："你为什么觉得是他做的？"

哦，我忘了"虎鲸"们接受过心理学训练。不过，她提出了一个好问题。

我用手指划过那张葬礼插图。"我们父母的死。他为此怨恨哈丁－潘克洛夫学校。"

"他之前有向你透露过这种想法吗？"她问，"我的意思是，在他从阿龙纳斯号上喊话之前。"

我摇摇头。"他在我面前一直努力保持乐观积极，维持着一副完美哥哥的形象。我从没想过他的笑容之下潜藏着什么……"

我不安地想到，原来我对德夫的了解竟如此之少。更令我不安的是，我突然意识到，原来他那副阳光向上的样子只是在我面前的伪装，其实他的内心一直很苦涩、煎熬。

可我一直没有看见。或者说，是我一直视而不见。兰德学院却发现了，并利用这一点，让他和我、和 HP 反目。

"尼摩船长也有很多怨气。"埃斯特语气平淡地说，似乎在回忆多年前的一个梦，"尼德·兰德和阿龙纳斯教授遇见他时，他用武力恐吓他们。英国人杀害了他的妻子和长子。他憎恨欧洲列强。他想瓦解他们的殖民帝国。他破坏他们的船只，资助叛军。如果尼摩今天还在世的话，全世界的政府肯定都将视他为——"

"一名恐怖分子。"我记得卡莱布·绍斯对哈丁－潘克洛夫学校的指责："你们在保护一个不法分子的遗产。"

埃斯特点点头："兰德学院一直被恐惧和愤怒驱使着。他们想毁掉尼摩的遗产。可与此同时，他们也想成为尼摩。"

我端详着眼前这幅插图，真的很难想象一个既作为恐怖分子又作为伟大发明家的尼摩船长。然而，话说回来，我们身上的标签向来取决于贴标签的人所处的立场。爱国主义者，自由斗士，恐怖分子，暴徒。达卡王子是一名与殖民者抗争的有着棕色皮肤的印度人。我十分确信，他在欧洲的声名肯定好不到哪里去。

"等等……"我的注意力重新回到埃斯特身上，"你的意思是，我不应该对德夫太过苛责吗？还是……？"

埃斯特拿起一张新的索引卡。她皱起眉头，看着它，仿佛卡片上的直线不够直似的。"我只是想说，人是复杂的。待哈丁和潘克洛夫遇见他时，尼摩已经变了一个人，变得苍老、苦涩、绝望。因此，他希望有人替他隐藏并守护他的科技发明。HP 一直被尼摩身上谨慎，甚至多疑的一面驱使着。所以，才有了这两所风格截然不同的学校——兰德学院和哈丁－潘克洛夫学校。它们分别受启发于同一个人身上不同的两面。"

我的头更疼了。替代科技阿司匹林片似乎在以最疼痛难忍的方式把我的脑壳缝合起来。"所以，这是一道选择题：你想成为哪一个尼摩船长？愤怒的尼摩，还是多疑的尼摩？"

"不。"埃斯特在卡片上写下了什么——希望不是治疗笔记，"或许德夫就陷入了这个陷阱之中。他以为自己必须二选一。其实，你们不必做出选择。当然，你们身上或多或少都有一些达卡家族的性格特征。但你们完全可以成为与尼摩船长不同的人。"

我目瞪口呆地看着埃斯特，这个道理经她一讲，竟变得如此显而易见。

"我只想做正确的事。"我说。

"德夫也是这么想的,我敢打赌。"埃斯特说,"区别在于,你拥有潜艇,拥有尼摩的资源。如果你愿意,你可以重建一所完全不同的哈丁-潘克洛夫学校。我很乐意帮忙。"

"尼摩的资源?"我有种感觉,她指的不仅是他的冷聚变发动机,或超空泡驱动技术,或丰富的海藻资源储备。

埃斯特看了眼手表说:"虽然还没到一个小时,但你应该休息得差不多了。来吧,还有一扇门,我想让你打开。"

第四十六章

每当我以为鹦鹉螺号不可能再给我带来新的惊喜时，我总会发现，是我错了。

在潜艇的最底层，在主储藏室的后面，箱子被搬走了，露出一扇巨大的金属拱门，颇像林肯基地通往地下湖的那扇门。

"里斯和林齐在盘点库存时发现了它。"埃斯特说，"我能大概猜出里面是什么，但要想确定，只有一个办法。"

换言之，她需要我那双具有魔力的手来打开大门。

我仔细打量着门锁。我相信埃斯特的直觉，但是……对于要不要打开一扇有人费尽心思隐藏起来的门，我仍然心存疑虑。如果尼摩有什么不可告人的秘密，这里就是绝好的藏匿处。

"鹦鹉螺号，"我用本德尔汗德语说，"我可以打开这扇门吗？"

门锁开始自动旋转。咔嗒一声，螺栓松开了。我猜，这代表"可以"的意思。

于是，我把大门推开。里面竟是……

哦！

正常来说，我不是一个拜金的女孩子。物质财富基本上打动不了我。

但在这一刻，我差点儿忘了如何呼吸。我仿佛又回到了幼时的一个场景中。德夫那时候也还是个幼童，他对着我的鼻孔，用力往里吹气。他的肺活量当然比我的大。结果，我被他弄得喘不过气来。

我简直无法相信眼前的景象。

"尼摩的金库。"埃斯特居然能够平静地说，"我猜对了。"

现在，我明白了那句老话：会发光的未必是金子。因为，在尼摩的金库里，闪闪发光的，除了黄金以外，还有数不胜数的白银、钻石、红宝石、珍珠和各种奇珍异宝。架子上摆满木箱，每一只里都堆满了精挑细选的战利品。尼摩显然是个强迫症患者。他把钻石和钻石归置在一起，所有的红宝石和珍珠，按照颜色和大小分类排序。远处靠墙的地方，整整齐齐地排列着金砖。甚至还有一个架子上放了六顶王冠。每一顶看上去都像是从某位十九世纪君主的头颅上直接摘下的。总而言之，这间屋子看上去就像一家奇怪的杂货店……

"你好，先生，请问蓝宝石放在哪里？"

"你好，蓝宝石在三号货架上，就在银条货架的后边。"

我在脑海中想象着那情景。

"哇！"我说。可这显然不够形容眼前的一切。

埃斯特一脸敬畏地环顾四周，"整理房间的人真是个天才。"

托普一边用鼻子嗅闻着这些宝贝，一边心不在焉地摇着尾巴，似乎在说：好吧，我想这些应该都是好东西，只可惜它们不是狗狗零食。

埃斯特拾起一只鞋盒大小的匣子，里面装满了白珍珠。"尼摩曾送给哈丁和潘克洛夫这样一盒珠宝。光是这一盒珍珠，就够他们创办学校了。"

"这里一定有不下二十个这样的盒子。"我说。

埃斯特环视房间，似乎是在心里估算着。"尼摩的财宝，是从他发现的失事船只上打捞出的。在《海底两万里》中，他曾吹嘘，他只消用自己个人财富的零头，就能够一次付清法国的全部国债。这间屋子可能只是他存放财宝的一个地方而已。哈丁家族一直流传着一个说法：尼摩的秘密金库遍布世界各地。"

我怀疑，这就是兰德学院除了科技以外真正觊觎的：金钱。这很正常，因为有这么多钱的话，他们就有能力再造出三艘阿龙纳斯号，还能够推翻好几个国家的政权。鉴于这巨大的回报，他们即便搭上全新的潜艇和全体高年级学生的性命，也将是笔划算的买卖。

想到这些，我只想冲个澡，清醒一下。

我的目光落在立于墙角的一个外形古怪的乐器上。它和一把吉他差不多大小，但没有琴弦，有的却是键盘。而原本该是指板的地方，却安装着替代科技齿轮和控制杆，甚至还有一个看上去像色盘的仪表盘，是为了增强视觉效果吗？

"这是……？"我小心翼翼地拿起它，"难道尼摩船长还发明了键盘吉他？"

埃斯特笑了。她的笑声是如此难得，且可爱，就像一只小猪被挠痒时发出的声音。我的笑话向来打动不了她，但古怪的事情准能把她逗乐。"他对音乐真的很认真。"

"我想是的。"我打量着那些复杂的控制装置。我还记得第一次在指挥舱里弹奏管风琴时，鹦鹉螺号的反应。这个键盘吉他既然被藏在金库里，就说明它十分重要，它的功能绝不仅止于娱乐。我决定稍后再回来，弄明白它的用途。不过，眼下我脑海中有个挥之不去的画面：尼摩船长抱着他的键盘吉他，一边在鹦鹉螺号的走廊上迈着舞步，一边哼唱着《红色小克尔维特》。

等等，维多利亚时代有那首歌了吗？好像还没有。

我看向埃斯特，她还抱着那盒珍珠，仿佛怀里揣着的是一窝小猫咪。

这画面让我心中涌起一股暖意。"至少，我们的麻烦也带来了一些好处，"我对她说，"你再也不用跟董事会的那帮人打交道了。你靠自己就能够重建学校了。"

埃斯特一愣。"不，我不是……"她赶紧把手里的那盒珍珠递给我，"这些财宝不是我的。我永远不会……除非你决定——"

"埃斯特，"我温柔地把盒子塞回她手上，"我信任你。我们以后再一起坐下来商量细节。不过，我难以想象一个没有哈丁-潘克洛夫学校的世界。作为达卡王子的后人和鹦鹉螺号的船长，我请求你收下这份礼物。我相信，你会把 HP 变得更好。我们大家一起，一定能够做到。"

她嘴唇颤抖着，眼含泪花。有那么一会儿，我担心自己是否误解了她的心意，给她增添了她不愿承受的负担。

接着，她说:"我爱你。我要把这盒珍宝藏在我的床铺下边。"

说着，她带上托普，一起离开了。

我一个人站在尼摩的金库里，好奇他是否曾经担心他的船员们会偷偷带走价值数亿的黄金和珠宝。我猜他不会。就算他们这么做了，他也不在乎。大海已经给予了他所需要的一切。

然而，纵使他拥有无数的财宝和尖端的科技，他依然在痛苦和挫败中走向生命的尽头。他在最后的时刻是如此孤独，以至于要将自己的遗产托付给遭遇海难的陌生人。

他不再相信人性，不再相信自己。他试图改变世界，却失败了，最后只作为一个小说人物，为世人铭记。

我又想起德夫在阿龙纳斯号上对我说的那番话。他告诉我，他必须摧毁 HP，因为那是唯一的办法，来夺回属于我们的东西:这艘潜艇，以及尼摩的遗产。

我真希望，此时此刻，他就在我身边。我会先揍他一顿，再给他一个拥抱。然后，我会逼他好好看看眼前这些财宝，让他看清楚这一切对于尼摩来说终究毫无意义。绝对权力可以腐化任何人。尼摩深知这一点。他所能做的，就是让潜艇和这些财富与他一起深埋海底，希望有朝一日，人性会变好，我们有能力驾驭这一切。

然而，一个半世纪过去了，我们还在这里争抢鹦鹉螺号，就仿佛它是沙坑里一件珍贵的玩具似的。

有人在我身后发出哼哧哼哧的声音，打断了我的思绪。

我转过头，发现是朱庇特在等我注意到他。他目光越过我，看向这满屋的珍宝。接着，他比画道："你的船员把我的烤饼锅放哪里去了？"

　　我忍不住笑了，至少猩猩分得清轻重缓急。

　　"我们一起去找找吧。"我说。

　　我们离开这里，去寻找真正的财富。在帕劳海沟里，即使有价值上亿的金银财宝，我们也花不出去。然而，朱庇特的蓝莓松饼却能够解此腹中饥。

第四十七章

在水下，白天黑夜已没什么意义，但我还是一直忙到平时吃晚饭的时间，检查船员们的进展，并不时地施以援手。

鹦鹉螺号表现得古怪暴躁。我猜她是不悦于被一艘新潜艇上的海员唤作"破船"。然后，为躲避战斗，还不得不仓皇逃跑，逃到半个太平洋以外的地方。我安抚她，夸赞她，向她承诺：我们会让她恢复战斗状态，只要她让我们好好工作，不会突然间吓唬我们，或朝我们脸上喷黏糊糊的东西。

我猜，她至少听得懂一部分我对她讲的悄悄话。那天结束时，"头足"们已经修好了潜艇的主推进系统。超空泡驱动需要的时间更长。不过，这样的进度我已经很满意了。反正，在解决安全带问题之前，我们也不会贸然再次试驾。

待聚在一起共进晚餐时，大家心情明显好多了。眼下，我们每活过一天，就是一场胜利。与此同时，我们对潜艇的修理工作也没落下。朱庇特精心烹制的食物一如既往地让我们的味蕾得到极大的满足。而且，在潜艇上发现了尼摩宝库的消息也传开了。

我把金库的大门敞开着，让所有船员都可以前去参观。我明确表示，如果有人想在潜艇修好后离开，他们可以这样做，并立即成为亿万富翁。

到目前为止，还没有人私自拿走财宝。大家似乎都下定了决心，要修好鹦鹉螺号，返回林肯基地，营救我们的朋友，打败阿龙纳斯号。之后（如果有"之后"的话），我们再一起商量，该怎么用这些新发现的闪闪发光的玩意儿，重建 HP。不过，我们的船员已经开始互相称对方为亿万富翁了。内林哈现在是亿万富翁达·席尔瓦轮机长，我是亿万富翁达卡船长，朱庇特是亿万富翁红毛猩猩厨师长。

我想，尼摩对人性的看法也许是错的。这个世界上还是有好人的。尽管有德夫和兰德学院背叛在先，尽管哈丁－潘克洛夫学校遭遇了惨败，可我的船员们都是我信得过的人。

那天晚上，我睡在我祖先的特等舱里，看着天花板上海螺图案的浮雕，心想鹦鹉螺号会怎么看待她的这帮新船员呢。但愿我们将她那古老生锈的脑子清理修复后，她不会逐渐忆起与人类合作的缺点来。

第二天是我的十五岁生日。埃斯特和内林哈给我送来一块纸杯蛋糕做早餐，还小声为我唱了生日歌。她们知道我不想引起过多关注，毕竟大家都还有许多事情要忙，值得庆贺的事情也不多……况且，我不愿把一整天用来回顾过去这一年，以及过去这一周，发生了什么。至于吹蜡烛和许愿，我也不确定自己在道出愿望时会不会绷不住痛哭起来。最好是忘掉这一切，继续前进。

我们给自己一周时间来修好这艘潜艇。虽然时间很紧，但我们心里明白，我们在这里每多待一天，我们在林肯基地的朋友们就得作为兰德学院的俘虏多熬一天。

但愿阿龙纳斯号为了追上我们，已经随鹦鹉螺号离开了林肯基地。这样的话，我就可以松一口气了。但我怀疑，李安的看法也许是对的。德夫会把他们捉去做人质，等着看我们是否回来解救他们。我只希望这艘古老的潜艇还藏有许多惊喜。我们得想出一个对策来，避免回到敌人的陷阱里。否则，我们所有的科技和财富都将拱手让人。

我生日过后的那天，我们完成了黏物清理工作。内林哈也报告了超空泡驱动功能重新上线的好消息。"鲨鱼"们修好了潜艇首尾的莱顿炮。他们还通过拆用潜艇上其他武器的配件，成功恢复了两枚鱼雷的功能。

"那天，如果我们用它们朝阿龙纳斯号开火的话，它们估计会在海湾里爆炸的。"杰米尼说，"所以，幸好我们没那么干。"

接下来的一天，哈利玛和杰克修好了救生艇，还驾着它出去巡游了一圈。最终，他们平安回来了，没有撞船，也没有溺水。罗比想出了一个办法，利用厨房的 LOCUS 系统，播放《英国家庭烘焙大赛》的 DVD，这样我们的大厨就可以通过全息投影，观看紫色 3D 版的玛丽·贝莉了（听起来有点可怕）。我发现尼摩船长的键盘吉他可以与指挥舱里的管风琴同步，于是我可以在潜艇上的任何一个地方演奏。

"甚至还可以在船外演奏。"埃斯特猜测道，"那把吉他看上去好像是防水的。我敢打赌，你可以一边潜水，一边弹琴。"

内林哈皱起眉头："她为什么要这么做呢？"

"不知道，"埃斯特说，"因为这样很酷吧？"

那天下午，我把大部分时间都花在了那架管风琴上。我一开始并没打算这么做。我只是为了满足船员们的好奇，轻弹了一首巴赫赋格曲。他们中大多数人还没听过我演奏。

弹完一曲后，我发现大家都目不转睛地看着我。

"真好听啊。"维吉尔感叹道。

从头顶上的扩音器里，传来梅多·纽曼的声音："这里是机舱。喂，安娜？请继续弹下去。之前我们想尽办法也修不好的控制面板，开始陆续亮了。"

于是，我又弹了一曲巴赫。之后，我又演奏了约翰·列侬的《想象》。几支曲子之后，我玩尽兴了，弹奏起我最爱的歌曲——阿黛尔的《Someone Like You[①]》。

指挥舱里的灯光倏然变亮，我指尖下的键盘也似乎变得温热。音符更加自然地流淌出来，仿佛是琴自己在演奏。

接着，鹦鹉螺号也加入了这场音乐会。她开始与我对弹，整首歌曲变得层次更加丰富，基调更加伤感。我感觉潜艇似乎在往下沉。

"哇，"李安说，"水下深度现在是四十米……五十米。这样下去没问题吧？"

我耳边一阵嗡鸣。船体嘎吱作响，但我不愿停止演奏。

我有种感觉，这是我和鹦鹉螺号的第一次深入交流。她感受到了我的悲伤……或许，正在为我父母的事向我致歉。我们都痛失了自己所爱之人。

---

① 意为"某个像你一样的人"。——译者注

一曲结束，我已泪流满面。

哈利玛在舵盘前惊呼："我们下沉了一百米！船长，看来鹦鹉螺号也太喜欢阿黛尔了吧！"

一道影子落在琴键上。原来杰米尼一直在我身旁站着。"真是太不可思议了，安娜。你身上还有多少惊喜？"

他递给我一块亚麻手帕。这是从哪里来的？我想知道，他是不是一直把它带在身上。这种老派的作风确实像他的风格。又或许，它只是他用来擦枪管的一块布而已。

几天前，如果他递给我一块手帕，我肯定会嘲笑他。现在，我感激地接过它，庆幸自己是背对着指挥舱里的船员们。"谢谢。"

他点点头："发泄发泄情绪是好的。"

我抽着鼻子。他为什么对我这么好？为什么他对我好，我反而过意不去呢？

"我……"我踉踉跄跄地站起来，把手帕放在琴键上，"我回自己房间一下。"

一小时后，埃斯特来房间找我。我心想，她一定是故意留给我这么长时间，让我在那场演奏到情绪崩溃的小型音乐会后，恢复平静，重新振作起来。

托普跳上我的床。它知道该怎么做。当安娜演奏了悲伤的音乐，唯一的疗伤办法便是和狗狗来一个拥抱。

"这对你来说一定很难，"埃斯特一边咬着她的大拇指，一边对我说，"但这么做很重要。"

我闷闷地点点头，尽管不确定自己是否明白了她的意思。"我觉得鹦鹉螺号似乎在和我交谈。"

"嗯，"埃斯特走到房间另一边，她把手按在墙上，似乎在检查热点，"何止交谈。你在弹琴时，鹦鹉螺号的愈合更快更好。"

"愈合？就像……伤口愈合？"

埃斯特歪着脑袋。"或许这个词不恰当。但管风琴的存在绝不仅是一件摆设。而音乐——"

"也是一种编程语言。"我恍然大悟。

我为什么没早点发现？我是一名"海豚"，语言是我的专长。然而我却彻底忽视了语言、音乐和人工智能之间的关联。我每弹奏一支曲子，鹦鹉螺号都在习得新的认知途径，并根据我的输入，改变她的操作系统。我突然心慌起来："啊呀，我没搞砸吧？"

埃斯特沉思良久，默不回答，让我更担心了。

"你改变了鹦鹉螺号。"最后，她语气肯定地说，"你听说过印刻现象吗？"

"就像鸭宝宝对妈妈产生印刻，"我说，"它们之间会形成一种依恋。"

"或另一种动物对人类产生印刻，"她说，"比如，狗。"

托普欢快地摆摆尾巴。它听得懂"狗"这个字。

"你是说，鹦鹉螺号就像我的鸭宝宝？"我问。

"或者反过来，你是鹦鹉螺号的鸭宝宝，"埃斯特沉思道，"不管怎样，你俩之间产生了联结。我觉得这是件好事。我想，明天我们就知道结果了。"

"明天？"

埃斯特一脸困惑："内林哈没告诉你吗？她想让你到潜艇外面去，处理某件关于外壳的事。"

第四十八章

"莱顿霜盾。"在我们穿戴潜水装备时，杰米尼说。

事实上，他说了两次。可第一次时，我没听见。因为我只顾沉溺在自己的噩梦里：我被尼摩船长的椅子牢牢粘住，与此同时，绿色的黏液向指挥舱内漫灌过来……

"抱歉，你在说什么？"我问。

"这就像一层天然的保护层。"杰米尼说，"和莱顿枪不同。莱顿霜效应，将使海水在船壳外形成一层接近冰点的保护壳，就像盾牌一样。"

他正坐在我对面的板凳上，将软管连接到他那身老式潜水服上。在气闸门的另一侧，内林哈用指关节敲了敲窗户。"红色软管连接红色阀门，吐温。"她在对讲机里说，"我们已经给你们标出来了。还有，莱顿霜盾不是用来战斗的。"

"我知道，我知道。"杰米尼冲我翻了个白眼，"自从成为亿万富翁轮机长后，她简直不可理喻了。"

"我听得见你说的话哟，亿万富翁神枪手。"内林哈说。

杰米尼嘿嘿笑了。我从没想过，我这辈子还能见到这一幕：

杰米尼和内林哈在一起，彼此善意地开着玩笑。

"不管怎样，"他拿起头盔说，"莱顿霜盾的设计初衷是让鹦鹉螺号可以在极端温度下潜行。比如，理论上，她可以闯入活火山口，穿越岩浆，而毫发无损。"

"哇，"我盯着通往海底的外部舱门感慨道，"鹦鹉螺号，你过去都有过什么样的冒险经历？"

潜艇默默不语，但我可以想象，她心中充满得意和自豪：是啊，年轻人，你不知道吧。

"如果我们能让莱顿霜盾恢复功能，"杰米尼说，"它将可以抵御动能武器。显然，尼摩当初没有用到这项功能。因为在他的时代，只有他的船上装有莱顿炮。但我推测，阿龙纳斯号上肯定也有莱顿霜盾。正因如此，它才能够抵御林肯基地的电炮塔。"

我还记得我们的 LOCUS 系统显示的敌船周围的那圈模糊的光影。"好的，那我们该如何修好它？"

"我会给你们指引的。"内林哈在对讲机里说，"在右舷侧的后舱壁上，有一处破损的导管。我有一种预感，要修好它，需要用上你的尼摩基因。所以，这就是为什么我们得派你出去。不然的话，这其实只是一件很简单的小事。"

"如果我们不是在水下一百米的话。"我说。

鹦鹉螺号坚持待在这个深度，非常固执地拒绝挪动位置。这其中的原因我们都猜不透。我总觉得她是故意想让我们待在这个地方，虽然 LOCUS 显示这附近什么也没有，只有帕劳海沟的峡谷，像打哈欠时大张的嘴巴似的。

"你们会没事的。"内林哈说，如果我不是那么了解她，我可能就不会听出她声音里的紧张了，"我们已经对这两件潜水服进行过压力测试。它们的表现远远胜过现代海军所能设计出的最好的潜水服。"

即便如此，我们仍将是自十九世纪以来，使用它们的第一批人。况且是在水下这么深的地方，只有最优秀的现代潜水员在配备了高氧气罐的情况下才能应对。

这套潜水服的网状材质不像一般的湿衣紧贴在皮肤上，也不像干衣那么臃肿。它既轻便又灵活，我实在想象不出它如何能够保暖。内林哈告诉我，这里面混纺了尼摩合金。但这种面料穿在身上的感觉更像羊绒，而非金属。

气罐也十分精致、迷你，比书包还小。脚蹼也被受乌贼启发而设计出的带喷气式推进功能的靴子取代。

头盔则是整套装备里最别致的部分。这透明的球形头盔是用和指挥舱上的窗户同样的"假"玻璃制成的。我把头盔戴在头上后，依然能够呼吸自如，而且视野也相当开阔。只不过，我总感觉自己的脑袋上顶了只鱼缸，而且说实话，它闻起来也很像……鱼缸。

杰米尼从凳子上站了起来。他腰间没了枪套，整个人看上去很奇怪，仿佛臀部突然间变窄了。"能让我看看吗？"

他的声音在我的"立体声鱼缸"里响起，那么响亮而清晰。我们互相检查了装备，看看有没有撕裂、钩破之处，以及松动的接头。我们把内林哈递给我们的工具包背在肩上。终于，没有理由再拖延磨蹭了。

"内林哈，好了，"我说，"往气闸里放水吧。"

杰米尼轻轻哼唱了一遍《Someone Like You》。不过，他这么做，似乎并不是有意在讽刺我。他刚唱完，水也放好了。我们站在浑浊的绿水里，最后又检验一遍我们的装备是否存在问题。这总比外部舱门打开后，我们突然暴露在十个大气压之下才发现问题强吧。

没有漏水的地方。我也可以正常呼吸。潜水服穿起来暖和、干燥、舒适。我甚至开始觉得，当初花那么多时间穿着极不舒服的合成橡胶练习潜水，真是太对不起自己了。

杰米尼向我比画了一个"OK"的手势——这是全世界的潜水员通用的手势，代表的意思就是……对，你猜得没错，就是"一切就绪，出发！"。

到了真相揭晓的时刻。

"鹦鹉螺号，"我说，"我准备离开一小会儿。我们需要到船外去检查一下船壳。"

我差点儿以为她会表现得像一名保护欲过盛的家长：那你准备什么时候回家呀，小姑娘？

我拉开门闩，外部舱门就轻松地打开了。

我几乎感受不出压力的变化：只微微感到潜水服变紧了，耳朵里响起了一声轻响。接着，我按照内林哈的指示，弯曲脚指头，我的靴子将我一下子发射了出去，射向大海的深处。

"嘿，等等我！"杰米尼的声音在我的头盔里响起。

我喉咙中发出的声音则既像笑声，又像坐过山车时兴奋的尖叫。我潜过上百次水，可从来没有哪一次如此激动人心。我往不同的方向旋转、俯冲，一群蓝鳍金枪鱼被我吓得四处逃散。"太不可思议了！"

杰米尼也在开心地大笑。他从我左边冲了过去，头盔闪闪发亮，就像一只发光的水母。他膝盖一弯，翻了个筋斗，便消失在了黑暗中。

"好了，你俩，"内林哈斥责道，"你们还有正事要干。"

"哦，可是，妈妈……"杰米尼说。

"别惹我，吐温，"她警告道，"否则我就把你的枪统统收走。现在，请你俩慢慢往艇尾游去。"

我们照她说的做了。虽然我们时时忍不住停下来，欣赏鹦鹉螺号恢宏壮丽的外观。

她真的美得令人窒息：她那些褶边、倒钩和如藤蔓般的金属丝，如此优雅、庄重。她的尼摩合金船壳，抓住那百分之一的能透射进这个深度的阳光，将她通体变成一种暗紫色，与她那双"眼睛"十分搭配。不像外观似箭头的阿龙纳斯号，鹦鹉螺号仿佛天生属于深海——她就像一个温柔的巨人，一位深海的女王。我很好奇，她腹部那个奇怪的空腔是否真的会像蓝鲸的嘴巴一样，铲起磷虾，让她饱腹解饥。

我们顺利找到了破损的导管。据我们推测，鹦鹉螺号沉在湖底时，此处一定是抵在了一块礁石上。她的船壳虽带自愈功能，但拿此处也没办法。因此，在过去一百五十年间，此处渐渐生出了一块"褥疮"。我在创口上抹了厚厚一层治疗膏，这是"头足"和"虎鲸"们一起调制的一款药膏。杰米尼则绕过这块破损处，重新布了线。

"对不起。"我对鹦鹉螺号说。我不知道，她是否和人一样会痛。但我和这艘潜艇待在一起的时间越长，越为她感到难过。长久以来，她孤独、受伤、被人忽视。换作是我，如果有人在这么多年过去之后才唤醒我，我可能也会情绪失控的。

我们完成修理之后，便游回到大约二十米开外的安全距离。

"好了，内林哈，"我说，"你想现在试试吗？"

"我们准备进行两项测试。"她告诉我，"首先，我们要给外壳通电。如果一切顺利的话，我们再试试莱顿霜盾。准备好了吗？"

整艘潜艇瞬间灯火通明，像狂欢节一样。船体上似有成百上千处亮起灯光来——耀白的、蓝色的、金黄的光，与紫色的光交织在一起。探照灯的光束也前前后后、上上下下地在水中扫射。

其中一道光扫过我的脸庞，让我瞬间失明。

"哈！"我大喊，"内林哈，这是设计中的吗？"

"不对！"她说，"等一下……我可没有……指挥舱，有人按错了什么键吗？我们要搞什么庆典吗？怎么没人告诉我。是通电！不是打开探照灯！"

杰米尼在我身边情不自禁地吹响了口哨："哇，还挺美的，不是吗？"

但总感觉哪里不对劲。在黑暗中发出这么强的光亮……鹦鹉螺号到底在干什么？

"伙计们，"我在对讲机里喊，"我真觉得你们应该关掉这些灯。"

"我们正在想办法！"库珀·邓恩从指挥舱里大喊，"我不明白这是怎么回事，我们甚至都没碰——"

信号突然断了，背景音变成了嘈杂的喊叫声。

"LOCUS上发现目标！"库珀喊道。

我背上的汗毛都竖起来了："哪里？是船吗？"

"不是，太大了……安娜，杰米尼，你们得——"库珀的声音突然变成了一声惊叫，"小心脚下！"

我往下看去，只见一个巨大的黑影从海底深处腾起，如死神的翅膀一样缓缓张开。

第四十九章

杰米尼抱住我，将我推至一边。不过，这只生物感兴趣的并不是我们。

它那八条巨大的触手——每一条都像桥梁的缆索那般粗壮——紧紧抱住了鹦鹉螺号。

潜艇向艇尾倾斜。我头盔里的对讲机中传来船员们的阵阵尖叫声。当这只怪物的脑袋从黑暗中浮现出来时——我准备实话实说——我那温暖舒适的尼摩合金潜水服，第一次变得潮湿不适，因为我吓尿了。

我在水下见过大白鲨和杀人鲸，我近距离接触过这些危险的海洋动物，而我从没惊慌失措过。但我们眼前的这只生物简直不应该存在。它的触手可以伸长至五十米，是鹦鹉螺号长度的一半。它的体重估计接近一吨。

想到它那充满力量的手臂能够对我们的潜艇造成怎样程度的破坏，我不寒而栗。与此同时，我又对这只大章鱼的美惊叹不已。

它那球状的脑袋使它看起来就像一个头脑发达的超级大恶

棍。它黑溜溜的眼睛充满机警和好奇。当它呼吸时，脸两侧的虹吸管变得像大型喷气式飞机的发动机那么大。每条触手上都布满吸盘。它的皮肤纹理非常适合吸附于岩石和珊瑚礁上。不过，我很难想象，有哪片珊瑚礁大到足以藏住这庞然大物。在漆黑的海水里，它的颜色近似暗褐色。不过，当船的探照灯打在它身上时，它又变成了亮红色。它似乎在随鹦鹉螺号灯光的色彩变化，而伪装成不同的颜色。

终于，我的脑袋"解冻"了："鹦鹉螺号，现在是什么情况？"

"有大章鱼！"库珀的声音穿透静电噪声传来，"在我们船上！"

看来，如果我们能够平安渡过这次危机的话，我得任命库珀为代理船长了。

内林哈插话道："它在挤压我们。潜艇的外壳……我不知道能否承受——"

"快通电！"杰米尼大喊，"那个关于巨型章鱼的故事。"

我明白他的意思。在《海底两万里》中，鹦鹉螺号通过电击，摆脱了某只古怪章鱼的纠缠。那则故事不知为何总让我觉得有点离奇，但我还没来得及说什么，库珀就已下达了指令："给外壳通电！"

潜艇的灯光秀就此落幕。片刻之后，绿色的电火花在水中闪过，在章鱼的皮肤上弹跳跃动，照亮了它皮肤表层的膜，闪瞎了它的眼。我以为这家伙会松手。那肯定很疼吧。然而，它却把鹦鹉螺号抱得更紧了。我看不见它的喙，但我可以想象，它正对着鹦鹉螺号的船体一通猛吸。

"嘿！"内林哈大喊，"你这个讨厌鬼，快滚开！"

"库珀，再电击一次！"杰米尼喊道，"加大电量！"

"不，等等！"我的脑筋终于开始转动了，"库珀，撤回这条指令！"

杰米尼的脸在糖果机似的头盔里泛着诡异的紫光："你有更好的办法？"

他的语气不含讽刺，他是真心想找出一个更好的办法。

"它喜欢电流。"我说，暗骂自己愚蠢。

"她说得没错，"埃斯特用自己最大的嗓门儿加入了谈话，"章鱼是通过电流来交流的。对他而言，那或许感觉不赖。"

嗯？他？

哦……难怪。我看见这家伙的一只手臂上没有那种成排的吸盘，而是呈锥形，且有扁平的深色圆形图案，这就是他的交接腕。

"他不是在进攻，"我恍然大悟道，"而是在示爱。"

"哟吼！"有人在潜艇上怪叫。

"内林哈！"我喊道，"我们得告诉这位罗密欧，要尊重我们的个人空间。用那个莱顿霜盾来轰开他吧！"

"可是——"她声音突然变了，"哦，我明白了。"

"是的，"我说，"罗密欧先生需要洗个冷水澡。"

片刻之后，白色的充气水柱从艇首喷出，在鹦鹉螺号周围形成一个保护罩，并像雪崩般砸向章鱼的触手。

罗密欧发抖了。他的球状脑袋抖动了一下，大概是脑冻结了。

"再来一次！"我说。

这一次，罗密欧放手了。他仓皇逃走了，喷出一大团墨汁，遮蔽了我们眼前的一切。我顿时看不见杰米尼，看不见鹦鹉螺号，也看不见那只章鱼了。我在头盔里只听得见自己不均匀的呼吸声。

"库珀？"我喊，"有人吗？"

唯有静电噪声。

"我们在，"终于听见库珀说，"我们都没事。刚才好险。"

"大章鱼走了吗？"杰米尼问。

"呃……"库珀的声音有点犹豫，或许库珀正在查看 LOCUS 显示系统，"其实他……"

库珀话音未落，一团墨云便在我眼前绽开。答案已经很明显，罗密欧并未离开。事实上，他就漂浮在我面前，从他巨大的眼睛里，我看见了自己的身影，就像照镜子一般。

或许这只是我的想象，不过他的眼神似乎很受伤，仿佛他内心在想：你为什么要这样对我？

"喂，安娜？"杰米尼的声音听起来异常高亢，"咱们一定要保持冷静，动作幅度尽可能小一点。"

我是在尽力保持冷静。可是，有一只一吨重的大章鱼在我面前，真的很难做到。不过，如果罗密欧真的想杀死我，我现在应该早已没命了。他只是默默地看着我，仿佛在等待着什么。我想起，他是在鹦鹉螺号上演灯光秀之后立马出现的。我想到那些色彩、灯光，以及章鱼是靠电脉冲来互相交流的。

我脑海中突然冒出一个点子，可能是有史以来最糟糕的点子："埃斯特，你听得见我说话吗？"

"我在，"头盔中响起她的声音，"安娜，那个大章鱼离你好近啊。"

"我注意到了。你要不要穿上潜水服，过来和我们一起呀？"

"你在开玩笑吗？"埃斯特问，"我听不懂玩笑话的。"

"不，"我告诉她，"我需要听听你这位动物专家的意见。把我的键盘吉他也带上，好吗？我想，我知道鹦鹉螺号为什么要带我们来到这儿了。"

第五十章

在我们等待期间，我想尽办法冲罗密欧（或许，这个名字取得不够吉利）比画着各种手势，让他不至于那么无聊。我不指望他看得懂手势的意思，但章鱼智商很高，好奇心也很强。我希望至少他有事可做，而不会想着再对我们的船发动一次攻击。

与此同时，我还在继续通过对讲机，与我的船员们保持沟通，向他们解释我的想法——可能，只是有可能，我们的潜艇将我们带到这里，就是为了让我们遇见罗密欧。

杰米尼是唯一一个我看得见脸的人。从他脸上的表情来看，他并不相信我的话。"这也太离谱了吧，安娜。鹦鹉螺号怎么知道罗密欧会在这里？再说了，一只这么大的章鱼，究竟活了多久？"

好问题。我记得章鱼的寿命一般只有短短几年。然而，话又说回来，体形如此庞大的章鱼应该从未被发现过。

"我也不知道，"我承认道，"罗密欧有可能是一只远古时代的章鱼，或者是一只一直生活于此地的章鱼的后代……无论如何，我不相信鹦鹉螺号把咱们带到这儿，就是为了让大家一起送死。我觉得，她是想以她自己的方式帮助我们。"

我看不透罗密欧的心思。他能够轻而易举地将我碾碎，或者用他那巨喙将我拦腰斩断。我不敢细想。不过，我仍占据着他的全部注意力。这很好，我想继续保持下去。

"安娜，"我比画了十次，"我是安娜。"

我还向他演示了如何用手势比画他的名字"罗密欧"。字母R，是手掌摊开，食指和中指交叠。这个手势，其实他可以用两只触手很轻松地做出，如果有一天他选择以此方式和自己的章鱼朋友们交流的话。

杰米尼查看了手上老式潜水腕表的数字："我们的氧气只够撑二十分钟了，如果我没读错的话。"

这可不是什么好消息。在如此深的水下，用我们不熟悉的装备，二十分钟的氧气很快就可能变成十分钟、五分钟，甚至有可能毫无征兆地就全部耗尽了。我们现在应该返回气闸门了，可要想证实我的理论，还有许多事情待做。再说，还有一只巨型章鱼正瞅着我呢。

终于，潜艇的外部舱门打开了。埃斯特带着键盘吉他，冲了出来，仿佛她即将上演一场史上最奇怪的摇滚独奏。她一定是在踩发射靴时用力过猛了，因为最后她倒栽了一个跟头。

"我讨厌这玩意儿。"她抱怨道。

"脚要放松，"杰米尼给她提出建议，"好了，现在左脚和右脚同时用力，轻点一下！"

她按照杰米尼的指令做。于是，她缓慢地、笨拙地、一顿一顿地来到了我们身边。在紫色玻璃"鱼缸"里，她的表情显得更加震惊。

"哇，"她说，"罗密欧个头真大。他长得真好看。"

谢天谢地，她喜欢动物，即便是这么吓人的大怪物，她也喜欢。我们不需要再来一场意外事故了。

埃斯特离我们越来越近，她把键盘吉他递给我。"我可以摸一下他吗？"她问，"呃，我的意思是……"

说着，她已经把手轻轻放在了罗密欧的额头上。他的皮肤颤抖了一下，变得苍白，但肌肉似乎放松了。

"好了，"我抱起吉他，"埃斯特，我需要你帮我盯着罗密欧的反应。如果我哪里做错了，请帮我及时更正。"

"如果事情错到不可挽回的地步呢？"杰米尼问。

他的语气让我意识到他有多么紧张。他虽然没带武器（谢天谢地），不过看他的样子，他似乎随时准备把我拖回船上，或者朝大章鱼的眼睛狠狠一击，以便为我争取逃生的时间。

"会没事的。"我说。

我从未意识到需要多么强大的领导力才能够做到在害怕的时候保持冷静的语调。

说实话，我也不知道自己的计划能否成功。我不知道我接下来的举动将会是章鱼与人类交流史上一次史无前例的突破，还是激怒一只近一吨的饱受相思之苦的头足纲动物，而它轻而易举地就能把我折断，就像折树枝一样。

"鹦鹉螺号，我需要你的帮助。"我用本德尔汗德语说，"我想你带我们来到这儿，是为了让我们遇见你的……你的朋友。

如果是这样的话，请帮我给他传个话。"

在我向鹦鹉螺号解释我想请罗密欧帮的忙时，我突然意识到有多少环节存在出错的风险。把一门语言翻译成另一门语言已经够难了。而我正在使用一种小众的印度－雅利安语支的方言，和一个来自维多利亚时代的人工智能对话，希望她能够帮我给另一个物种的生物准确传递一条信息。但我不得不硬着头皮试试。因为我是一名"海豚"，我相信沟通交流能够解决一切问题——如果双方都有足够的诚意和智慧去学习理解对方。

我打开键盘，试了几个音。正如埃斯特的猜测，吉他在水下也能正常弹奏。通过对讲机，我听见乐声在整艘潜艇上回荡。我还能够感受到船体也在随音乐震动，仿佛鹦鹉螺号就是一台大型扩音器。

我拨动吉他上的色盘。罗密欧似乎觉得这很有趣。彩色的灯光映照在他大大的黑色眼球里，就像透过布满雨滴的窗户，看屋内的圣诞节装饰。

我按下 C 和弦。船上的灯光随音符变幻，将黑漆漆的海水变成了鲜艳的靛蓝色。罗密欧也随之变化了皮肤颜色，与整个空间的蓝色相配。音浪袭来，震得我的头盔微微晃动。

"成功了吗？"杰米尼问。

"等一下，"我对他说，"我还只是在打招呼呢。"

我弹奏了一曲阿黛尔的歌，试试效果。鹦鹉螺号应声亮起了灯光秀。罗密欧紧盯着我拨弄键盘的手。他皮肤的颜色不停变化着，仿佛正在努力汲取新的信息。

"我觉得他很喜欢谜语，"埃斯特说，"试试巴赫，复杂一点的曲子。"

《第四管风琴奏鸣曲》是我能够一气呵成弹奏出的最复杂的曲子了。我转动色盘，把它调成在深海里少见的更明亮的色彩，然后开始弹奏。鹦鹉螺号也顺从地亮起红色和黄色的灯光，接近罗密欧皮肤的本色。曲子弹奏到一半时，鹦鹉螺号开始加入自己的即兴片段。

罗密欧也变幻出一套色彩，用自己的方式回应着。他巨大的脑袋在随节奏摇摆。或许是我疯了，但我真心觉得鹦鹉螺号正在用我的音乐向大章鱼传递消息。

我希望她传递的消息不是：嗨，兄弟，我给你送来了午餐！

"安娜，"杰米尼焦急地说，"我们快没氧气了。"

我结束了演奏，船上的灯光变成了一种柔和的紫色。

我与章鱼四目相对。我能感觉到氧气正变得稀薄，开始有了热金属的味道。

终于，罗密欧收回了他的触手。他整个无骨的身体缩成了扁平的菱形，对于他这么体形庞大的生物来说，真的不可思议。然而，章鱼本就是不可思议的动物。这就是它们的本领之一。

我笑了。看来他收到了我的消息。

"好了，"我对埃斯特和杰米尼说，"我们回舱吧。"

我们脚踩发射靴返回途中，罗密欧又变回了正常的样子。他漂浮在那里，似乎只要能够待在鹦鹉螺号身边就很满足了，虽然他看起来仍一副为爱煎熬的模样。

气闸排水很快。这是好事，因为我正呼吸的是头盔里剩下的最后一丝氧气了。所幸，尼摩合金潜水服有自动调节功能，我们无须花费数小时进行解压。

我正准备摘下头盔时，内林哈从内部打开了舱门。她冲了进来，托普紧跟在她身后。这只狗嗅了嗅我的潜水服，似乎想告诉我，我身上的气味像尿一样难闻。内林哈生气地瞪着我说："你疯了吗，拿自己的命这样冒险？"

我顾不上身子还是湿的，给了她一个大大的拥抱。

"我爱'头足'们，"我对她说，"你，你的团队，还有外面的那个大家伙。你们都太好了。"

内林哈瞪眼怒视着杰米尼："她是不是氮麻醉了？你把我的安娜怎么了？"

"我不这么认为，"杰米尼说，"我找到她的时候，她就已经这样了。"

"这只章鱼太棒了。"埃斯特说。

托普汪汪叫了起来。

"当然，你才是最棒的。"为了让自己的狗狗安心，埃斯特说。

"召集全体船员，"我对内林哈说，"我会向大家解释我的计划。接下来，我们就要开战了。"

第五十一章

　　我从军事战略课上学到的最有用的知识，不是来自某位海军军官，而是二战期间盟军最高指挥官德怀特·戴维·艾森豪威尔的一句名言："计划是没有意义的，但规划是必不可少的。"

　　这就是我在和船员们谈话时最大的感触。我们仔细考虑了每一种可能的情况。我告诉他们，我认为德夫会怎么做。我们想出 A、B、C 三种方案，也知道我们很可能会在激烈的辩论中将它们统统否定。但至少这场讨论帮我们理清了思路，认识到我们即将面临的挑战无比艰巨。

　　最后，我向大家解释了我的策略，更具体而言，是一招"引章鱼出洞"的撒手锏。在过了整整一周疯狂的日子之后，这个主意将我们的疯狂经历又推向了新的高潮。

　　尽管如此，船员们都认为值得一试。如果我们在尝试的过程中没有被撕成碎片，当然更好。

　　三小时之后，我来到了指挥舱。船员们已各就各位。我们已经在没有维修设备的情况下，竭尽所能修好了潜艇上的各大系统。我们恢复了动态伪装、船壳通电、莱顿霜盾，还有超酷的气氛照明等功能。潜艇首尾的莱顿炮，以及两枚鱼雷，皆可正常使用。

最棒的是，我们的特殊货物已经稳稳当当地装进了潜艇腹部的空腔里。

埃斯特和罗比在巡查了一圈后回到了指挥舱。他俩的潜水服都湿淋淋地滴着水。

罗比看上去仿佛被吓呆了："那是我见过的最吓人的场面。"

"你是说最不可思议的吧。"埃斯特说。

我真不敢相信这个办法居然奏效了。我发现自己在得意地笑。

"别高兴得太早。"杰米尼提醒道，"这多出来的重量，可能会使我们用不成超空泡驱动功能。"

"我听到了哟。"内林哈从机舱里说，"蜘蛛侠，别说我的发动机坏话。它们没问题的。船长，就等你的指令了。"

我坐上船长椅，给自己绑上新安装的替代科技改造装置，"头足"们称之为"安全带"（专利申请中）。

我打开了船内通信系统。"大家都在吗？我是你们的船长。"说得好像他们不认识我似的，"我们为这一刻努力许久了。你们已很清楚各自的职责。我们一定能够成功的。假设我们的航线规划是正确无误的——"

"是的，没有问题。"哈利玛确认道。

"我们的超空泡驱动全程需要两小时四十六分钟。出水点在林肯基地东南偏南两公里处。超空泡驱动即将启动。请做好战斗准备。有可能我们一抵达目的地，阿龙纳斯号就会发现我们。"

"他们肯定会的，"杰米尼小声嘀咕道，"超空泡驱动会把我们直接炸出水面的。"

"别提什么炸不炸的。"我说，"吐温先生，我们需要的是在抵达时，快速瞄准目标。请帮我盯住 LOCUS 显示系统。"

他冲我淡淡一笑，一手握拳，按在胸口，微微鞠躬道："没问题，船长。"说着，他回到自己的控制台前。

不久之前，如果他对我做出这个动作，我肯定会以为他在取笑我。现在，我才发现，他这么做，其实是出于发自内心的尊重和敬意。指挥舱里的其他人都微笑着看向我，等待我下达指令。是时候开始战斗了。

我深吸一口气。"舵手，"我说，"请校准航向。"

"遵命，航向已校准。"哈利玛说。

"机舱。"我深吸一口气，"请启动超空泡驱动。"

轰——

这次，我已做好准备，因此能够从容地欣赏整个过程。一股股气流如白幕般遮住艇首，窗外白蒙蒙一片，仿佛起了暴风雪。巨大的离心力将我重重摔进椅子里。灯光变暗。船体嘎吱作响，剧烈震颤。不过，船还坚挺着，没有散架。

"机舱，目前状况如何？"我问，"哪里有损坏吗？"

"一切正常，"内林哈说，"下边没有一处损坏。告诉过你，她没问题的。"

接下来的等待是最难熬的。在极大的离心力下，待将近三个小时，真的一点儿也不好玩儿。我感觉仿佛有一头海象正蹲在我的胸口上。我们不能随意走动，也干不成别的什么事情，除了盯着控制面板。在超空泡驱动期间，LOCUS 系统无法使用，所以，我们基本上和瞎了一样。

"你一定要挺住啊，"我小声对鹦鹉螺号说，"我们要给敌人点颜色瞧瞧，让他们知道你的厉害。"

我相信鹦鹉螺号能够听懂，她已经熟悉我的声音，也做好了战斗的准备。我只希望她的武器舱里有足够多的秘密武器，能够对付一艘比她新得多的潜艇。我们将需要用上一切可能的优势。

过了很久之后，从厨房飘来烤燕麦提子饼干的香气。朱庇特是如何做到在此情此景下还能烤饼干的？可惜我连一块也吃不到。

我默默在心里记下，以后饼干要在开启超空泡驱动之前分发完毕。然后，我又开始设想，要安装一些饮料架，好放放牛奶杯什么的……

终于，哈利玛给我带来了期待已久的消息："还有五分钟，到达终点。"

"咱们能不用'终点'这个词吗？"埃斯特问道。她正和托普一起，待在指挥舱的后部。托普躺在它的小狗窝里，身上系着特制的绳套。

"叫'目的地'如何？"李安建议道。

"很好。"埃斯特说，"'目的地'很不错。"

托普重重地叹了口气。它似乎对这个看法表示赞同，因为超空泡驱动比被困在狗窝里还要糟糕。

我打开内部通话系统："所有人各就各位，进入战斗状态。"

说得好像我需要提醒他们似的。其实他们已经在各自的岗位上坚守数小时了。我只希望我们在结束超空泡驱动时，不要一下子所有人都跑去厕所排队了。

"还有一分钟到达……呃，目的地。"哈利玛宣布道。

我用手指敲击着扶手上的控制按钮。我想象，我们会像一只替代科技大昆虫撞上挡风玻璃那样，错过我们的目标，一头撞向夏威夷的海滩。

"五，四……"哈利玛紧握控制杆，"一。"

气流形成的"暴风雪"消失了。窗外是一片湛蓝的海。

LOCUS 显示系统闪烁着，恢复了功能。

"武器系统已上线。"杰米尼说，"正在侦测目标。"

"回避航向，"我说，"打开动态伪装。向右转三十度。下潜——"

船体突然颤动起来，仿佛我们正在通过一个减速带。

"是我们的船在卸货。"李安如释重负地说。

"他没事吧？"埃斯特问。

我理解她的担心。毕竟他在强加速度下待了这么久。不过，我看见李安的 LOCUS 显示系统上，一个巨大的光点，正靠自身的重力，斜线下沉。但愿我们这位已饱受相思之苦的乘客不要再受晕车之苦。

如果我们幸运的话，阿龙纳斯号会停泊在潟湖，甚至岩洞里。那将为我们争取一点时间，从超空泡驱动行程的出水点驶离，并开启动态伪装，隐藏我们的方位。

如果我们幸运的话……

"发现目标！"杰克·吴惊呼，"距离一公里处，十二点钟方向，水下十米。是阿龙纳斯号。他们就在我们和林肯基地中间。"

我暗暗咒骂。是的，我其实想到了，德夫不会放松警惕的，即便时间已经过去了一个星期。尽管如此，杰米尼的战术系统上显示的那可怕的紫色箭头仍使我多犹豫了一毫秒。突然间，另一个小光点不知从哪里冒了出来，正向我们的艇首逼近。

"水里有鱼雷！"杰米尼大喊。

我大声喊道："莱顿霜——！"

鹦鹉螺号猛地向前冲去，差点儿把我的头从脖子上甩下来。

第五十二章

"停电了！"哈利玛大喊，"水里有电磁脉冲炸弹！"

我用力眨眼。指挥舱陷入了一片黑暗。

德夫的声音通过我们的扬声器传来："欢迎回来，鹦鹉螺号。我们要登艇了，请准备好接驾。"

我讨厌他那扬扬自得的腔调。他一直在等待这个时机：让我们陷入无能为力的境地，然后不费一刀一枪将我们拿下。虽然我早已料到会如此，可心里还是很不爽。我本以为我们会有几秒喘息的时间，可以做些规避。现在，我只能寄希望于方案 C 奏效。

"加油啊，鹦鹉螺号。"我小声说，"机舱，方案 C 进展如何？"

"船长，我们在下边有点忙！"内林哈说，"我在撞击发生前成功按下了终止开关。反应堆关闭了，但希望我们的电路没有被烧毁。只要我们能够——啊哈！"

发动机嗡嗡响起，指挥舱内的灯重新亮了起来，LOCUS 全息影像重新在控制台上方出现。

"太好了！"内林哈大笑道，"我们还有备用电！吃煤灰吧，阿龙纳斯号！"

船员们高兴得一起欢呼喝彩。方案 C 是用煤发电。我们的维多利亚时代备用发电机，虽然产出的电力远不及冷聚变反应堆，但总比什么也没有强。

"达·席尔瓦，"我感叹道，"你真是个足智多谋的'头足'！"

"好吧，身为一名'头足'，足智多谋是必需的。不过仍十分感谢您的夸奖，船长。现在，如果您允许，我们要去挖煤了！"

从背景音里，我听到罗比·巴尔打了一个大喷嚏。"我就是那个正在挖煤的人，我觉得我好像过敏了！"

杰米尼的双手在控制台上飞快地操作着。"船长，阿龙纳斯号仍在正前方一公里处静止不动。但我发现了另一个目标——一只小潜水艇。估计是敌方即将登艇的先锋们。他们在前方五百米处，正快速靠近中。"

"果然不出所料，"我说，"咱们给他们递个口信儿吧。一号鱼雷，准备发射。"

"一号鱼雷，已准备完毕。"

"瞄准阿龙纳斯号的中部。发射！"

那枚古董级导弹被射入深海时，我们的船身止不住地颤抖起来。

"舵手，左满舵，全速前进！"船身倾斜，我赶紧抓住扶手，"下潜三十米！"

鹦鹉螺号似乎在李安和哈利玛的手触碰控件以前，就已经在主动执行我的指令了。我们潜入水中，向林肯基地进发，让敌方的小艇保持在阿龙纳斯号和我们的潜艇之间。杰米尼的LOCUS系统上显示，我们的鱼雷在阿龙纳斯号的左舷侧爆炸，迸出一片美丽的紫色亮光。

"他们没想到我们还有这一招！"杰克说，"我通过通信系统听到了他们在敌船上的议论。"

他用扬声器外放出来。德夫在大喊着下达指令，要求阿龙纳斯号的指挥舱汇报船体受损情况。接着，他们那边有人掐断了信号。

我淡淡一笑。德夫自信过头了，他以为只需把小艇划过来，就能夺下我们的潜艇了。如今，他被夹在了阿龙纳斯号和我们中间，进退两难，而我们还活得好好的。

我喜欢看他们兵荒马乱的样子，虽然知道这样的状态不会持续太久。

"准备好二号鱼雷。"

"那是我们最后一颗鱼雷了。"杰米尼提醒我。

"是的，可他们不知道这一点。舵手，左舵三十度，全速前进！让小艇保持在阿龙纳斯号和我们中间。"

"好的，船长。"哈利玛说，"他们正在采取规避行动。"

"小艇在莱顿炮射程内。"杰米尼汇报道。

"不。"虽然现在我恨透了我的哥哥，可我还是不愿看到他被关在铁皮罐子里活活烧死，"先把注意力集中在阿龙纳斯号上。如果我们能够瞄准他们的推进系统——"

一声闷响从走廊上传来。指挥舱内的灯光突然转暗了。

"喂，船长，"内林哈插进来说，"我们要把这老式的蒸汽引擎给累垮了。要不慢点再上高难度动作？"

"再坚持一小会儿就好。"我对她说，希望果真如此。

我们的章鱼撒手锏还没有祭出。罗密欧已经跑得不见踪影。我有点失望，但并不意外。我知道，我这是在妄图操控一些我并不理解的事物。

哈利玛的 LOCUS 系统上显示，敌方的小艇正快速驶离我们。阿龙纳斯号将艇首转向我们这边，试图将我们保持在它的射程范围之内。它似乎前行得很吃力，不过，或许这只是我的一厢情愿。

"船长，水里有鱼雷！"杰米尼惊呼。

"发射二号鱼雷！紧急潜航，躲避深水炸弹！"

我们最后一颗可用的鱼雷，离开了发射管。与此同时，潜艇内的地板剧烈颤抖起来。这一次，透过指挥舱上的舷窗，我看见了蓝色海面上掀起的白色巨浪。我屏住呼吸，盯住杰米尼的 LOCUS 显示系统，看见两个紫色光点——我们的鱼雷和他们的鱼雷——在深海中冲向对方。我不需要借助于 LOCUS，也能知道它们的碰撞发生在何时。爆炸的冲击力使得鹦鹉螺号的艇身向左侧猛然倾斜，船壳嘎吱一响，仿佛是有人朝她的肚子狠狠打了一拳。幸亏有新型"安全带"，不然我肯定会一头撞上管风琴的。

杰米尼睁大眼睛，回头看向我说："刚刚那是……一记重拳啊，倘若击中我们的话……"

他不必说出来我也明白，阿龙纳斯号的指挥舱里有人发怒了，或者是沉不住气了。他们顾不上德夫的指令，想要一击致命。

我握紧拳头。这次，浮现在我脑海中的军事格言，不是来自艾森豪威尔，而是一位中国的军事家孙子："出其不意，攻其不备。"

"舵手，掉转方向，"我说，"带我们去和阿龙纳斯号会面。"

哈利玛和李安都一脸惊讶地看向我，仿佛不相信自己的耳朵似的。

"船长——"哈利玛欲言又止，显然在努力打消自己的疑虑，"遵命，船长。正在掉头中。"

在平稳下来掉转方向时，船体发出了更响的嘎吱声。

"这里是机舱，"内林哈说，"船长，关于引擎负荷过重的问题——"

"我知道了，内林哈，"我说，"请让她再坚持一小会儿，好吗？武器控制，打开艇首的莱顿炮。准备好莱顿霜盾。通信，打开一个频道，我要对阿龙纳斯号说几句话。"

"遵命，船长。"维吉尔说，"频道已打开。"

我一只手牢牢握住扶手上的控制手柄，仿佛这样做会让我心里更踏实些。我告诉自己，我身上确实有尼摩船长的基因。这将是自德夫叛变以来，我第一次与他对话，也将是我第一次对敌人发表讲话。我的声音一定不能发颤。

"阿龙纳斯号，"我说，"我是鹦鹉螺号的船长安娜·达卡。投降吧，否则你们会被一举歼灭的。"

一片沉默。

虚张声势最难的一点在于，你要反复提醒自己，对手并不知道你在虚张声势。阿龙纳斯号亲眼看见我们从电磁脉冲炸弹的攻击中幸存下来。他们还看见我们发射了两枚鱼雷，而且不知道我们是否还有更多弹药。他们摸不准我们到底有多大能耐。

我相信，我们的第一发鱼雷对他们的潜艇造成了一定的创伤。我不指望他们会投降。德夫是永远不可能那么做的。但他可能会拖延时间，给他的小艇争取机会，回到阿龙纳斯号上。在我们的冷聚变反应堆修复以前，我会尽可能地利用一切时间。

德夫终于开口，他听上去似乎快要情绪失控了："干得不错啊，妹妹。但现在，我是这边唯一想保住你性命的人。下一次，我们就不会手下留情了。下一次，你们就要统统葬身海底了。鹦鹉螺号的全体海员们，你们知道我是谁吗？我是达卡家族的长子。那艘潜艇是属于我的。快投降吧！"

指挥舱里的船员都看向我。

"把频道关掉。"我用爱尔兰语对维吉尔说。

杰米尼转过身来："他们打开了发射管，一共四枚鱼雷。"

我的心顿时一沉。在这么近的距离，四枚鱼雷同时飞来……

"打开莱顿霜盾。"我命令道，"莱顿炮准备发射。舵手，进行规避——"

然而，那老式的蒸汽引擎实在不堪重负，哐当一声，响彻整艘潜艇，仿佛有一根曲轴断裂了。LOCUS系统也如风中残烛般熄灭了。

"舵盘失灵了！"哈利玛说。

"莱顿霜盾也失效了！"杰米尼补充道。

"不！"内林哈用葡萄牙语大声诅咒，"我告诉过你，安娜！我需要更多的时间。"

"我们需要更多的动力！"我也冲她嚷道。

只可惜，这两者我们都没有。

杰米尼的显示屏上，代表阿龙纳斯号的紫色三角形正步步逼近。德夫的小艇距离我们的左舷只有几百米远了。他们似乎正跃跃欲试，等着将我们的潜艇洗劫一空。紧接着，从阿龙纳斯号的艇首，发射出四串小小的光点。

我们马上就要死在水里了。一点儿也不夸张。

第五十三章

情急之下，我只剩最后一招了。我用手猛拍船长椅扶手上的控件，大喊:"鹦鹉螺号，紧急潜航! 艇首喷水!"

鹦鹉螺号一定是听出了我语气中的焦急。她用尽自己仅剩的最后一点电力，喷出压载水，充气水流笼罩艇首，模糊了窗外。

紧急潜航是潜艇最擅长的事情之一。这就相当于放弃，不需要耗费任何能量。我们如一块巨石般往水底沉去。

杰米尼的 LOCUS 显示，阿龙纳斯号的四颗鱼雷正从我们的头顶上空飞过——他们的导航系统被我们的气团和水流弄糊涂了。

我正准备说"紧急——"，那四颗鱼雷在距我们的艇尾一百米左右的地方发生了链式爆炸。

巨大的冲击波使我瞬间眼前一黑，昏了过去。

意识恢复之后，只见指挥舱已陷入一片黑暗，唯一的光亮来自维吉尔的控制台冒出的电火花。LOCUS 显示系统全部熄灭了。空气中弥漫着刺鼻的烟雾。托普还被困在它的狗窝里，正愤怒地吠叫着。埃斯特跟跟跄跄地穿行在指挥舱里，为其他船员们检查伤势。维吉尔仍惊魂未定地坐在地板上，他的座椅安全带已经断了，一缕烟从他的头发上袅袅升起。杰米尼的脸颊一侧有鲜血在往下淌。

"所有武器都离线了。"杰米尼说，"保护盾也失效了。"

"舵盘失灵了。"哈利玛说。

"深度四十二米。"李安汇报道，"我只有模拟读数，但阿龙纳斯号……天哪！"她的声音突然变了，"它就在那儿！"

她并没有在看控制台，她的双眼正看向窗外。

这也是我第一次亲眼看见敌船的样子。

大约五十米开外，在清澈湛蓝的海水中，阿龙纳斯号在我们的头顶上方若隐若现。它看起来比鹦鹉螺号的体形娇小，但危险得多——一个无法被声呐识别到的黑色死亡三角。我非常失望地发现，我们的鱼雷并没有对它的船体造成丝毫损伤。我想，在他们眼中，我们的潜艇是否有它一半的杀气和威风。

"通信，能听到什么吗？"我问。这时我才想起维吉尔还愣在地上，他的控制台着火了。

鹦鹉螺号却对我的指令做出了反应。扬声器中传出了一片混乱的声音：德夫在小艇上愤怒地大喊着；阿龙纳斯号指挥舱里，一个年轻女孩在与他对喊。显然，德夫是不满于她擅自做主，在如此近的距离，向我们发射了一整排鱼雷。他的奖品很有可能被毁。他也有丧命的风险。

我的嘴巴里有一股苦涩的味道。德夫丝毫不关心我，也不关心鹦鹉螺号上其他人的死活。他真的变成了一个我不认识的人。

"机舱，"我说，"内林哈，船体受损情况？"

没有回应。我甚至难以确定机舱是否还完好地存在。

扬声器里传来德夫与他阿龙纳斯号指挥舱里同党的争吵声："登船先锋队要再次尝试靠近目标了。闪开吧，卡伦！"

卡伦发出夸张的叹息声，似乎在故意激怒他："如果鹦鹉螺号再玩什么花招，我就把她炸成碎片，管你在不在船上！"

我的船员们看向我，眼里半是绝望，半是希望。他们以为我一定还有别的点子，别的撒手锏。只可惜，我并没有。

我的心缩成一团。"准备拦截登艇的敌人。给还能战斗，还愿战斗的船员们，每人发一支莱顿枪。我们得……"我看向窗外，"等等。"

"等什么？"埃斯特一脸困惑地问。

我摸索着解开座椅安全带，奔到艇首的"大眼睛"窗户边，抢占一个前排位置，观赏我们的乘客从深海返回的场面。

我不明白他为何选在此时此刻出现。不过，害相思病的大章鱼行事风格确实让人捉摸不透。罗密欧巨大的触手紧紧箍住阿龙纳斯号，似要将它揽入怀中。我们的扬声器里，满是敌人的尖叫声。我可以想象那个画面：他们潜艇上的所有人趔趄着往右跌去，挤在墙边，叠成罗汉。

罗密欧的球状脑袋兴奋不已地跳动着，似乎在向他的新朋友示好。"久仰大名，"他仿佛在想，"让我抱抱你吧。"

与此同时，调皮的鹦鹉螺号似乎故意选择在此时修复了她的冷聚变反应堆。指挥舱重新亮起了紫色灯光。LOCUS 系统也闪烁着，重新上线了。

内林哈的声音传来："对不起，船长，我们的电力还没完全恢复，但是……"她突然停下来，可能是去查看外部显示器了，"天哪，发生了什么？哦，太棒了，宝贝儿！这才是我的头足嘛！"

欢呼声响彻鹦鹉螺号上的所有走廊。指挥舱里的船员们都聚在我身边，一起欣赏罗密欧将阿龙纳斯号拖入海底。

"我打赌，他们肯定会尝试给外壳通电，"杰米尼说，"就在现在。"

阿龙纳斯号果然不负所望，它的船体亮起一串绿色的灯光，向罗密欧发出了浪漫的信号。我们的章鱼朋友把它搂得更紧了。

"鹦鹉螺号，"我说，"打开一个频道？"

她用一声清脆欢快的"叮"回应了我。她显然对自己颇为满意。

"阿龙纳斯号，我是安娜·达卡，"我大声宣布道，"你们需要马上从潜艇上撤离！"

"安娜！"德夫尖叫道，"那是什么玩意儿？你都干什么了？"

我感觉自己的内脏快爆裂了。罗密欧咔嚓一声，便折断了阿龙纳斯号，像掰开姜饼似的轻而易举。火焰与海水掺杂混合。巨大的银色气泡翻滚着，向水面浮去。有的里面还带着人。罗密欧摧毁了阿龙纳斯号的心脏。

我的船员们在击掌相庆。可我并不觉得这一切值得庆贺。如果所做的只是令更多人丧生的话，其实根本算不上胜利。

"埃斯特，"我说，"召集'虎鲸'们。你们快穿上潜水服，去外边救人吧。顺便看看能不能让罗密欧停下来。"

她点点头："交给我。"

"可他们是兰德学院的人，"李安指出，"他们毁了我们整座学校啊。"

"是的，"我说，"我们救他们，正因为我们和他们不一样。李安，你也去帮忙吧。"

她惊讶得倒抽一口气："遵命，船长。"

他们在离开时顺便把维吉尔从地上扶起来，搀扶着他离开了指挥舱。哈利玛和杰米尼则回到各自的控制台前。

"船长，"哈利玛说，"敌方的小艇突然掉头，偏离航向了。"

"是去救人吗？"

"不是……"哈利玛蹙眉道，"他们正在向水下隧道的入口前进。"

我暗暗咒骂。我只顾着对付阿龙纳斯号，完全忘了林肯基地。我还以为，目睹一只巨型章鱼摧毁他的潜艇，能够逼德夫乖乖就范。不，他还是跟以前一样固执，他身上也有没变的地方。

我了解他的思维方式。看来奥菲利亚、卢卡、蒂娅、富兰克林和休伊特教授还没死，还被当成人质扣押在岛上。德夫正火速赶去，想亲自掌管这些人质，好用他们的性命当作自己的筹码。

我查看了杰米尼的读数。"我们可以拦下他们吗？"

"莱顿炮仍处于离线状态，"杰米尼说，"而且，已经来不及了。"

代表小艇的紫色光点已消失在了隧道里。

"我们的人肯定被重兵把守着，"哈利玛警告道，"德夫到达之后，我们就陷入僵局了。"

"所以我们现在就进攻，"我决定道，"在他有机会重整旗鼓之前。"

杰米尼皱起眉头，说："可是，安娜，鹦鹉螺号现在的状况——"

"鹦鹉螺号就留在这儿。"我手握紧控制杆，用本德尔汗德语继续说："鹦鹉螺号，我得去救我们的人了。如果我遭遇不测的话，请保护好这些船员们。他们虽不姓达卡，但现在，他们就是你的家人。"

哈利玛挑起眉毛，她是船上除我以外，唯一能听懂本德尔汗德语的人。"你觉得鹦鹉螺号会听我们的吗？"

"当然。"我希望我的语气听起来足够自信，"哈利玛，指挥舱交给你了。杰米尼，你和我一起乘小艇去追击德夫。我们要一举终结这一切。带上你所有的枪吧。"

杰米尼露出一个冷酷的微笑："正等你这句话呢。"真庆幸有他在我身旁。

第五十四章

杰米尼轻装上阵。

他只带了平日的随身武器：一把莱顿手枪，一把莱顿步枪，以及一个子弹袋，装着他不知从哪里搞来的替代科技手榴弹。他没带火焰喷射器，也没有把艇首的莱顿炮卸下来，一起带上。对他而言，这已经算非常克制了。

我只带了一把莱顿手枪和我的潜水小刀。尽管如此，小艇仍稍显拥挤，因为我们还穿着潜水服，戴着头盔。我们也不确定将会面临什么。小艇本身没有任何武器装备，也不具备防御功能。我们可能需要在紧急关头弃船而去。或许，我们可以把罩顶拆除，将它改成一辆敞篷跑车，但此情此景，似乎并不适合兜风。

我们系好安全带，关闭罩顶。小艇停泊的舱内开始进水。舱门打开，我们坠入一片蓝色的汪洋之中。我轻压油门，小艇的反应迅捷如玛莎拉蒂。（坦白讲，我其实从没开过玛莎拉蒂。）我们按照 LOCUS 系统的指示，朝林肯基地一路蜿蜒而行。

"他们之前有一周的时间建立新的防御设施，"杰米尼沉思道，"隧道里可能安装了触发水雷，或者激光武器。"

"或许吧，"我说，"但按照德夫的穿行速度……"

"是的，"杰米尼表示赞同，"德夫喜欢玩激进的冒险游戏。无论如何，我们还是小心为妙。"

我瞥向他。我忘了德夫是杰米尼他们学院的学生会长。过去两年里，他俩相处的时间可能比我们兄妹在一起的时间还多。

杰米尼脸颊上那道淌血的伤口已经结痂。伤口的形状就像一条弯曲的蛇。在他那鱼缸似的头盔里，他的面容让我想起父亲供奉在家中神龛里的青铜湿婆神像：平静而警觉，时刻准备着重拳出击，惩治恶人。我从杰米尼、德夫和休伊特教授身上依稀看到了某些相似之处——他们都有一种骨子里的凶猛。

"我们到达之后，"我说，"首要任务是营救人质。"

"前提是他们还活着。"

"他们肯定没事的。"我强迫自己去相信，"否则，德夫不可能这么急匆匆地赶回基地。我们要做的，就是竭尽全力去解救他们。不到万不得已，不许使用致命武力。"

杰米尼皱起眉头："如何定义'万不得已'？"

"杰米尼……"

"没事，我开玩笑的。"

我们的小艇一头扎进了隧道的洞口。

我真希望有时间细细体味这艘小艇顺滑的操作感觉。驾着这艘小艇，我可以经历怎样的冒险！如果我驾着这艘小艇，带着鱿鱼，出现在苏格拉底面前，给它上舞蹈课，它会是什么样的反应？

想起我的海豚朋友，我的思绪不禁又回到了现在。苏格拉底大概是林肯基地里最没有生命危险的一个了。尽管如此……我猛推控制杆，加快穿越隧道的速度。

我们刚从熔岩隧道的另一端出来，LOCUS 系统就闪烁着，恢复了正常。

"弹出！"我下意识地大喊。

德夫的小艇已经在等着我们了。在 LOCUS 显示系统上发现它的千分之一秒之后，我便亲眼看见它了：一个黑色的三角形，上边插满武器，就像海胆的刺一样。它就停在我们前面不到五十英尺处。在它透明的前视挡板后，坐在驾驶位上的正是我的哥哥德夫。

或许是他脸上的某种表情使然吧，也可能只是出于我的直觉，我按下了紧急弹出按钮：结果，这一举动同时灭掉了我们的引擎，掀翻了我们的罩顶，把我和杰米尼都从座椅上弹了出去。我们向前猛冲，在惯性和发射靴的双重作用下，直接从德夫小艇的上空飞了过去。就在这时，德夫对着我们的空船，发射了一枚炮弹。银色的鱼叉刺穿了我片刻之前坐的驾驶椅，射出一道蓝色的闪电。

我们越过了德夫的艇尾。在德夫转过头来面向我们之前，杰米尼已扛起了他的莱顿步枪，对着船的推进装置来了两枪。绿色电火花照亮了发动机的外壳，螺旋桨瞬间停止了转动。失去动力之后，德夫的小潜艇立马向左舷倾斜，开始下沉。

"我们要救船上的人吗？"杰米尼问。

我仍在浑身发抖，因为愤怒和肾上腺素。我心里有点想把哥哥从那载满武器的"鞋盒子"里捞出来，然后朝他狠狠踢一脚。之前，我透过他潜艇的窗口，瞥见他没有穿潜水服。而要想修好发动机，他和他的先锋们得花上一段时间。要么只能弃船。不管怎样，我相信他们会活下来的。德夫向来足智多谋。

"解救人质更重要。"我说，"我们继续前进吧。"

我们踩着发射靴，穿过潟湖，激起一团团发光的浮游植物。栈桥的立柱映入眼帘时，子弹如雨点般从我们上空落下，在水面上砸出一圈圈漏斗状的白浪，直到水底的沉渣和淤泥使它们停下来。

在水下五米深的地方，我们可以安全地躲避码头上发射出的常规弹药。不过，我们也没法向敌人开火。兰德学院的人很清楚这一点，他们只是在向我们传递一个信息：我们在这儿呢，我们知道你们在哪儿，如果你们敢浮出水面的话，你们就死定了。

"从码头下边绕过去，"我提议，"从背后袭击他们。"

"明白。"杰米尼说。

不过，兰德学院的人倒是替我们省力了。显然，他们就像一群盼望着圣诞节早晨的孩子。我们就是他们的礼物，他们迫不及待地想现在就把礼物打开。枪火停歇了，两名潜水员脚先入水，跳进水中。他们就在我们的头顶上方，掀起一串串巨大的气泡，如龙卷风般将我们吞没。

第五十五章

水下肉搏战是最惨烈的。

这就好比一边穿着充气的相扑手服装一边试图将对方打死。你的动作迟钝、笨拙，又滑稽。你的每一拳打出去，每一脚踢出去，肌肉都使不上力。但既然在水下，没办法用枪近距离平射，我和杰米尼也别无他法了。

离我们最近的潜水员抽出小刀，刺向我。

如果我穿的是普通潜水服，我很可能就死定了。好在，我的尼摩合金混纺材质的潜水服挡住了刀尖，但我也未能完全幸免于难。锋利的刀刃刺破了潜水服的面料，划伤了我的肋部。

海水和伤口的组合实在令人痛苦。我顿时疼得眼冒金星，左边的身体也僵住了，无法动弹。尽管如此，我仍用发射靴击退了袭击者，将他推到栈桥的一根立柱上。他的氧气罐重重地撞上了一根柱子，发出一声闷响。我趁机抓住他的手腕，在距我的脸只有一英尺的地方，按住了他的刀。

左边，咕嘟咕嘟的气泡声和愤怒的叫骂声，代表杰米尼正在和另一名潜水员展开激战。不过，我根本不敢分神去看他的战况如何。

我的对手正透过他的潜水面具狠狠瞪着我，眼神里充满仇恨。我猜他应该是听说了阿龙纳斯号已被摧毁的消息。他想要复仇。

我不准备与他正面进行力量对抗，尤其在我的身体左侧伤口剧痛的情况下。我的莱顿枪在近距离格斗中也派不上用场。于是，我掏出潜水刀。趁对方还没反应过来时，我已经拔刀出鞘，刺破了他的浮力背心。

我力气小，没法给他造成严重的创伤。不过，这也不是我的目的。他背心的气囊一旦被刺破，产生的大量气泡立即遮蔽了他的视线。他开始下沉。出于本能，他抓住我的手腕，以求平衡。我则适力地朝他脸上踹了一脚，送走了他。

我猜想，他应该还会回来。不过这会儿，我得先去帮杰米尼一把。

尽管枪法一流，吐温先生此刻仍陷入了困境。另一名潜水员显然是从他身后发动的袭击，用一只胳膊紧紧锁住了他的脖子。这位袭击者正试图砸开杰米尼的头盔。杰米尼则挣扎着摆脱，并朝袭击者耳边打了一枪。不过，即便是杰米尼这样的神枪手，也很难在被勒住脖子的情况下，击中他身后的敌人。

我猛踩发射靴，向扭打作一团的他们冲去。不幸，我用力过猛，一下子撞上了袭击者的氧气罐，撞疼了自己，对方却毫发无伤。

至少我引起了他的注意，潜水员向我转过头。

我还没来得及看清他的蓝眼睛和在脸庞拂动的黑发，他就从我的眼前消失了，仿佛被宇宙吞没了似的。一团巨大模糊的银色影子，猛烈地撞上了他的身体，使他仿佛在一眨眼间，瞬时位移到了六十英尺以外的地方。

是苏格拉底加入了"聊天室"。

它还带了朋友来，就在它用脑袋把那名蓝眼睛的潜水员撞开时，它的三名本地宽吻海豚朋友扑向了另一个敌人。只怪他选错了重出江湖的时间。三头巨大的海洋动物同时扑向你，一定是特别恐怖的画面吧。这些海豚拍打着尾鳍，热烈欢迎着他的到来。

杰米尼的声音在我头盔里响起："我爱死这些海豚了。"

"海豚最好了，"我赞同道，"比鲨鱼好得多。"

"我可没这么说。"

我笑了。顿时，侧身如被针扎般疼。

"你受伤了。"杰米尼发现道。

"我没事。"

"你潜水服上渗出的血水可不像没事的样子。"

"别担心，我们得继续前进了。"我比画着手势，向苏格拉底道了谢。虽然我不知道它有没有留意到，因为它只顾着把玩它的新玩具——那名潜水员。

我和杰米尼趁此良机，赶紧脚踏发射靴，来到码头后边。我们小心谨慎地浮出水面，环顾四周，据我们观察，并没有其他敌人在等我们。码头上空无一人，甚至连机械蜻蜓无人机也似乎弃这个岩洞而去了。我希望它们是自己逃走的，而不是被敌人抓走了，或销毁了。

杰米尼拔出莱顿枪。他护着我爬上最近的梯子。过程十分累人，不过好在我一口气爬到了顶，中途没有晕倒，也没有被袭击。我做了个手势，示意杰米尼快点跟上。

他一上来，我们便一起摘掉了头盔。

"我们得先把你的伤口处理一下，打上绷带。"他指着我的肋部说。

离开水，出血的情况看起来似乎更严重了。我不愿去看伤口到底有多深。"没时间——"

"那也不能让你在战斗时晕倒。"杰米尼说着，脱掉潜水服的上衣。

我一阵脸红。"杰米尼，你要干——？"

"一秒就好。"他又脱掉 T 恤。

"可是——"

他把自己的 T 恤撕成两半。"我们可以把这个缠在——"

"杰米尼，不是要打击你的骑士精神，但那边的柜子里就有医药箱。"我指着卢卡数量众多的储物柜说。

杰米尼皱眉看向他撕毁的 T 恤说："我知道了。"

我们躲在两个物资棚之间。杰米尼用绷带为我包扎，我负责盯梢。虽然杰米尼正光着身子，为我处理伤口，我却丝毫不觉得尴尬。一切如常。我们只是公事公办。

我的目光从潟湖平静的水面移到码头尽头的那扇门上。我等待着德夫那艘破损的小艇浮出水面，或从基地里涌出更多敌人，来到码头。这并不是会否有人袭击我们的问题，而是敌人将在何时、从哪个方向到来。

"包得很好了，"我对杰米尼说，"打个结，走吧。"

第五十六章

我按下手印，通往火山内部的金属门便为我敞开了。我想，它是不会拒绝任何一位达卡家族的人的，无论好人坏人。因为，德夫最近应该也打开过它。

杰米尼拔出手枪，向隧道里张望。隧道空空如也，隧道尽头没有人把守。但这并不代表什么。敌人可能正潜伏在里面某个看不见的地方。圆筒状的隧道长达五十英尺，这一路上，我们将没有任何掩体。我们发出的任何动静，都将引起回声。然而，不幸的是，这是我们回基地的唯一途径。

"你在这里等着。"杰米尼小声说。

他弓着身子，前行了大约二十英尺，两名兰德学院的学生突然从隧道另一端冲出来，端着莱顿枪欲向我们扫射。他们肯定早已埋伏在此，等待时机，但杰米尼也有所准备。在他们扣动扳机的十亿分之一秒之前，杰米尼已抢先用他的西格绍尔开火了。两名敌人像沙袋般应声倒下，手中那迷你鱼叉似的武器顺着隧道的墙壁滑落，擦出一串火花。

我提醒自己呼吸。我也拿不准自己的心情是释然还是恐惧。

难道杰米尼刚刚……？不，刚刚的交战，应该不至于致命。我瞥了眼身后，岩洞内依然空无一人。我相信，即便基地里的敌人没有被杰米尼的枪声惊动，也会被我咚咚的心跳声引来。

杰米尼把身子放得更低了。他贴着左侧，目光一直紧盯着远处的出口。没有人再从里面出来。他小心翼翼地向前移动。在接近另一端时，他先用枪尖顶了顶，又用脚踢了踢倒下的敌人，确保他们已失去威胁。

"安全了。"他压低声音对我喊道。

我一瘸一拐地走过隧道，身侧如火焰灼烧般疼痛难忍。鲜血已经浸透了绷带。来到杰米尼身边，我低头看了眼敌人，发现他俩额头中间都有吓人的红色伤痕。

杰米尼不假思索地说："我用的是橡皮子弹。他们醒来后，可能会头疼，但不会死的。"

"你怎么一点儿也不感到震惊？"我问。

"我已经震惊好多天了。"他指着下一个走廊，小声说，"监控是不是就在前边那个房间里？"

我们顺利来到了监控室。监控室竟无人把守，我有点想不通。但我怀疑，这是因为那些值班守卫的脑袋已经被杰米尼"打爆"了。杰米尼站在门口把风，我则迅速浏览了一遍之前的监控。

基地基本上已经被洗劫一空。武器军械被掠夺得一干二净。卢卡的保险箱和替代科技实验用品统统从他的工作室里消失了。机房里，奥菲利亚的电脑要么不见了，要么被拆得七零八落。它们的硬盘大概全被拿走了。医务室里……

仿佛有冰块哽在了我的喉咙里。病人的床是空的。

"休伊特教授哪儿去了？"我问道。

杰米尼一惊："什么？"

"等等……"我快速切换画面，手指不住地颤抖。难道我想错了，难道休伊特教授和其他人质已经被转移到了阿龙纳斯号上……我把画面切换到码头，肩膀才稍微放松下来。

"他在那儿。"我对杰米尼说，"两名敌人正抬着他的担架，往拉克希米号赶去。"

杰米尼皱起眉头："他们为什么要……"

"为了保险起见吧。"我猜测道，"他们掠走了基地里所有的信息和科技。如今阿龙纳斯号没了，拉克希米号成了他们唯一的退路。"

杰米尼表情突然变得僵硬："他们认为有休伊特教授在船上，我们就不会对船发动袭击。其他人质呢？"

"不知道……"我查看了更多实时监控画面，"哦……"堵在喉咙里的冰块终于顺着食道滑了下去，"在餐厅里。好消息是，他们还活着……"

杰米尼冒着风险看了一眼监控画面。

坏消息是，我们的朋友们正被敌人用枪指着脑袋。在餐厅的正中央，卢卡、奥菲利亚和蒂娅都双膝跪地，双手被反绑在身后。两名敌人正站在他们身后，用莱顿枪抵住他们的脑袋。还有两名敌人，也手持电磁"迷你鱼叉"，在房间里焦躁不安地踱步，似乎在等待进一步指令……

"人肉盾牌，"杰米尼咕哝道，"他们把休伊特掳走，带到船上，其他人质留在这里，被重兵看守着。这等于给拉克希米号安全驶离又上了一道保险。我们得先夺下餐厅，再赶在船开走之前拦下它。"

"但如果我们就这么冲进去的话——"

我们头顶上，天花板的通风管道发出一声响动。我吓得差点儿灵魂出窍。杰米尼立马拔枪对准那块盖板。一只金属昆虫的小脑袋冒了出来，它闪亮的眼睛就像法贝热彩蛋。

我如释重负地笑了："引航虫？"

我也不确定它是不是几天前领我们的船驶入潟湖的那架无人机，但它快活地喷出电火花，仿佛在说很高兴见到我们。接着，它嗡嗡飞出了藏身之处，身后跟着六个和它一样通体发出绿光的昆虫朋友。

"哦，你们这些漂亮的小家伙！"我用手指抚摸引航虫的背脊。在我的抚触之下，它的翅膀抖动起来。"真高兴看到你们安然无恙。"

这些虫子突然猛咬下颌骨，喷出一串电火花，让我明白它们对兰德学院侵略基地感到多么气愤。

杰米尼不可思议地摇摇头，说："它们肯定全程躲在通风管道里。"

通风管道。

我脑海里浮现一个点子。我看看这些虫子，又看看监控和通风管道。"杰米尼，你身上有带那种不致命的手榴弹吗？"

"有啊，怎么了？"他眼睛一亮，"哦，我明白了。"他从子弹袋里摸出一颗替代科技小榴弹，"引航虫，你能载着这个重物飞行吗？"

引航虫奋力地扇动翅膀。它吐出铜舌，卷住榴弹。

"太好了，"杰米尼说，"一只可以拿着榴弹，另一只可以拔开保险针。这是一种短电磁脉冲弹，不会对人体造成伤害，但足以使封闭房间里的所有电子设备失灵。引航虫，你们扔下手榴弹，就得赶紧撤离。"

"等等，"我说，"它也可以对付他们的莱顿枪吧？"

杰米尼歪着脑袋说："我想应该是吧。通常而言，一层薄金属护套便足以保护电子设备。我们的莱顿枪子弹是装在碳质弹匣里的。因此，爆炸发生时，我们的武器应该没有问题。不过，他们的武器……那些鱼叉的炸药是涂在弹丸外层的。一次电磁脉冲爆炸，至少能够让他们的武器短路，降低其杀伤性，甚至有可能让它们彻底坏掉。"

"只是有可能？"

他摊摊手："我也无法百分百保证。"

"那我们就需要再加一道保险。有什么办法能引开那些守卫们的注意……"我的身体一侧仍剧烈疼痛着，肾上腺素飙升，太阳穴也一跳一跳的。在这种情形下，我根本无法思考。但我想起了我们刚离开圣亚历杭德罗时，兰德学院的突击队员在袭击拉克希米号时所发生的种种。"杰米尼，你该不会正好带了……"

显然，他和我想到了一起。"尼摩版的闪光弹？"他从子弹袋里掏出另一种手榴弹，露出了一个典型的"鲨鱼"式的微笑，"当然，我带着呢。不过，我们提前讲好了，回报是我最爱的甜品。"

第五十七章

"我们投降!"我大喊。

这似乎是开启谈判的最佳方式。

我和杰米尼身子紧贴在餐厅外走廊两侧的墙壁上。门紧闭着。还好我没站在门外,因为我开口讲话的瞬间,一只鱼叉的尖就刺破了木门,伸了出来。里面的守卫们肯定早已不耐烦了。被留下来,在敌人的基地里看守人质,好让他们的同学们逃之夭夭,这可不是一件可以提高士气的事。

"不要开枪!"我大喊,"我是安娜·达卡!我是来投降的!"

餐厅里一片寂静,再没有鱼叉刺穿木门。

"我的朋友们!"卢卡在里面用意大利语高声喊道,"快跑!不要——"

"闭嘴!"另一个声音怒喝道,紧接着是一个响亮的巴掌声。

"别碰我丈夫!"奥菲利亚喊道。

"喂!"我高喊,"喂,兰德学院的人,你们听我说!难道你们不想立下活捉我的头等大功吗?"

那些守卫们在紧张地交谈着。显然，这一幕超出了他们手中的剧本。

其中一人吼道："慢慢打开门，手伸出来，让我们看看。"

杰米尼看向我的眼睛，点点头。倒不是因为他听见了守卫的话。杰米尼不像我，他耳朵里塞进了卫生棉球，因此他几乎什么也听不见。不过这个时间，我们的机械蜻蜓突击队员们应该已经各就各位了。

"好的，我要开门了！"我冲守卫们大喊，"别杀我！我死了你们就捞不到好处了！"

这是比较棘手的部分。好吧……这整件事情都很棘手。不过，我希望他们的注意力集中在我的盛大出场上，而不是放在人质们身上。我抓紧门把手，缓缓转动，开始向外拉门。

"我要给你们看我的手了！"我撒了个谎，然后用意大利语说："闭上眼睛！"

这最后一句，我是用与之前相同的声量、相同的语调道出的，因此它听起来就像我说出的另一句让步的话。即便守卫里有人听得懂意大利语，我敢打赌，"闭上眼睛"这个指令突然出现在此语境里，他们也反应不过来是什么意思，只有卢卡听得明白。那些机器虫也会听到这句暗号，展开行动。

一切发生得很快。我听见门里发出两声金属物体落地的咚咚声，紧接着有人疑惑地喊了声"什么鬼？"。因为正常来说，手榴弹不可能从通风口掉出来。随后，如发生了海啸般，餐厅里响起轰然巨响，闪出刺眼彩光。

我以为自己已经为替代科技闪光弹做好了心理准备。但并没有。即便有一道门挡着，我仍感觉仿佛有人把一场三天三夜的迷幻音乐节，在这千分之一秒里，全灌进了我的耳朵。色彩斑斓的水母在我的眼睛里跳舞。我刚回过神来，开始往一边躲闪，便看见杰米尼端着枪冲进餐厅。他的枪，在强光下，闪闪发亮。

我踉踉跄跄地跟在他身后，也冲了进去。我举起手中的莱顿枪，可房间里已没有目标可以射击了。

我们的朋友们还活着，只不过，他们变得更好看了。他们侧身蜷曲着，眯着眼睛，发出痛苦的呻吟。卢卡眼眶乌紫。奥菲利亚嘴唇破了。蒂娅的左耳在淌血。富兰克林刚呕吐完。

四名敌人全四仰八叉地倒在地上，身体僵直，脸上还凝固着傻笑。看来在杰米尼的橡皮子弹射中他们之前，他们还挺享受那场声光音乐会的。他们的莱顿鱼叉枪已烧焦，冒着烟。

"哈，这招挺管用！"我说。

"你说什么？"杰米尼扯着嗓子问道。

我指指他耳朵，示意他把棉球摘掉。然后，我冲过去，帮我们的朋友们解绑。

"嗨，你们好，"奥菲利亚咕哝道，"真高兴再次见到你们。谢谢你们的手榴弹。"

"抱歉。"我抽出潜水刀，割断绑在她身上的绳子。

"还好。"她安慰我道，"鹦鹉螺号怎么样？船员们呢？"

我简单向他们做了汇报：阿龙纳斯号被摧毁了，鹦鹉螺号虽然受伤了，但情况还好，基地里的敌人已被控制（暂时），这得感谢我们的机械蜻蜓自由斗士们。

卢卡咯咯笑了，他的语气有些过于兴奋："哦，闭上眼睛！现在我明白了！我还以为我要瞎了！"

"只是暂时性的，以后会好的。"我告诉他，希望自己没有说错。

富兰克林仍在恶心反胃。"我能尝出绿松石的味道，这正常吗？"

"安娜，你还好吗？"蒂娅问。"你的绷带都被血染红了。"

"你们应该看看我对手的模样。"我没说出口的是，蒂娅、富兰克林、卢卡、奥菲利亚看起来都像被那群本地的海豚碾压过似的。"很抱歉，我们没能早点赶来。"

"你在开玩笑吧？"在我为她松绑时，蒂娅脸部肌肉抽搐了一下，说，"我们都已准备好再撑至少一个月的。"

"好吧，那我们晚点再来……"

"现在就很好。谢谢你，船长。"

"我们得赶去解救拉克希米号。"杰米尼一边剪断富兰克林的绳子，一边说。

"是的，"富兰克林咂了咂嘴，似乎仍在品尝胆汁和绿松石的味道，"他们掳走了休伊特教授。他的身体虽说经过治疗，在慢慢好转中，可还是经不起随意挪动。"

"他们也卷走了我们的实验成果和技术。"奥菲利亚补充道。没戴眼镜的她看起来就像一只被人从黑暗的隧洞里拖出来的鼹鼠，一时晕头转向地迷失了方向。"你们必须阻止他们！快去！"

"可你们的状态都不适合战斗，"我犯愁道，"而德夫随时都有可能从潟湖杀进来。"

"你们的莱顿枪还能用吗？"奥菲利亚问，"给我们留几把。"

杰米尼把自己的莱顿步枪给了蒂娅，把莱顿手枪递给富兰克林，剩下的手榴弹统统留给了卢卡。

卢卡眉开眼笑道："我最爱手榴弹！谢谢你！"

我把自己的手枪递给奥菲利亚。如此一来，我们的防身武器就只剩下我的潜水小刀和杰米尼的西格绍尔了，但也只能这样了。

"我们那边的'朋友'们怎么办？"杰米尼指着那四名昏倒的守卫说。

"哦，别担心。"蒂娅狡黠地说，"我会亲自给他们施以小粉鸭辱刑的。快出发吧！"

第五十八章

我和杰米尼飞奔过通往前厅的隧道。我试了试潜水服衣领上的对讲机。"鹦鹉螺号，我是安娜，听得到吗？"

线路里发出咝咝杂音。"这里是鹦鹉螺号，"哈利玛说，"你们还好吗？"

"还行。拉克希米号落入了敌人手里。他们准备乘船逃跑。休伊特教授也在船上。我和杰米尼准备去拦下他们。听到了吗？"

"我们……再说一遍……"对讲机没声音了。

"我的也没声了。"杰米尼说。

鉴于今天我们的潜水服所受到的种种蹂躏，对此结果，我一点儿也不感到意外。即便哈利玛听清了我的话，以鹦鹉螺号目前的状态，也给不了我们多少支援。我们只能靠自己。

我们冲上潟湖码头。阳光格外刺眼，因为我有一个多星期没有见到过外面的世界了。天空太大了。地平线太宽了。色彩太鲜艳了。

船上发动机的震鸣将我从恍惚中震醒。拉克希米号正从码头驶离。

杰米尼加速小跑，纵身一跃，落在了艉板上。我的动作远不及他这般优雅。我一下撞上了船尾的栏杆，撞得我的伤口瞬间剧痛难忍。杰米尼及时抓住了我的胳膊，我才没从船上掉下去。

"谢谢。"我小声说。

"拿着枪。"他递给我一把他的西格绍尔。我从没见过他让别人碰自己的那对宝贝手枪。

我难为情地说："杰米尼——"

"拿着吧，"他说，"就当是为了我。"

拉克希米号开始加速航行，往正北方向驶去，准备穿越环礁上阿龙纳斯号先前新炸开的那道豁口。从我们所站的位置看去，船上似乎空无一人。我希望，这意味着船上的敌人寥寥无几。我就喜欢这样，人越少越好。

"兵分两路？"杰米尼指着左舷和右舷，提议道。

"电影中，这样的策略往往没有好结果。"我说。

"好吧。"

于是，我们一起沿着左舷的舷缘前进，我走前边，杰米尼殿后。

我们来到中层甲板，仍然一个人也没见到。这感觉不太对劲。发动机的轰鸣震耳欲聋。我已经忘记了水上的世界有多么嘈杂喧闹。

我转身，正欲将心中疑问告诉杰米尼，却看见一个熟悉的身影，正在他身后。我忍不住尖叫起来。

可惜迟了一步。杰米尼刚转过头，就被我哥哥用棘轮扳手砸晕了。

杰米尼应声倒下。德夫一脚踢开了他的枪。

我连连后退，心提到了嗓子眼儿。杰米尼的另一把西格绍尔 P226 正在我手中。可我的手止不住地发抖。

我哥哥怒瞪着我。他的发型一如往常，额前乱发高高蓬起，可我却一点儿也不觉得它亲切可爱了。看上去，就仿佛有某种黑暗邪恶的东西正欲从他的头颅里钻出。奇迹般地，他修好了小艇，拦截了拉克希米号。小艇上的其他船员去了哪里，我不得而知。不过，单单一个德夫，就够让人头疼了。海水顺着他那身黑色的合成橡胶潜水服的背部往下滴淌。还是那身潜水服，我们最后一起潜水的那天早晨，他穿的就是它，上面饰有 HP 鲨鱼学院学生会长的纹章。我不禁握紧手枪。

德夫冷笑着，扔掉扳手："你还真准备向我开枪啊？来呀。"

天哪，我真想扣下扳机。我知道这些子弹并不致命。可我的手指头却在拼命反抗。德夫毕竟是我的亲哥哥。不论他做过什么，我仍做不到眼都不眨地向他近距离开枪。

"我就知道，"他怒吼道，"你个蠢丫头，你毁掉了一切。"

说着，他向我冲来。

第五十九章

虽然，我和他接受的格斗训练是一样的，可他毕竟比我多练了几年。

他拽住我的手腕，将枪从我手中夺走，接着走近我，用力一扭，试图把我扔过肩头。我则以柔克刚，像个浑身无力的婴儿似的，顺势瘫倒，用全身的重量压倒他。他一个趔趄，失去了平衡，我则把摔倒迅速变成一个后翻，借力打力，把紧抓着我手腕不放的他，带倒在地。他跌了个跟头，重重地撞上了右舷上缘。

安娜得一分。

我身体受伤的那侧，仿佛着火般灼痛。我可以感觉到热乎乎的血正顺着我的肚子往下淌。我挣扎着站起身。德夫也从地上站了起来，一脸无所谓的样子。

"你受伤了。"他说。

他竟然厚颜无耻地装作关心我。不过，他之前的那句话，仍如同盐酸般，一滴一滴地腐蚀着我的心：你个蠢丫头。

"德夫，你已经输了。"

"我可不这么认为。我们的船上有足够先进的技术和数据，完全可以再造一艘阿龙纳斯号出来，干掉鹦鹉螺号。况且，船上有你们那位可怜的病秧子教授在，我想你的朋友们不敢动我们的船的。"

他一连串的拳击，逼得我连连后退到了左舷栏杆处。

我格挡闪避，可四肢渐渐失去力气。我感觉自己仿佛正在水中漂浮。

我侧身一步，抓住德夫的胳膊，用力一拧，试图使其脱臼。可德夫太熟悉这一招了。他单腿下蹲，一个扫堂腿，将我踢倒在地。我赶紧翻身，及时躲开了他的下一轮进攻。

他后退一步，给我喘息的机会。"安娜，其实我们不用这么斗来斗去。我们还是一家人。"

他抓住了我的弱点，于是冷静下来，变得和善起来。而我最反感他的就是这一点。他喜欢我做他的小妹妹，一直需要他的帮助呵护。在他心里，我一直是达卡家那个长不大的小孩。

"是的，我们是一家人，"我挣扎着站起来，"正因如此，你的背叛才格外伤人。"

我用力推开他，把他推向甲板另一边。我真想抹掉他脸上那扬扬得意的笑。但他轻而易举地便躲开了我的进攻。

拉克希米号加速驶过环礁上的豁口。正午的阳光炙烤着我的双肩。我的尼摩合金潜水服既轻便又灵活，但却不适合水上的肉搏战。我的呼吸变得困难，动作变得迟缓，力气快耗尽了。德夫也看出来了。

不过，愤怒给了我动力。

我做了一个假动作，然后对准德夫的肚子猛然来了一拳。我的格斗课老师坎德博士一定会感到骄傲的。可惜，我的头太晕了，没能完成二次攻击。我喘息着，跟跟跄跄地向后退去。德夫则捂住自己的肚子，痛得龇牙咧嘴。

"安娜，我没有背叛你，"他咬紧牙关说，"哈丁－潘克洛夫学校害死了我们的父母。HP本有一百次机会，利用尼摩船长的技术拯救世界。然而，他们却将它私藏起来，把我们排除在遗产继承之外。"

我看了一眼杰米尼。他仍面朝下躺在甲板上。他的手指在抽搐。看样子他在短时间内是无法投入战斗了。不过，好在也没有兰德学院的高年级学生冲上甲板，来帮助德夫。

只有我和哥哥，就像小时候一样，只不过一切都变了。

"鹦鹉螺号并不是我们的遗产，"我说，"她属于她自己。"

"她自己？"德夫嘲笑道，"得了吧，安娜。她不过是达卡王子造出的一台机器而已。她是属于我们的财产！"

他整个身体向我扑过来，试图发动一次大反攻。我赶紧闪避开来，尽管动作笨拙，更接近于不自然的跌倒。我肋部的伤口一阵阵抽痛。潜水服沾满了热乎乎、黏糊糊的鲜血。

"我想过告诉你，"德夫继续说道，仿佛我们正和往常一样闲聊，"但你还没做好准备。你不知道替代科技是什么，也不理解HP对我们整个家族所做的一切。你还被他们蒙在鼓里。是时候清醒了。"

我大叫着冲向他。这一招不算明智。我佯装打出一拳，然后用膝盖撞击他的腹股沟。可他早已料到。他挡住我的拳头，把我像练习假人似的扔到一边。我重重地一屁股摔倒在地。脊椎瞬间一阵剧痛。

"放弃吧,"德夫厉声说,"别傻了。"

"你个蠢丫头。"德夫的话在我脑中响起。

在我身后,我的手指触碰到了一块凹凸不平的金属。是杰米尼的一把手枪。

"我承认,我低估了你。"德夫说,"那只大章鱼……"他摇摇头,"你得跟我解释解释,这位神兵,你是怎么搬来的。但你和我一样,都不属于HP。我们将一起登上鹦鹉螺号。你把指挥权移交给我。我要夺回属于我的东西。"

不知怎么,我竟站了起来。

德夫皱起眉头,看着我手中的枪。"来吧,安娜,我给过你杀死我的机会。可你终究下不了手,还记得吗?"

杀死他?

突然,我明白了德夫为何对杰米尼的武器不感兴趣。他以为它们装的肯定是普通的子弹。我忍不住发笑。原来德夫根本没打算杀我。而他知道,我也不会杀他,因此这些枪派不上任何用场。在我哥哥心目中,只有致命武器才称得上武器。德夫喜欢玩激进的冒险游戏。

我歇斯底里的笑声似乎令他感到不安。

"安娜,你流了好多血。"他的语气是如此充满关切,像个贴心的哥哥,"把那个放下——"

"德夫,你还是不明白,"我举起枪,"真正属于你的并不是潜艇,而是你的家人,你的朋友。可惜,你把这一切全毁了。"

我对着他连开了三枪。最后一颗橡皮子弹射中了他的额头，在他的两眼之间留下了一个丑陋的红点。他向后倒地，四仰八叉地摔在了甲板上。

我的歇斯底里瞬间变为绝望。我啜泣着，扔掉枪。

我也不确定自己伏在哥哥身边究竟哭了多久。他会没事的。他的脉搏仍强有力地跳动着。然而……我却在哀悼。我们之间，有某样东西已永远地逝去了。

旁边传来杰米尼的呻吟："安娜？"

我擦干脸上的泪水。"嘿……"我东摇西晃地挣扎着来到杰米尼身边。他看起来头晕目眩、眼神涣散。但对于一个刚刚被人用扳手砸晕的人来说，他的状态还算不错。

我举起两根手指："几个指头？"

他眯缝着眼睛，说："二十五个？"

"好吧，你会没事的。"

"德夫他？"

"搞定了，"我努力语气平静地说，"我用橡皮子弹向他开枪了。"

杰米尼睁大眼睛："肯定很不容易吧，安娜。你还——"

"我没事。"我撒谎道，"我会没事的。"

我试着扶起他，可他呻吟着，又躺了下来。"我想，或许我应该在这里……多躺一会儿。话说船怎么停了下来？"

我甚至没有注意到，引擎熄火了，我们正漂浮在水面上。这意味着有人拦截了船。这意味着船上有了更多的敌人。

"我去指挥舱看看。"我说。

“你看上去糟糕极了。”

“别担心，我手里有枪。”

“这把枪不错。”杰米尼赞同道，“小心。”

我一瘸一拐地离开。我想，以我这般状态，对手即便是个拿着塑料泡沫条的三岁小孩，我也会败下阵来。但我别无选择，我必须守护这艘船。

到了指挥舱，我又一次被惊到了。兰德学院的一名高年级学生正躺在地上，昏迷不醒。而站在他身边的，是一个头发乱蓬蓬的女孩。她身穿尼摩合金的潜水服，手持一把莱顿枪。

“埃斯特？”我用沙哑的嗓音喊道。

她一脸尴尬地回过头来，说道：“我收到你用对讲机发出的消息了。看来海豚不是唯一能通过泄槽游进你船长室水缸里的生物。”

“我爱死你了。”我说。

“我知道。我感觉你快昏倒了。”

和往常一样，埃斯特说得很对。我的膝盖突然一软。就在我快要倒地的瞬间，她接住了我。我的身体陷入了前所未有的深度昏迷之中。

第六十章

我向来不善于收拾烂摊子。

可林肯基地有一堆烂摊子等待我去收拾。

接下来两天，我退出了舞台。我被富兰克林和埃斯特关在鹦鹉螺号的医务室里，身上绑满各种仪器。他们告诉我，这些机器将缓缓地为我的身体补充水分，注入新鲜血液，以确保我的内脏器官恢复正常功能。

我的同室病友有杰米尼，他正接受头部创伤的治疗，以及休伊特教授，他的状态看起来比我记忆中的好多了。这位教授在他少有的半清醒时刻，仍嘀嘀咕咕地抱怨着学生们的烂成绩。我之前对老师们的梦境从来不感兴趣，现在却不一样了。

富兰克林告诉我，鹦鹉螺号似乎知道如何治疗胰腺癌。他虽然不太确定医务室的那些机器产出的混合液具体是什么成分，但它们似乎正慢慢清除着休伊特体内的癌细胞。

鉴于尼摩船长在一百五十年前已经掌握 DNA 技术，我想这其实一点儿也不意外。可是，我躺在床上的时候，脑中始终萦绕着德夫的话：HP 利用尼摩船长的技术，完全能够拯救世界一百次。

　　另一方面，我也见识过兰德学院对权力的欲望，如何潜移默化地影响了我的哥哥，使他变得面目全非。人类依旧没有做好准备，去拥抱尼摩的全部技术发明。我不知道兰德学院的校训是什么，但我想有句话再合适不过了："这就是为什么我们不配拥有美好的东西。"

　　至于杰米尼，他大概是为了陪我吧，即便身体已经康复，他仍赖在医务室里。富兰克林催他离开，回去执行任务。杰米尼却说："我想我还是在这儿多休息一阵子吧。头部创伤是很麻烦的，不是吗？"

　　富兰克林皱起眉头，看看他，又看看我："好吧，真是很麻烦呢。"

　　我哈哈笑了。这使得我刚刚缝好的伤口一阵剧痛。"杰米尼，你不用待在我身边当保镖了。我没事的。"

　　他瞥了一眼走廊。这是我第一次看见他的目光停留在目标以外的地方。"不是当保镖。或许，我也可以单纯地作为一个朋友，待在你身边吧。"

　　我的心口顿时涌起一股暖流。我记得数天前，杰米尼在林肯基地的医务室里对我说过的话：我生命中亲近的人不多，但他们每个人对我而言都无比珍贵。

　　我意识到，如今我也成了他生命中一个重要的人。我一定会好好珍惜。

　　"当然，"我说，"随时欢迎。"

　　富兰克林发出抗议："可是杰米尼的伤甚至算不上——"

"富兰克林。"我和杰米尼异口同声地说。

"好吧。"我们的医生不满地咕哝道,"我吃午饭去了。"

幸运的是,我们的其他伤员伤势都很轻。战斗的双方都没有人员死亡。这本身就是一个奇迹。感谢"虎鲸"们的高效和努力,阿龙纳斯号的全体船员都被救了出来。许多人身负重伤。有些人差点儿溺亡。大多数人估计一辈子都走不出阴影。可他们都活下来了。我的船员们将他们押进林肯基地的临时拘留所时,这些已被吓破胆的家伙们没有表现出丝毫反抗。

四天之后,我感觉身体好多了,可以去潜水了。

我发现我们的大章鱼朋友罗密欧正躲藏在岛屿南边一个舒适的洞穴里。我弹奏键盘吉他时,他出来和我打了招呼。我尽自己最大的努力,向他表达了谢意。我还想办法问了他,是否需要我们帮助他,回到他最初遇见我们的那个地方。但他似乎非常愿意继续和我们待在一起。

接下来的几天,每当埃斯特和托普一起在环礁上散步时,罗密欧都会浮出水面,静静地看着他们。这时,托普也会激动地狂吠起来,还摆出邀请他一起玩耍的姿势。我还做了一个噩梦,梦见这只大章鱼学会了与狗狗玩接球游戏,他一下就把球扔到了斐济,而托普只好拼命地在水里游啊游。

至于苏格拉底,它似乎不知道该拿这只大章鱼朋友怎么办。在苏格拉底心目中,头足纲动物都应该是小小的、美味的,而不是这么大只,一口就能吃掉自己。它和它的海豚朋友们都自觉地与罗密欧保持着安全距离。除此之外,它们似乎就没什么烦心事了。我给它们送去了许多美味的鱿鱼,感谢它们在战斗中的鼎力相助。

当苏格拉底问起我的哥哥时——它轻轻摆动了一下它的鳍，我渐渐了解到，这个动作的意思是"德夫"——我不知道该如何回答它。至少，在水下我可以痛痛快快地哭上一场。反正大海不在乎多几滴盐水。

鹦鹉螺号恢复运行之后，蒂娅·罗梅罗开始监督我们进行对阿龙纳斯号残骸的打捞工作。这项工作得持续数周之久，可我们需要去了解兰德学院对技术的掌握究竟达到了什么程度。况且，我们也不希望那堆垃圾就这么乱扔在海底，破坏我们家门口的风景。

第五天，我们释放了所有俘虏——除了德夫。这个决定并不受大家欢迎。因为他们毕竟是我们的敌人，手上沾染了太多鲜血。可我们不可能无限期地将他们关押下去，也无法轻易地将兰德学院绳之以法，或在法庭上证明他们的所作所为。无奈之下，最好的选择就是放他们走，虽然心知日后还会与他们狭路相逢。尽管心疼万分，我还是把拉克希米号送给了他们使用。我们往船上装满了食物、水和燃料，足够它返回加州海岸。我们搬走了船上所有的危险和值钱之物——武器、LOCUS、动态伪装。甚至连图书室里的书，我们也没放过。

说实话，即便如此，这些俘虏们也没什么好抱怨的。我们一直待他们不薄，还给他们吃朱庇特精心烤制的点心。他们所有人都胖了好几斤。虽然他们嘴上不会承认，可我相信他们日后一定会想念这位红毛猩猩大厨的手艺。

我把拉克希米号的指挥权交给了卡莱布·绍斯。他却气鼓鼓地说:"你为什么要这么做?你就这么放我们走了?别忘了,我们知道你们的基地在哪里。"

"是的,没错。"我说,"可你们也清楚,与我们对战会是什么下场。我们二十名新生就打败了你们整个高年级的学生。你们还想再战一回的话,就放马过来吧。"

他气得眼皮抽搐,可什么也没说。几分钟后,我看着自己指挥过的第一艘船渐渐驶离了潟湖。

"你这么刺激他,是不是不太明智啊?"杰米尼问。

内林哈扮了个鬼脸,说:"太好了。他们有胆就回来呀。"

我猜她只是在虚张声势。没人愿意把过去几天的事情重新经历一遍。不过,内林哈的确有资格放出大话。我们赢得了一场艰苦的胜利。所有人都应该为之感到骄傲。

第二天,休伊特教授能够拄着拐杖下地活动了。我带他来到洞穴里的栈道上。他从没见过这般风景。我们一起欣赏那些闪烁着绿色荧光的机器虫在头顶上空呲呲飞过;水中五彩缤纷的浮游植物,色彩丰盛得如同在庆祝胡里节一般。当然,最令我们叹为观止的,仍是鹦鹉螺号。

休伊特穿着一件蓝色的旧浴袍和睡裤。他的脸仍显憔悴。灰白色的头发就像刚刚从棉花壳里钻出来的油乎乎的棉花。可他毕竟还活着,身上也没有难闻的味道。我认为这两件事都标志着他的身体正在好转。

"安娜,你做得真棒,大大超出了我的想象。"他对我说。

我仔细打量他的脸。他以前从没叫过我安娜。

"这是夸奖吗?"我小心翼翼地问,"我不知道,在你想象中，我能做到多好。"

他气喘吁吁地说："哦，别逗我笑，会疼的。达卡级长……不，达卡船长。我一直看好你，知道你能够成就大事。很抱歉，我之前没有对你表现出你应得的尊重。"

我眯起眼睛："但是呢？"

"没有但是。"他向我保证，"确实，德夫是所有人关注的焦点，包括我在内。我担心他太过鲁莽冲动，太过愤世嫉俗，太过……嗯，太像我，太像兰德学院那些我教过的学生。正因如此，我才那么费尽心思地教导他。可我怎么也没想到，他竟然……"

休伊特伤心地摇了摇头。"不管怎样，你才是那个我们应该培养的继承人。尽管缺乏训练，瞧，在巨大的灾难面前，你应对得多好，取得了多么了不起的成就。"他指向鹦鹉螺号，"你决定好我们接下来做什么了吗？"

我顿时愣住了："我们？这是我一个人能决定的吗？"

休伊特教授挑起那对浓密的眉毛。"哦，当然了，你现在已经成了尼摩船长。鹦鹉螺号已经接受了你。同学们也拥戴你。还有学校的老师……我们这些幸存下来的人，都见识过你的潜能。我们会支持你，帮助你。如果你想继续学习深造，也可以。但你得为我们指一条路。无论你做何决定，我们都支持你。"

听到他的这番话，我心中不胜感激。与此同时，我又莫名地感到不安。我在想，这难道就是成为领导者的意义所在。在今后的日子里，内心的怀疑和不安是否也将成为常态。

"我得和埃斯特聊聊。"我对他说，"当然，还有班上的其他同学。不过，是的，我想我知道我们接下来该干什么了……"

第六十一章

答案是一顿像样的晚餐。

答案永远都是一顿像样的晚餐。

首先，我找埃斯特聊了聊。她完全赞同我的计划。然后，我又把自己的想法告诉了杰米尼和内林哈。他们俩都在船上。内林哈听过后，只简单地答了句："废话。当然了。"托普也听到了。它奋力地摇摇尾巴，要么是在表示它喜欢我的想法，要么是在向我讨要美食作为奖励。

那天晚上，全体船员聚在林肯基地大厅里的餐桌旁，背景里播放着《英国家庭烘焙大赛》节目——这是我们为自己选择的舒适配乐。朱庇特忙前忙后地为我们端来一盘盘佛罗伦萨饼。这些薄薄的圆饼是用紫菜面粉和黄油味的海藻油做成的。意大利干酪和菠菜馅其实是角叉菜提取物和海带。酱料呢……你知道是什么吗？其实我不在乎。不管它是什么，我都会吃下去的，因为实在太美味了。

卢卡兴致勃勃地向船员们讲起自己在岛上英勇抗击兰德学院的故事。这个故事，我们已经听了不下十二遍。然而，随着他的每一次讲述，故事正变得越来越丰富复杂。奥菲丽亚只是笑着摇摇头，时不时把她的丈夫拉过来，亲吻他。

"我嫁的这个男人既是世上最聪明的人，也是个大傻瓜。"她沉吟道，"怎么会这样呢？"

主菜吃完之后，我让杰米尼把《英国家庭烘焙大赛》节目的音量调低，用叉子敲了敲酒杯，吸引大家的注意。我站起身，因为我感觉在这种时刻，我应该站起来说两句。

"鹦鹉螺号的全体船员们，"我说，"哈丁-潘克洛夫学校的新生们，我们今天还活着，全因你们的智慧和勇敢。"

内林哈举起酒杯："敬活着！"

这句话引起一片大笑。大家纷纷举杯相碰。

现场安静下来之后，我继续说道："现在，我们可以做出选择了。我知道，你们中许多人……"我的声音有些哽咽，"许多人在大陆上还有家人。你们想让他们知道，你们还活着。或许利用这个夏天，回家看看。在经历了这一切之后，你们可能受够了这些疯狂的日子，想过过正常的高中生活。"

"正常？"富兰克林嘀咕道，仿佛这是他听过的最具侮辱性的一个词儿。

"如果是这样的话，"我继续说道，"我支持你们的选择。你们可以从鹦鹉螺号的金库里拿走属于你们的那份财宝，然后走自己的路，不用感到抱歉。"

哈利玛俯身向前，问："或者呢？"

大厅里顿时一片寂静，除了背景音里玛丽·贝莉正用充满诗意的语言讲解着烤箱的温度问题。

"或者我们继续一起干。"我说，"我喜欢咱们的团队。而且我明白，兰德学院的问题远远没有得到解决。他们还会继续研发，造出一艘新的潜艇来。他们一定不会放过鹦鹉螺号的。而且将比以往更加来势汹汹，因为他们觉得唯一的障碍——哈丁－潘克洛夫学校——已经被清除了。"

听到这里，同学们个个脸色变得铁青，低声咒骂。每每有人提到"兰德学院"，大家总是这般反应。

"所以，我和埃斯特一直在商量，"我说，"我们想从头开始，创办一所新学校。我们都知道，哈丁－潘克洛夫学校并不完美——有太多秘密，对学生的信任度太低。"

卢卡咳了一下："有点尴尬。"

"不过，她说得对。"奥菲利亚说。

"即便如此，"我说，"哈丁－潘克洛夫学校也做过许多正确的事。尼摩船长选择由他们来守护自己的遗产。我并不想破坏这项拥有一百五十年历史的传统。更何况，我们需要一代代新生来帮我们牵制抵御兰德学院，而这些学生需要在学校学习，接受专业训练。而且，德夫在阿龙纳斯号发动袭击之前，给 HP 发出过警告，因此，我们的同学和老师里，可能还有人活着。他们可能正躲在某处，为自己的性命担忧着。我们必须找到他们，帮助他们。况且，我们还有用不完的资金呢。出于以上所有原因……埃斯特。"

埃斯特站了起来，她的脸早已红成了番茄。"我想重建哈丁－潘克洛夫学校。"

"注意音量，宝贝儿。"内林哈说。

"不好意思。"

"不，"内林哈咧嘴笑道，"我是说，你大点儿声！"

埃斯特惊慌失措地皱起眉头，然后用最高的嗓门儿尖叫道："我要重建哈丁－潘克洛夫学校！"

船员们发出热烈的欢呼。几名"鲨鱼"激动得用拳头直捶桌子，这让朱庇特大为惊愕，因为他正把餐后甜品提拉米苏往桌上端呢。

"它与原来的哈丁－潘克洛夫学校相比将有所不同。"埃斯特继续大声喊道。

"现在，你可以小点儿声了。"内林哈建议道。

"我们将有更好的防御系统，"埃斯特说，"或许，学校不该再建在离悬崖那么近的地方。"

许多人点头表示赞同。

"我们将尊重我祖先的意愿，"她说，"当然，还有安娜祖先的意愿。我们的技术一定不能落入政府组织和企业的手中。最重要的是，绝对不能让兰德学院得到它们。不过，从今以后，我们有了鹦鹉螺号，有了林肯基地。我们可以更轻松地从加州往返了。"

蒂娅开心地吹着口哨，说："高二生活听起来蛮值得期待哟。"

"我们继续好好学习，"我说，"继续与兰德学院战斗，继续研究掌握尼摩的技术。我们都知道，他有至少十二座秘密基地。埃斯特认为，还有更多基地没被发现。谁知道我们将有怎样的发现？更何况，鹦鹉螺号仍未恢复到她的巅峰状态，我们对她的了解只是冰山一角。"我环视我的船员们，"我们将成为 HP 历史上第一届在尼摩船长的潜艇上实操训练的学生。可以想象，我们毕业的时候，将掌握多少知识。"

"绝对足以把那帮兰德学院的家伙吓尿。"内林哈说。

"不过，我也不想撒谎。"我最后说道，"接下来的三年会非常艰辛。从废墟中重建一切。与此同时，还得时时提防兰德学院的下一轮攻击。愿意留下来的，请举手。"

我心想大概只有一半的人会留下来。对于我，对于埃斯特，我们其实没有选择——这是我们的宿命。但对于其他人，他们完全可以一走了之，从此过上正常人的生活，大学储蓄金账户上也会多出一大笔钱。

然而，所有人都举起了手。

杰米尼仪式性地清点了人数。"一致通过。我唯一的疑问是，接下来呢，船长？"

"敬哈丁 - 潘克洛夫学校！"内林哈欢呼道。

"敬哈丁 - 潘克洛夫学校！"全体船员附和道，"敬尼摩船长！"

我与大家一起举杯、欢笑，心中充满对朋友们的爱与感激。不过，在内心深处，我也在思索杰米尼提出的那个问题：接下来做什么？因为眼下还有一场谈话在等着我，而这将是有史以来最艰难的一次对谈。

第六十二章

德夫正在他的囚牢里焦躁不安地踱来踱去。

我想，这也不能怪他。已经两个星期过去了，这间从前的客房再好，他也快憋疯了。

在看见我的瞬间，他僵住了。他穿着卡其短裤和卢卡的一件旧 T 恤衫，上面写着"2009 翁布里亚爵士音乐节"。他正紧紧抓住自己的手臂。大概他的手臂也僵住了。

"你来了。"他努力表现出愤怒，可他的下嘴唇却在颤抖。看得出他快要哭了。其实，这比之前来看他时他对我的辱骂更令我心痛。

他快步走到门前，像朱庇特那样，用手指紧紧攀住栅栏。这道栅门是"头足"们用尼摩合金打造的。它轻盈又柔韧。但德夫却永远无法通过这道门越狱，因为他房间里没有什么危险的东西，只有枕头和一卷厕纸。

"你知道吗？你可能用得上我。"

我料到他会说很多话，可万万没想到他会这么说。

"是吗？"

"你准备追捕他们，对吗？如果要对兰德学院发动攻击，你需要一个了解他们的校园、安保和人员的人。"

我目瞪口呆地看着他，试图从他身上找出我所认识的那个德夫的影子。"你在主动请缨，想帮我们？"

"总强过一直被关在这里。"他用力摇晃栅门。我从不知道他有幽闭恐惧症，不过现在我开始怀疑了。他看起来那么惊慌、迷茫、害怕。"我们来做个交易吧。我帮你，你放了我。你……你再也不会见到我了，我发誓。"

他的话让我的心碎了一地，可我尽量不表现出来。我摇摇头。"不成交。"

"安娜，求你了……我……你到底想要什么？你都放其他人走了。我不能永远待在这个笼子里。你应该没有那么残忍吧。"

"或许没有。但要想重获自由，你得先做一件事。"

他歪着头，无疑在提防着某种陷阱。"什么事？"

我朝走廊一角的摄像头挥挥手，栅门徐徐打开了。

"我准备给你看样东西，"我对德夫说，"跟我来。"

他难以置信地笑了。"你就这么放我出去了？"

"只是暂时的。"我说。

"你的保镖呢？"

"没有保镖。"我说，"我让所有人都走开了。这里只有我和你。"我扬起眉毛，"所以，如果你想控制我的话，就趁现在来吧。"

大多数动物，包括人类，都能够觉察到对方的恐惧。他们能嗅出弱点。当然，我心里也很害怕。不过，我想我应该掩饰得很好。德夫小心翼翼地迈过门槛，仿佛怕我袭击他似的。

"这边。"我转身，在他前面走上过道。

我的肩胛骨一阵刺痛。我可以感到德夫正盯着我的背，幻想用各种办法将我击晕，然后逃跑。其实我也不确定他会不会真这么干。但这是我必须去做的一件事情。而且这件事只有表现得局面完全在我的掌控之下，才能做成，即便我心里其实没有一点儿把握。

我们在通往潟湖的金属门前停下来。

"你来吧。"我指指门上的锁说，"你的基因，它还是认的。"

他冷冷地看向我。"我就知道有诈。你会让我接近鹦鹉螺号？你做了什么？给这道门设好程序，让它电击我？给我一个教训？"

他的话让我感到如此沉重、悲伤，我无力地摇摇头。"没有陷阱。没有电击。我们不是兰德学院。德夫，你也不是兰德学院的学生。"

他眉头紧锁，然后伸出一只手，放在门板上。门内部的机械装置"咔嗒"一声松开了。大门随即打开。

进入洞穴，机械蜻蜓闪着星星点点的绿光，在头顶上空慵懒地盘旋。鹦鹉螺号停泊在码头，在一团团五彩斑斓的浮游植物的映衬下，如同蜃景般神秘动人。她船壳外的线圈、钢丝以及船体的复杂构造，在我看来，已不再古怪陌生，而是像家一般熟悉温暖。

德夫惊得倒吸一口气。他只在水下远远地见过鹦鹉螺号几次。大多数时候，他看到的只是阿龙纳斯号显示屏上那个代表她的光点。如今，第一次这么近距离地目睹她的风姿……是啊，我还记得第一次见到她时的感受。

"她真美。"他小声说。他的语气半是嫉妒半是惊叹。

这时，在离我们脚下不远的地方，苏格拉底跃出了水面。它冲德夫愤怒地吱吱叫着。

"你好吗，伙计？"德夫的声音变了。他弯下身子，蹲在码头边上。

苏格拉底却继续怒斥着他。

德夫一脸心虚地看向我。"我猜得出它在说什么。"

"是的，它对你很有意见。"我附和道。

德夫沉默地点点头。至少，我相信他不会去伤害苏格拉底。即便他能够说服自己，毁掉我们整个学校，但面对面地有意去伤害一个爱你的人……相比之下，这要困难得多。我们不是他发泄憎恨的目标。我们是他的家人。我需要他看清其中的差别，并用心感受。

"我没有什么可给你的，苏格拉底。"德夫空洞的表情让我怀疑他指的不仅仅是食物。他的另一层意思是，他给不出像样的解释或道歉。

我打开最近的橱柜，拉开卢卡的冰盒，抓出一只冻鱿鱼。我把它递给德夫。

他看着这只头足纲动物，仿佛它是从另一个维度掉下来的一样。我想，他应该是和我一样，忆起了我们最后一次站在彼此身边，一起给苏格拉底喂食的情景。

他把鱿鱼抛了出去。苏格拉底一口接住。海豚再生气也不会拒绝美食的。苏格拉底发出最后一串海豚式辱骂，便掉头离开了。入水时，溅了我俩一身水花。

德夫低下头："好的，我明白了。这就是对我的惩罚。我宁愿回牢里待着。"

"不，德夫，"我说，声音变得严厉起来，"还没结束呢。我们还要进鹦鹉螺号里去看看。"

第六十三章

我们还未到达楼梯底部，德夫的手已在不住地颤抖。

他站在潜艇的第一层大厅里，对眼前的景象惊叹不已，目不暇接。

我用本德尔汗德语对船说："鹦鹉螺号，这位是德夫。我和你说起过他。"

船发出嗡嗡声，船上的灯也变亮了。

德夫瞪大眼睛，看向我。此时此刻，我确信他已彻底放弃了攻击我的念头，只感到自己的渺小、脆弱。

"这艘船是声控的？"他问道，"用本德尔汗德语？"

"不，德夫，"我平静地答道，"她不受任何人控制。她是有生命的。"

"有生命……不是吧，怎么会……？"

鹦鹉螺号在我们脚下动了动，似乎在说：小子，好好听听你妹妹的话吧。

"来吧。"我对他说。

他随我来到指挥舱。

"我的天……"他用手抚过船长椅的靠背,目瞪口呆地看着那架管风琴、大眼睛窗口,以及在控制台上方闪着微光的 LOCUS。"安娜,你为什么要让我看到这一切?是为了惩罚我吗?"

他的声音听起来很苦涩。是的,但我想要的不止如此。我想,他已经开始意识到自己究竟失去了什么……不仅是鹦鹉螺号,他还失去了自己的母校,自己的未来,甚至还有我这个妹妹。

"我想让你见见她。"我说,"还想让你看几样东西。鹦鹉螺号早已听说过你的大名。你也是达卡家族的人。如果你愿意的话,你可以试着给她下一道指令。"

他狐疑地看了我一眼,但藏不住眼眸里的欲望。

"鹦鹉螺号,"他终于开口道,他讲本德尔汗德语没有我熟练,但还是试着继续讲道,"我是德夫·达卡。我……本来应该是你的船长。你愿意为我下潜一次吗?请下潜五米。"

结果什么也没发生。

我猜德夫早已预料到会如此。可他还是失望地垂下了肩膀。"你们把我排除在外了。"

"不,"我说,"是鹦鹉螺号不信任你。你侮辱过她,还试图俘虏她。"

他皱起眉头,一脸沮丧。"安娜……我知道。但这艘潜艇杀死了我们的父母。"

指挥舱的灯突然暗了下来,变成了暗淡的蓝紫色。

"这艘潜艇,"我说,"一个半世纪以来,被遗弃在湖底,处在半废弃的状态。她很愤怒，需要发泄。现在，她和我们一样，悲痛不已。"

"悲痛……"德夫的语气好似他已遗忘了这个词，"你真的已经原谅了这艘潜艇？"

"我正试着原谅她。"我说。这是实话。德夫和鹦鹉螺号都需要得到我的原谅。我把目光紧紧盯住我的哥哥。与此同时，我向潜艇下了一道指令："鹦鹉螺号，请带我们去潟湖的底部，让我们看看那里的花园。"

发动机立刻嗡嗡响了起来，缆绳收回，水拍打着巨大的窗户，我们缓缓潜入水中。

我们近乎虔诚地向那座古老火山的黑暗中心慢慢沉去。

"什么花园？"德夫警惕地问。

"待会儿就见到了。"我告诉他。

我走到艇首，向窗外看去。德夫犹豫片刻，也来到我身边。

我们一起默默注视着窗外，直到鹦鹉螺号在海底深处停了下来。她打开前灯。展现在我们眼前的，是一幅由上千种海洋植物构成的瑰丽风景：大片大片的海藻在潜水艇的橘色灯光中如浪翻滚，还有茂盛如田野的紫色苔藓和成排成排的亮绿色海葡萄丛。有些植物的存在似乎纯粹是为了装饰，奇花异卉杂生其间，有的像银莲花，有的像兰花，有的则像来自其他星球，绽放着艳丽的紫红色花朵。

德夫咽了下口水，说："真美啊。"

"这片花园就是我们的父母发现鹦鹉螺号的地方。"我说，"他们的骨灰也被卢卡和奥菲利亚撒于此地。达卡王子长眠于此。我们的父母也在此安息。"我看向我的哥哥，"我们从来没有和他们好好道别。我想你应该会想和他们道个别吧。这反正是我的心愿。"

他浑身不住地颤抖，一下子跪在了地上。他战栗着哭号起来，把压抑多年的愤怒和悲伤全都发泄了出来。我希望他还顺带释放了一些心中的苦涩。我依稀记得在一个夏日的夜晚，一个小男孩手擎烟花棒，在植物园里蹦跳穿梭。我记得我的父母相互依偎着坐在一起，幸福地注视着那片向日葵和粉蝶花。

我不信任德夫，也不知道自己往后还会不会再相信他。但我确实还爱他，他依然是我的哥哥。或许他会明白自己究竟做错了什么，得走多远才能回到我身边。我必须变得坚强，为了他，也为了我的船员。我站在他身旁，看他哭泣着，看海底的花在鹦鹉螺号的灯光中变幻着色彩。

我向爸爸妈妈道了别。

我为哥哥、为未来祈祷。我永远不会放弃他们中的任何一个。